KB268012

무상검

無常劍

무상검 3
일묘 新무협 판타지 소설

초판 1쇄 찍은 날 § 2002년 7월 11일
초판 1쇄 펴낸 날 § 2002년 7월 18일

지은이 § 일묘
펴낸이 § 서경석

편집장 § 문혜영
편집책임 § 장상수
편집 § 박영주 · 김희정 · 권민정 · 이종민
마케팅 § 정필 · 강양원 · 김규진 · 안진원

펴낸곳 § 도서출판 청어람
등록번호 § 제1081-1-89호
등록일자 § 1999. 5. 31
어람번호 § 제2-0113호

주소 § 경기도 부천시 원미구 심곡1동 350-1 남성B/D 3F (우) 420-011
전화 § 032-656-4452   팩스 § 032-656-4453
E-mail § eoram99@chollian.net

ⓒ 일묘, 2002

값 7,500원

ISBN 89-5505-395-9 (SET)
ISBN 89-5505-398-3 04810

※ 파본은 본사나 구입하신 서점에서 교환하여 드립니다.
※ 저자와 협의하여 인지를 붙이지 않습니다.

무사의 검

無常劍

일묘 新무협 판타지

FANTASTIC ORIENTAL HEROES

3 ◆ 천하제일검과의 비무(比武)

◆第一章
일월쌍괴의 고민

일월쌍괴의 고민

일월쌍괴 두 늙은 괴물은 반점 안의 중인들을 하나씩 훑어보았다.

감히 그들과 시선을 마주치는 이는 없었다.

모두 강아지가 꼬리를 말듯 고개를 어깨 속으로 움츠렸다. 그나마 용기있는 자는 시선을 내리간 채 젓가락으로 죄없는 요리를 조심스레 뒤적거려 보기도 했다.

일월쌍괴에 대해 가장 큰 소리로, 가장 많은 이야기를 했던 한 노인은 일양괴의 시선이 자기에게로 향했을 때 심장이 목구멍 밖으로 튀어나올 것만 같았다.

이런 공포 분위기를 이기지 못한 듯 누군가 잔기침을 내뱉었다.

"우아아앙—!"

돌연 한 꼬마 아이가 울음을 터뜨리고 말았다. 아이 엄마는 당황해서 서둘러 달래려 했으나 울음소리가 쉽게 멎지는 않았다.

사실 반점 안의 사람들 절반 이상은 일월쌍괴는커녕 강호가 뭔지도 모르는 보통 사람들이었다. 다만 병장기를 등에 찬 무서운 대한들이 이 괴상하게 생긴 두 노인이 나타나자 고양이 앞의 쥐새끼처럼 두려운 모습을 보이니 덩달아 겁을 먹고 조용히 하고 있는 것일 따름이었다.

"흥!"

흑포노인이 싸늘하게 코웃음을 내치니 사람들은 모두 움찔거렸다. 어린 꼬마 녀석조차 주위 분위기에 얼어붙어 울음을 멈추고 말았다.

두 늙은 괴물은 흐뭇한 미소를 지었다.

뭇 중인들이 모두 겁먹은 시선으로 자신들을 우러러보는 것, 과연 얼마 만에 맛보는 것이던가!

근 일 갑자 만에 맛보는 정겨운 광경에 두 노인은 여기 들어온 목적도 잠시 잊어버리고 도취되어 버렸다.

둘은 괴이하게 생긴 모습 탓에 어릴 적부터 놀림을 당해왔었다. 그러다 청년기에 접어들어 둘은 똑같이 한 여인을 향해 사랑에 빠져 버렸다.

보통 흔히 있는 이야기였다.

서로 눈물을 흘리며 사랑을 양보하는 아름다운 우정 이야기라는 것은.

다만 그 여인은 그 모습을 보고 웃음을 참지 못하고 배꼽을 잡고 웃었으며 얼마 뒤 아무렇지도 않게 어느 부잣집으로 시집가 버렸다.

둘은 그녀의 웃음을 달리 해석했다.

자기들 중 아무도 선택할 수 없었기에 그녀는 속으로는 피눈물을 흘리면서도 애써 웃음을 보이며 떠났다고. 그리고 자기에 대한 미련으로 헛되이 인생을 낭비할까 봐 사랑하지도 않는 자에게 시집가 버렸다고.

그런 아름다운 마음에 둘은 감동했다. 하염없이 눈물을 흘렸다. 그 후 먼발치서나마 그녀를 지켜보며 세월을 보냈다.

그러던 어느 날 그 부잣집에 흉악한 산적 떼가 몰려왔다. 재물을 약탈하고 집에 불을 질렀으며 게다가 아름다운 그녀를 수없이 겁탈해 버렸다.

둘은 피눈물을 삼키며 기회를 기다려 생명을 걸고 그녀를 구해내었다.

그 후 온갖 정성으로 그녀를 위로했다. 주위 사람들이 비웃든 말든 넋이 빠져 버린 듯 아무 말도 못하고 꼼짝도 못하는 그녀를 극진히 보살폈다.

그러던 어느 날 그녀는 돌연 입을 열었다. 핏기없는 입술이 열리며 흘러나온 것은 시퍼렇게 날이 선 독설이었으며 차가운 진실이기도 했다.

하지만 둘은 절대 믿지 않았다.

그들의 외모에 대한 극심한 비웃음조차 한 귀로 흘려 버렸다.

그리고 그날 밤 그녀는 대들보에 목을 매달아 자살했다.

둘은 그녀의 무덤을 만들고 아무 말 없이 달빛 아래서 인사불성이 되도록 술을 마셨다.

다음날 둘은 난데없이 기인을 찾아 심산유곡을 헤매고 다니기 시작했다.

이유는 없었다.

굳이 말하자면 고절한 무공을 익히고 싶어서였는데, 왜 그런 생각이 들었는지는 몰랐다.

지성이면 감천이라, 근 십여 년 만에 둘은 드디어 한 선인(仙人)을 만나게 되었다. 선인은 그들의 체질이 특이함을 알아보고 각기 천고에 드문 기공(奇功)을 전수해 주었다.

둘은 맹목적으로 무공 수련에만 매달렸다. 이 세상에 태어나 할 일은 오직 그것뿐이라는 듯. 그러다 하늘의 도우심인지 천고의 기연(奇緣)까지 얻게 되어 그들의 무공은 일취월장하게 되었다.

선인이 우화등선(羽化登仙)한 후 둘은 그냥 강호로 나왔다.

그들은 사람들에게 존경받는 대협객이 되고 싶었다. 그래서 좋은 일을 많이 했다. 물론 좋은 일이란 그들의 판단에 의한 것으로 그들의 기분이나 판단에 의해 많이 좌우되곤 했다.

도둑이 제 발 저리니 언성을 높이면 나쁜 놈이고, 얼굴이 기생오라비같이 잘생겼으면 이는 교활한 놈이다. 그리고 자신들에게 좋은 말을 해주는 쪽이 무조건 옳다는 식이었다.

그 외에도 기분 내키는 대로 행동했다.

닭을 두고 사람들로 하여금 오리라 부르게 만들었다. 산서(山西)의 한 무사가 자신들을 째려봤다는 이유로, 그 문파의 제자들을 모두 장기말로 만들어서 놀았다. 섬서(陝西)의 험난한 절곡에 인간 사다리를 만들어 건너기도 했다.

그렇게 세월이 지나 둘은 일월쌍괴라 불려지며 아무도 감히 그들의 비위를 건드리지 못했다. 그리고 그 누구도 감히 그들의 외모를 비웃지 못했다.

그제야 둘은 깨달았다.

자신들이 한평생 무엇을 바래왔는지를.

자신들을 바라보는 사람들의 시선이 비웃음 아닌 두려움에 가득 차 있기를 바래왔던 것이다.

그것으로 만족했다.

최소한 젊은 날 사랑했던 여인이 목매달아 죽기 전 보여주었던 그 독살스럽고 원망에 가득 찬, 그리고 비웃음이 한껏 담긴 시선은 떠올리지 않아도 되었으니까.

"흠……!"

두 늙은 괴물은 팔짱을 끼고 반점 안 사람들이 두려워하는 시선을 조용히 음미했다.

돌연 껄렁하게 생긴 한 놈이 문가에 나타나더니 반점 안의 남궁혜를 보고 손가락질을 하며 발작하듯 소리를 질렀다.

"찾았다! 저년이다!"

조용하던 반점 안의 정적은 여지없이 깨어지고 말았다.

욕설과 함께 일단의 무리들이 저마다 칼을 꼬나 쥐고 우르르 반점 안으로 들어왔다.

"제길, 어떤 년이야? 쌍판 좀 보자!"

"감히 우리 하오문을 건드리다니! 간이 배 밖으로 튀어나온 년이 틀림없다!"

한 놈이 입구에서 서성이고 있는 두 노인네가 거추장스러운 듯 욕설을 퍼부었다.

"이런! 썅! 웬 개뼈다귀들이 길 막고 서서 난리야!"

한 놈은 뚱보노인의 상투를 옆으로 밀치며 머리 위를 훌러덩 넘어지나갔다.

확실히 무식하면 용감한 것이다.

두 늙은 괴물의 얼굴에 떠올라 있던 흐뭇한 미소는 사라지고 곧 무표정해져 갔다.

일단의 사내들이 쌍욕을 하며 자신을 향해 몰려오자 남궁혜는 난처한 기색으로 유검의 소매를 끌어당겼다. 일월쌍괴라는 전설적인 두 괴물이 떡하니 버티고 있는 상황에서 함부로 하오문의 무리들과 시비를 가리다가 어떤 일이 벌어질지 두려웠던 것이다.

묵묵히 고개를 숙이고 있던 유검은 이대로 조용히 끝내기는 틀렸다고 생각했다.

"이런 썅! 입 다물고 있으면 우리가 모를 줄 아냐!"

구레나룻을 기른 한 사내가 겁을 주려는지 호통과 함께 들고 있던 칼로 탁자를 내려쳤다.

탁—!

술잔과 음식들이 튀어 올랐다.

슬쩍 치켜뜬 유검의 시야에 두 늙은 괴물이 동시에 쌍장을 들어 올리고 있는 모습이 포착되었다.

'이거 야단났군.'

둘은 그 자리에 멈춰 있는 것을 보아 장풍을 발출할 태세로 보였다.

어떤 공력을 끌어올렸는지 몰라도 쌍장 주위로는 아지랑이 피어 오르듯 주위의 사물이 약간 일그러져 보였다.

그것은 공력이 유형(有形)으로 화하기 직전의 기미.

어쩌면 쇳덩어리조차 가루로 만들어 버릴 막강한 강기(罡氣)가 쏟아져 나올지도 모른다.

고수들은 대개 장풍을 쓰지 않는다. 이는 쓸모없는 진기(眞氣) 소모를 극도로 꺼려해서였다. 한번 장풍을 쏠을 진기면 손바닥에 경력을 담아 수십 번은 더 격출해 낼 수 있으니 당연했다.

하물며 극심한 진기 소모를 필요로 하는 유형의 강기라면 정말 특별한 경우를 제외하고는 거의 쓸 일이 없는 것이다. 상대가 피해 버리고 나면 헛되이 손해만 보게 되니까.

다만 예외적인 경우라면, 고수로서의 위엄을 보이기 위해 하수들을 싸잡아 몰살시킬 때에는 상당히 유용했다.

어느새 일월쌍괴의 쌍장에는 각기 희고 붉은 빛들이 어려 있었다. 그들의 독문신공인 월음진력과 일양진력이 끌어올려진 증거였다.

중인들은 순간적으로 귀가 멍한 것을 느꼈다. 한곳에 기운이 집중적으로 몰리다 보니 생겨난 변화였다.

하오문의 사내들은 자신들이 잠자는 염라대왕의 코털을 잡아당겼다는 것도 모른 채 기세등등해 있었다.

튀어 올랐던 술잔과 접시, 음식들이 다시 탁자 위로 떨어지는 순간 유검은 벌떡 일어났다.

“뭐, 뭐야? 이 새끼!”

“어? 어? 어라? 어이쿠!”

유검은 당혹해하는 사내들을 향해 와락 탁자를 밀어버리면서 사태 파악을 못하고 어벙하게 서 있는 두 녀석을 향해 두 발을 날렸다.

두 놈은 새처럼 날아 다른 탁자 위로 떨어져 내렸고, 일단의 사내들은 탁자에 밀려 우르르 넘어져 엉덩방아를 찧었다.

땅에 착지하기도 전에 탁자 위에 칼을 박아놓았던 구레나룻 사내의 멱살을 잡아 천장을 향해 집어 던졌다.

반점 안은 삽시간에 난장판이 되었다.

유검은 일월쌍괴의 의도를 깨닫고 조금이라도 시간을 벌기 위해 목표가 되어 있는 하오문의 사내들을 최대한 흩어놓은 것이다.

유검은 슬쩍 소매로 얼굴을 가리면서 화난 척 하오문의 사내들을 향해 버럭 소리를 질렀다.

"감히 남궁세가의 아가씨를 건드리다니! 목숨이 몇 개라도 되느냐!"

그렇게 외친 까닭은 혹시라도 하오문의 사내들이 남궁세가의 이름에 겁을 먹고 사방으로 도망쳐 주기를 바란 것과 또한 일월쌍괴가 쉽게 손을 쓰지 못하게 하기 위함이었다.

순간적인 임기응변이었지만, 그러한 의도는 전혀 성과를 거두지 못했다.

하오문의 사내들은 남궁세가라는 이름에 움찔했지만 그놈의 '체면' 때문에 얼굴만 일그러뜨릴 뿐 엉거주춤 그 자리에서 꼼짝도 않고 있었고, 일월쌍괴는 누구 집 개가 짖느냐는 듯 전혀 아랑곳하지 않았다. 하늘도 땅도 무서워 않는 그들인데, 한낱 남궁세가의 여식 때문에 비위를 거슬린 놈들을 가만히 내버려 둘 리가 만무한 것이다.

'어쩔 수 없군.'

유검은 소매를 휘둘러 남궁혜의 허리를 낚아챘다. 동시에 왼발을 최대로 비틀며 땅을 박찼다.

시위를 벗어난 살처럼 둘의 신형은 일월쌍괴의 곁을 스쳐 지나 반점 밖으로 날아갔다.

나서는 순간, 유검은 남궁혜를 풀어주며 오른발로 땅을 찍었다. 최대한 무릎의 탄성을 이용해서 있는 힘껏 땅을 박차며 허리를 비틀었다.

얼마나 강한 힘이 깃들었는지, 파헤쳐진 흙들이 뒤로 삼 장이나 퉁겨져 나갈 정도였다.

유검의 신형은 정반대 방향으로 튀어 올랐다.

목표는 일월쌍괴의 등.

영문십권 중 한 걸음 내디디며 쌍권을 동시에 번갈아가며 쳐내는 성사만리(星射萬里)라는 초식을 변형시킨 몸놀림이었다. 비록 한 걸음 내딛는다기보다는 날아간다는 표현이 옳겠지만.

일월쌍괴는 내심 코웃음을 치고 있었다.

그들이 어떤 자인데 이러한 기습 아닌 기습을 눈치 채지 못하겠는가.

일양괴는 쌍장을 위로 들어 올렸다. 드디어 끌어올린 일양진력을 통쾌하게 발출하려 하는 것이다. 그리고 월음괴는 몸만 슬쩍 틀면서 소맷자락을 휘둘러 유검의 공격을 반격하려 했다.

이때서야 월음괴는 유검의 얼굴을 알아보았다.

"엥?"

유검은 날아가는 기세 그대로 그를 향해 주먹을 내질렀다. 얼마나 빠른지 아직 파공성조차 나지 않는 단계.

느긋하던 월음괴의 안색이 돌변했다. 황급히 소맷자락으로 유검의 주먹을 감싸려 했다.

비록 빠르다고는 하나 단순하기 이를 데 없으니 그의 무공으로 못 막을 리는 없다. 하지만 문제는 그 주먹에 담겨 있는 힘이 예측했던 것보다 몇백 배는 강했다는 것.

유검은 흑포노인이 소맷자락으로 주먹을 감아오자 순간적으로 비틀어 버렸다.

팡!

압력을 이기지 못하고 옷자락이 사방으로 비산했다.

그제야 피이잉— 하는 괴이한 파공성이 울리는데, 주먹은 흑포노인의 복부에 박히고 있었다.

월음괴는 이화접목(移花接木)의 묘기를 발휘하여 주먹에 담긴 힘을 두 발을 통해 땅으로 흘려 보내었다. 두 발은 허벅지까지 파묻혔다. 지진이라도 일어난 듯 주위로 땅이 쩍 갈라져 갔다.

그럼에도 그 여력을 이기지 못하고 흑포노인은 태풍에 나뭇잎 흔들리듯 크게 휘청거려야만 했다.

유검의 신형은 회전하고 있었는데, 내뻗은 주먹을 거두는 탄력을 이용해서 뚱보노인의 엉덩이를 있는 힘껏 차버렸다.

파앙—!

가죽 공 터지는 소리와 함께 일양괴는 쌍장을 들어 올린 자세 그대로 천장을 뚫고 하늘 높이 솟아올랐다. 공력을 끌어올린 상태라 비명 소리조차 내지 못했다. 뚱보노인은 흑포노인을 완전히 믿고 있었기에 졸지에 불의의 일격을 당하고 만 것이다.

난데없이 허공으로 치솟아 지나가는 참새로부터 인사를 받게 된 일양괴는 황당하기 이를 데 없었다. 엉덩이가 찢어질 듯 아팠다.

"빠드득!"

이를 갈며 극성으로 끌어올린 일양진력을 냅다 아래를 향해 격출시켰다. 자신의 엉덩이를 걸어찬 녀석이 있으리라 추정되는 지점을 향해서였다.

뭔가 일 장 크기의 눈부신 불덩어리 같은 것이 반점의 지붕을 향해 날아갔다. 마치 태양이 빠르게 일몰(日沒)하는 듯했다.

한편 유검은 얼떨떨해 있었다. 자신의 공격이 이렇게도 쉽게 성공할 줄은 미처 몰랐던 것이다.

‘이자들, 혹시 가짜가 아닐까?’

스스로의 무공 수위를 짐작하지 못하고 그렇게 생각했다.

월음괴는 극도로 노해 월음진력을 극성으로 끌어올리며 쌍장을 모았다. 그의 주위로 공기가 얼어붙었다. 삽시간에 흑포 자락에 서리가 낄 정도였다.

그때 일양괴가 퉁겨 올라갔던 하늘 위에서부터 막강한 기운이 몰려옴을 느꼈다.

유검도 월음괴도 안색이 돌변했다.

‘이 미친 뚱땡이! 난 어쩌라구!’

흑포노인은 속으로 이를 갈았다. 두 발이 허벅지까지 파묻혀 있었기에 미처 피할 겨를이 없는 것이다.

할 수 없이 유검을 향해 격출하려던 월음진력을 하늘로 틀어 올렸다. 아지랑이처럼 하얀 기운이 안개 퍼지듯 하늘로 향했다.

유검은 당연히 전력으로 그 자리를 피했다.

반점 밖으로 나서는 순간 붉고 흰 두 개의 공력이 허공에서 격돌하는 것을 볼 수가 있었다.

생각보다 큰 소리는 나지 않았다.

그 충돌의 여파로 몸이 부르르 떨리고 반점의 지붕이 붕괴되기는 했지만 예상 밖으로 큰 충격파는 발생하지 않았다.

본래 음과 양이 격돌하면 서로 상극 작용으로 커다랗게 밀쳐 내는 법이지만, 일월쌍괴 두 괴물이 익힌 공력은 그 뿌리가 같았기에 격돌하는 순간 태반의 기운들이 오히려 서로 사그라지고 만 것이다.

유검은 남궁혜를 일으켜 주며 말했다.

“자, 여긴 위험하니까 얼른 집으로 가거라.”

그녀는 대꾸도 없이 유검의 얼굴을 빤히 들여다보았다. 입고 있던 백의는 물론 얼굴에도 흙먼지가 잔뜩 묻어 있었지만 두 눈만은 초롱초롱하기 그지없었다.

유검은 내심 뜨끔했다.

'혹시… 눈치 챘을까?'

남궁혜는 여전히 유검의 얼굴을 유심히 들여다보며 물었다.

"그대는 누구죠?"

유검은 몸에 묻은 흙먼지를 털어내며 말을 돌렸다.

"명심해. 앞으로 하오문 놈들은 상대하지 않는 게 좋아."

"어떻게 일월쌍괴랑……."

"아! 저자들은 가짜야, 가짜! 하하하."

"……."

일월쌍괴 두 괴물은 반점의 입구에 서서 이쪽을 바라보고 있었다. 둘 모두 옷자락이 찢겨지고 여기저기 피멍이 보이는 등 몰골이 말이 아니었다.

하지만 두 눈만은 맹수의 그것처럼 날카롭기 그지없었다.

유검은 천천히 그들을 향해 걸어갔다.

이 장 정도의 거리를 두고 멈춰 서서 주위를 돌아보았다.

무슨 난리가 일어났나 싶어 우르르 집에서 나온 사람들, 그리고 지나다니던 행인 등이 멀리서 두 눈을 동그랗게 뜨고 구경하고 있었다.

유검은 사방에 대고 외쳤다.

"자자, 구경거리는 모두 끝났습니다! 이제 모두들 볼일들 보세요!"

무슨 소린가 싶어 중인들은 웅성거리는데 유검은 태연히 말을 이었다.

"사실 여기 두 분은 일월쌍괴가 아닙니다. 가짜예요, 가짜! 생각해 보십시오. 위대하고 거룩하신 일월쌍괴가 이런 모습이 될 리가 없지 않습니까?"

슬쩍 두 괴물을 돌아보며 당연하다는 듯 물었다.

"그렇죠?"

두 괴물은 싸늘한 표정 그대로 아무런 대꾸가 없었다.

'틀렸나? 역시 이런 게 통할 리가……'

할 수 없이 한바탕 싸워보는 수밖에 없다고 내심 생각하며 자세를 갖추는데, 돌연 뚱보노인이 허허 어색한 웃음을 지었다.

"그래그래, 우린 가짜라네. 들키고 말았군. 그참, 한번 흉내 내어 보려 했는데 역시 어렵구먼. 헐헐……"

흑포노인이 황당해하며 눈살을 찌푸렸다.

"뚱땡이, 무슨 헛소리……"

무슨 전음 소리를 들었을까. 갑자기 말문을 닫고 신중한 표정이 되었다.

흑포노인은 갈등했다.

그들에게 있어 '명성'이란 그 무엇보다 소중하다. 하지만 이미 당해 버린 망신은 어쩔 것인가?

생명보다 소중히 여기는 그들의 명성은 이미 흠집이 나버린 것, 이 자리서 유검을 피떡으로 만들어 버린다 한들 그것은 변함이 없는 것이다.

하지만 유검의 말대로 가짜임을 인정하게 되면 당장은 낯뜨거운 창피를 경험하게 되겠지만, 본래 그들이 가진 일월쌍괴라는 명성만은 아무런 흠집 없이 온전히 보전할 수 있는 것이다.

기분대로라면 당장이라도 유검을 때려죽여 분풀이를 하고 싶었지만……

흑포노인은 부들부들 떨면서 한차례 매섭게 유검을 노려보다가 결국 어색한 헛기침과 함께 고개를 끄덕였다.

"험험, 그, 그렇지! 역시 그 위대한 일월쌍괴를 흉내 낸다는 것은 마치 거지가 천자(天子)를 흉내 내듯 어렵기 그지없는 노릇이지. 흐흐흐."

유검도 덩달아 어색한 웃음을 터뜨렸다.

"마, 맞아요, 맞습니다. 하! 하! 하!"

유검도 웃고 일월쌍괴도 웃었다.

곁에서 지켜보던 남궁혜도 어색하게 웃고 뭇 중인들도 역시 어색하게 웃었다.

낙양 하늘 위로 웃음소리 맑게 울려 퍼졌다.

반점 안에서 아직도 대피하지 못하고 웅크리고 있던 중인들과 하오문의 사내들도 덩달아 어색한 웃음을 지었다.

한 사람이 붕괴된 지붕 조각들을 바라보았다. 어떤 것은 새까맣게 타고 어떤 것은 허옇게 서리가 껴 앉아 있었다. 손을 대니 스르르 가루가 되어버렸다.

그는 속으로 생각했다.

'만약 이 자리에서 누군가가 한 사람이라도 진실을 말한다면 어떻게 될까?'

자신이 불쑥 말하고 싶은 충동이 일었지만 그 역시도 어색한 웃음만 지을 뿐 아무런 말도 하지 못했다.

허탈한 듯 어색한 웃음만 터뜨리고 있는 두 괴물은 왠지 뭔가 이상함을 느꼈지만 다행히도 그게 무엇인지 깨닫지는 못했다.

그리고 같이 웃고 있는 유검을 보고 있노라니 등 뒤로 한줄기 냉기가 흐르는 것 같았다.

'무서운 놈!'

둘은 내심 똑같이 그런 생각이 들었다.

유검은 내심 생각했다.

'이런 간단한 속임수에도 넘어가다니… 그 오랜 세월 어떻게 강호를 누비고 다녔을까? 혹시 진짜로 가짜 아닌가?'

좀 전의 가공할 만한 공력을 보건대 가짜라고 생각하는 이는 아무도 없을 것이다. 가짜로 통한다고 생각하는 이들은 오직 일월쌍괴 둘뿐이었다. 그리고 둘은 그것을 전혀 눈치 못 채고 있었다.

그런 생각이 들자 이 늙은 두 괴물이 어쩐지 가여운 생각이 들었다. 자신이 그들을 완전 바보로 만든 셈이 아닌가.

'세상이 본래 그런 거니까.'

일월쌍괴는 총총히 떠나고 중인들은 흩어졌다.

남궁혜가 물었다.

"근데 그들… 정말 가짜예요?"

유검은 그녀가 여태껏 강호를 돌아다니며 아무런 사고를 당하지 않은 게 신기하다고 생각했다.

'그나저나 다행히도 내 정체를 들키지 않은 것 같군. 잘됐다. 언젠가 다시 만날 날이 있다면 그때 기회를 봐서 말해 주도록 하자.'

그렇게 생각하며 작별 인사를 하려고 하는데, 그녀의 두 눈이 천천히 커져 갔다.

"오빠……."

그녀의 눈동자에 어린 한 무사의 모습에 유검은 천천히 등을 돌렸다.

"유 형, 오랜만입니다. 그간 별래무양하셨는지요."

무사는 정중히 포권하며 사문의 존장에게나 할 법한 인사를 건네왔다. 그는 검은 무복에 등 뒤로 오색실 나부끼는 고검(古劍)을 차고 있었는데, 남궁혜의 친오빠이자 남궁세가의 소가주인 남궁무룡이었다.

유검은 어색하게 웃으며 포권지례를 취했다.

"예, 남궁 형께서도 그간 잘 지내셨습니까?"

남궁혜는 가출한 이후 드디어 오빠에게 잡히고 말았다는 당혹감도 뒤로한 채, 시선을 빤히 유검에게로 고정시키고 있었다. 어떻게 자신의 오빠와 아는 사이냐고 묻는 듯한 눈길이었다.

유검의 이마 위로 식은땀이 주르르 한 방울 흘러내렸다.

'어떻게 아냐고?'

물론 서로 안면이 없을 리가 없다.

유검은 등룡검법이라 불리우는 독특한 대연검법을 배우기 위해 남궁세가에서 한동안 머물렀던 적이 있었으니까.

미처 변명거리를 준비하기도 전에 남궁무룡에게서 치명적인 이야기가 튀어나왔다.

"주화입마당했다는 소식은 애당초 믿지 않았거니와 이제는 난데없이 파문당했다는 소식에 일월쌍괴를 수하로 거두어들였다는 소문이 나도는 등 참으로 정신이 없을 정도군요. 하하하."

그리고 곧 정색하더니 등 뒤의 고색창연한 보검을 뽑아 들었다.

스르릉―

하얀 검신에 푸른빛이 맴돌고 그 주위로 뿌연 안개가 서린 듯했다. 예사 보검이 아니었다.

그는 유검을 향해 정중히 동자배불(童子拜佛)의 기수식을 취해 보였다.

난데없는 비검(比劍) 신청.

남궁무룡의 진지하기 그지없는 눈길을 보니 쉽사리 검을 거둘 것 같지 않았다. 그의 안정된 손목과 빈틈없는 정갈한 자세를 보니 그동안 검에 얼마나 많은 각고의 노력을 쏟아 부었는지 짐작이 갔다.

그동안 대연검법은 완성의 경지에 이르렀을까? 아니면 달리 새로운 검법을 익혔을까?

인적 드문 곳으로 가서 한번 겨루어보고 싶은 생각이 불쑥 치솟았지만 지금은 곤란했다. 사부님의 엄명으로 검을 들 수가 없는 처지가 아니던가.

"나쁜 자식!"

돌연 남궁혜가 달려들더니 유검을 향해 주먹을 날렸다. 명문세가의 여식답게 날카롭기 그지없는 공세였다.

몸을 비켜 피하니 연이어 무영각이 날아왔다.

유검은 곤혹스런 표정으로 연신 뒤로 물러섰다.

그녀의 얼굴을 보니 눈꼬리는 하늘로 치켜 올라가 있고, 커다란 두 눈에서는 금방이라도 눈물이 뚝 하고 떨어질 것 같았다. 입술은 꼭 깨물고 있었는데 수비는 전혀 생각 않고 마구잡이로 손발을 날리고 있었다. 그녀가 얼마나 억울하고 분해하는지 단번에 알 수 있었다.

유검은 더 이상 물러서지 않고 그 자리에 멈춰 섰다. 날아오는 손발을 피하지도 않았다.

퍽! 퍽! 파파팍!

마음껏 분풀이를 하게 가만히 있었다.

남궁혜의 공세를 지켜보고 있던 남궁무룡이 한마디 중얼거렸다.

"강호를 떠돌아다니더니, 무공이 오히려 퇴보하고 말았군."

속으로 서른을 헤아릴 때까지도 그녀의 손길 발길질은 멈춰지지 않았다. 뭔가 이상한 느낌에 유검은 날아오는 그녀의 손목을 낚아챘다.

그녀의 손등은 피멍이 들어 있었으며 손바닥도 빨갛게 변해 있었다. 아마 발도 마찬가지일 것이다. 만약 내가진기를 끌어올렸다면 이리되지 않았을 것이다. 단순한 우격다짐식의 공격이란 이야긴데, 이래서야 공격하는 것인지 자학하는 것인지 알 도리가 없었다.

"휴… 남궁 소저!"

"이 손 놓지 못해!"

앙칼진 그녀의 목소리에 유검은 얼떨결에 손을 놓았다.

몸부림치듯 다시 마구잡이로 주먹을 날리는 그녀.

유검은 그녀의 양 어깨를 잡고 정색해서 외쳤다.

"남궁 소저!"

그녀의 움직임이 멈췄다.

식식 거친 숨을 몰아쉬며 매서운 눈길로 자신의 말을 기다리는 그녀, 하지만 딱히 뭐라 말할 거리가 생각나지 않는 유검.

"조금… 쉬었다 때리는 게 어때요?"

피멍이 들어 있는 그녀의 주먹을 내려다보며 결국 그 정도 말밖에 할 수가 없었다.

내심 스스로 한심하게 생각하며 두 눈을 감았다.

'무슨 짓을 당해도 싸지, 싸. 이런 게 인과응보란 거다.'

한참을 기다려도 아무런 공격 기미가 없어 슬며시 실눈을 떴다가 매섭게 노려보고 있는 그녀의 눈길과 마주쳤다.

'앗! 뜨거라' 싶어서 황급히 눈을 감았다.

다시 공격하려는지 그녀가 다가오는 기척이 느껴졌다.

이제는 금나술을 펼쳐 손발을 꺾어보려는지 자신의 목을 잡는 게 느껴졌다.

무슨 영문인지는 몰라도 자신의 신체가 웬만한 칼이나 검이 들어가지 않을 정도로 단단하게 변했다는 것은 알고 있었지만, 그렇다고 과연 부러지지도 않을 것인가?

여차할 경우 손발이 하나 부러져도 할 수 없다고 내심 각오하는데 향긋한 숨결이 얼굴에 닿는 것이 느껴졌다. 이어 입술에 와 닿는 부드러운 감촉.

가슴이 크게 울렁거렸다.

눈을 뜸과 동시에 그 감촉은 사라졌다.

좀 전의 느낌이 착각이 아닌가 싶은데 그녀의 얼굴이 가까이 있었다. 발끝을 종긋 세우고 두 팔로 자신의 목을 끌어당긴 채 울 듯 말 듯한 얼굴로 그렇게 있었다.

이럴 때 왜 여문의 얼굴이 겹치는 것일까?

달빛 아래서 하염없이 눈물을 흘리던 그녀의 모습이, 두 팔에 안겨진 그녀의 존재가 각인되듯 의식에 새겨져 있어서였을까.

유검은 자신도 모르게 그녀의 부드러운 뺨을 쓰다듬으며 중얼거렸다.

“여매, 울지 마라. 울면…….”

예쁜 얼굴이 망가지잖느냐고 말하려다 흠칫했다. 여문이 아니라 다른 소녀라는 것을 금방 깨달은 것이다.

“아…….”

뭔가 달리 한마디 해야 한다는 강박관념에 입을 열었다.

주위를 돌아보니 몇몇 사람들은 대담하군! 하는 얼굴로 두 눈을 동그랗게 뜨고 구경하고 있었고 남궁무룡은 괴이하게 얼굴을 일그러뜨리고 있었다.

“아참! 생각났다!”

부드럽게 그녀의 팔을 풀고 나서 조심스레 뒤로 한 걸음 물러섰다.

“이거, 급한 일인데 야단났군, 야단났어!”

황급히 여기저기 포권을 취해 보이고는 빙글 몸을 돌렸다. 그 다음은 빠른 걸음으로 걷기 시작했다.

한마디로 아무 생각 없이 도망치는 것이다.

남궁혜는 멀어져 가는 유검의 모습을 그냥 지켜만 보고 있었다. 마음만 먹는다면 손쉽게 뒤따라 잡을 수 있겠지만, 마치 거대한 벽이 가로막은 듯하여 한 걸음도 더 다가갈 수가 없었다.

종내 그녀의 커다란 눈망울에서 눈물이 흘러내리기 시작했다. 왜 우는 것인지 그녀 스스로도 알지 못했다.

다만 ‘여매’라고 중얼거리던 유검의 한마디만이 계속 뇌리에서 울리고 있었다.

남궁무룡이 다가와 그녀의 어깨를 토닥여 주었다.

“술 한잔하겠느냐?”

남궁혜는 묵묵히 고개만 끄덕였다.

남궁무룡은 사랑하는 누이의 슬픈 얼굴은 보고 싶지 않아 고개를 돌렸다.

중천에 뜬 해는 무척이나 뜨거웠다. 태양이 너무 밝아 눈을 가늘게 움츠릴 수밖에 없었다.

"혜아야."

한마디 위로의 말을 해주고 싶어 입을 열었다.

"왜요?"

그녀는 아무렇지도 않다는 듯 밝게 웃으며 대답했다. 눈가에 얼룩진 눈물 자국은 여전히 남아 있었다.

묵묵히 그런 그녀의 얼굴을 바라보다 남궁무룡은 무뚝뚝하게 말했다.

"술값은 네가 내거라."

*　　　*　　　*

대낮인데도 고아한 등롱을 달아놓은 화려한 실내, 벽에는 형형색색의 비단 천들이 늘어져 있고 관복이나 화려한 예복 등도 같이 걸려 있었다.

중앙 탁자에는 두 잔의 귀한 철관음이 모락모락 김을 피워 올리고 있었다.

낙양 내에서 세 손가락 안에 손꼽힌다는 포목점 안에서 일월쌍괴는 귀빈 대우를 받으며 느긋하게 차를 마시고 있었다.

일양괴는 엉덩이가 온통 짓물러 터져 있어 의자에 앉아 있지 못했고, 월음괴는 유검에게 맞은 배를 연신 문지르고 있었다. 내가진기로서 뭉쳐진 어혈(瘀血)을 풀어주는 일종의 운기요상 중이었다.

별다른 내가공력은 깃들어져 있지 않았기에 단순한 타박상에 불과했지만, 그래도 꽤 충격이 커서 일순간 물도 제대로 마시지 못했다.

일양괴는 자신의 두 손바닥이 엉덩이에 닿지 않기에 유명하다는 의원을 찾아 고약을 사서 발랐다.

그들은 새로 자신들의 고유한 의상을 맞춰 입었지만 기분은 여전히 나아지지 않았다.

월음괴는 어느 정도 속이 가라앉은 듯하자 운기요상을 그만두고 입을 열었다.

"이제 세 가지 중에 하나 남았나?"

"그래. 하나만 더 교주의 청을 들어주면 우리는 완전히 자유다."

"정말 잘됐군, 잘됐어."

침울한 분위기는 여전했다.

후르르 차를 마시며 월음괴가 다시 입을 열었다.

"그런데 그놈… 도대체 정체가 뭘까?"

"무당파에서 파문당한 놈이라더군."

"혹시… 운송의 제자인가?"

"그야 알 수가 없지."

"들자 하니 교주의 아들놈인 것 같은데, 뭐가 어떻게 되어가는 건지……."

"어쨌든 그냥 놔둘 수는 없지."

일양괴는 엉덩이가 욱신욱신거려 연신 눈살을 찌푸리고 있었다.

월음괴는 못마땅한 듯 투덜거렸다.

"제기랄, 만약 그놈이 겁을 먹고 숨어버린다면 드넓은 중원천지에서 어떻게 찾나?"

"걱정 마라, 이미 만리추종향(萬里追蹤香)을 뿌려뒀으니까."

일양괴의 대답에 월음괴는 잠시 흠칫하다 되물었다.

"몇 시진 지속형을?"

일양괴는 흐물흐물 웃었다.

"걱정 마라. 놈이 대머리가 되고 피부 껍질을 모두 벗겨내지 않는한 한평생 사라지지 않을 테니까."

"음… 특(特) 자를 썼군. 그거 몇 개 남지 않은 귀한 건데……."

복수할 만반의 준비가 갖춰져 있음을 서로 확인하고도 분위기는 여전히 침울했다. 왠지 모를 꺼림칙함 때문이었다.

"그런데……."

월음괴는 머뭇거리다 말했다.

"그놈의 주먹질 말이다. 조금 희한하더군."

"어떤 점이?"

일양괴도 내심 뭔가 이상하다고 느끼고 있던 바라 먼저 월음괴의 의견을 물었다.

"그러니까 주먹이 딱 내 배를 쳤을 때 얼핏 느낀 건데……."

뭔가 형용할 말을 찾지 못하겠다는 듯 입만 벙긋거리다 마침내 한마디 했다.

"마치 그 주먹 주위로 회오리바람 같은 게 있는 것 같더라구."

그리고는 와락 자신의 흑포 자락을 들어 올려 배를 꺼내 보였다. 시커먼 멍이 배 한가운데 나 있었다. 그런데 모양이 희한한 것이 멍의 모습이 전체적으로 나선형을 그리고 있었다.

"이것 봐봐!"

"흠, 마치 궐음력(厥陰力)에 당한 것 같군."

말을 꺼내놓고 일양괴는 스스로 놀라 흠칫거렸다.

"설마……."

"하하핫, 그거 너무 우스운 농담이군. 말도 안 돼. 푸하하하핫!"

월음괴는 우습다는 듯 난데없이 앙천광소를 터뜨렸지만 얼굴은 결코 웃지 않았다.

"맞아. 말도 안 되는 소리지. 사부의 말은 그냥 전설 속의 이야기에 불과해."

일양괴의 말에 월음괴도 맞장구쳤다.

"세상을 뒤엎을 거대한 여섯 가지 힘이라니, 말년에 노망이 드셔서 헛소리하신 게 분명해. 하하핫."

"그렇지, 그렇지."

"흥, 혹시나 싶어 강호를 떠돌면서 그와 유사한 이야기가 있나 물어 보았지만, 사람들은 무슨 미친놈 보듯 하더군. 단번에 산을 허물어뜨리고 강을 뒤엎을 수 있는 힘이라는 게 혈육(血肉)을 가진 인간으로서 가능하냔 말이다. 있다면 그건 신(神)이겠지."

"이봐이봐, 헐랭이. 만약 있다 하더라도 그놈은 아니야."

"그건 말해 무엇 할까! 만약 그놈이 궐음력을 얻었다면, 싸웠던 우리는 이미 한 무더기 가루가 되어 있어야지!"

"그럼그럼!"

일양괴는 월음괴의 배에 난 나선형의 멍을 보고 한마디 했다.

"그리고 그런 정도로는 사부님이 말한 궐음력의 증거가 될 수가 없어. 외가공부를 한 놈들은 대개 주먹을 내지를 때 획 하고 비틀잖아. 그 때문일 거야, 아마. 틀림없어!"

월음괴는 묵묵히 고개를 끄덕였다.

머리 속에 한 가지 장면이 스쳐 지나갔다.

유검의 주먹에 담긴 힘을 이화접목의 묘기로 땅으로 흘려보냈을 때 주위의 땅이 쩍쩍 갈라져 갔다. 그 모습과 형태가 자신의 배에 나 있는 멍처럼 나선형을 그리고 있었다. 하지만 그것을 일양괴에게 말해 주지는 못했다. 혹시나 만에 하나라도 불길한 이야기를 듣지 않을까 싶어서였다.

'그거랑 귈음력이랑은 전혀 상관없다! 상관없어! 단지 말해 주기 귀찮을 뿐이다.'

떠오르는 불안을 애써 지워 버렸다.

어쨌든 둘은 유검을 그냥 내버려 둘 수 없다는 데 의견을 일치하였고 보다 세심한 복수의 계획을 세워 나갔다.

＊　　　　＊　　　　＊

유검은 술과 건량을 준비하고 더 이상 이런저런 일들에 말려들기 전에 곧장 낙양성 밖으로 나와 버렸다.

우선 여문을 찾기로 결심했다.

무당파에서 쫓겨났다고 사매를 만나지 말란 법은 없을 것이다. 그리고 한 가지 그녀에게서 들을 말이 있었다.

낙양에 대지진이 일어나기 전날 밤, 유검은 여문을 달라고 청혼했다. 말은 여강에게였지만 실제로는 여문에게 향했던 것.

무엇보다 그녀의 마음이 가장 중요한 것이 아닌가.

기대에 일렁이던 그녀의 눈동자를 떠올리자 가슴이 아려와 잠시도

가만히 있을 수 없었다. 당장 그녀를 찾아가 청혼에 대한 답을 받고 싶었다.

그래서 그녀가 있을지도 모르는 항주에 있는 무림맹을 찾아가기로 한 것이다.

설령 그녀를 찾지 못한다 한들 무림맹에 끌려갔던 화는 볼 수가 있을 것이다.

무사히 잘 있는지 두 눈으로 확인해 보고 싶었다.

그녀에게 도와주겠다 약속해 놓고 아무런 도움이 되지를 못했다. 무림맹의 무사들과 떠날 때 마교에게 노려졌다는 이유 하나로 모든 자유의지는 박탈당한 채 끌려가듯 했을 때, 강호의 대의를 위해서라는 말에 유검은 그냥 지켜만 보았다.

잘 있으라는, 화의 평범한 마지막 인사가 계속해서 귓가에 맴돌곤 했었다. 타인을 바라보는 듯한 그녀의 시선 때문이었을 것이다.

그것이 계속해서 마음에 걸렸다.

여문에게 느끼듯 애틋하고 절실한 감정을 그녀에게 가진 것은 아니었다. 다만 막연히 도와주고 싶었다.

혼자서 무엇이든 해낼 듯 억지로 버티고 서 있지만 금방이라도 스러져 버릴 듯 위태해 보였다.

겉으로 대놓고 도와주기를 요청하지는 않았지만, 그녀가 속으로 얼마나 자신의 도움을 간절히 원하는지 손에 잡힐 듯 느껴졌다.

물에 빠진 사람이 지푸라기 잡듯 자신을 향해 애타게 내밀던 그 손. 천 길 낭떠러지를 홀로 걸어가다 힘에 부쳐 누군가의 부축을 바라며 내밀던 그 손.

왜 그 손을 잡아주지 못했을까?

어쩌면 스스로의 문제에 함몰되어 주위를 돌아볼 여유를 잃었던 탓일까?

이제 어떤 일이 있더라도 그녀가 도움을 바라는 손길을 내밀면 뿌리치지 않으리라.

날이 저물자 벌레들을 쫓기 위해 모닥불을 피우고 노숙할 준비를 했다.

등 뒤에 단단히 얽어매어 놓았던 명주 천으로 감싼 한천검을 풀어놓고 마른 건량과 별빛을 안주 삼아 술을 한 모금씩 마셨다.

문득 고서점에서 얻었던 책자가 생각났다.

품속에 갈무리해 놓았던 책자를 꺼내어 보니 몸을 격하게 놀리고 싸웠던 충격 때문인지 책을 묶고 있던 노끈들이 풀어져 있었다.

다행히 책자 자체가 훼손되지는 않은 듯싶었다.

책자를 다시 대하자 천지(天地)가 하나 되어 너울너울 검무를 추던 광경이 바로 눈앞에 펼쳐지듯 생생하게 떠오르기 시작했다.

부푼 기대감으로 책장을 연 순간 유검의 두 미간은 한껏 좁아졌다.

"……."

겉 표지는 멀쩡했지만 내부는 그렇지 않았다. 책장 하나하나가 완전 산산조각나 있었던 것이다.

이는 월음괴가 월음진력을 쏟아 부을 때 유검은 가까이 있었던 죄로 급히 피신하기는 했지만 그 여력을 받지 않을 수 없었다. 이에 책장은 모두 얼어붙었다가 격한 행동에 모두 살얼음처럼 부서져 버렸던 것인데, 시간이 흘러 녹아버리고 나니 이제는 산산조각난 종잇조각이 되어 버린 것이다.

　게다가 일단 얼었다가 다시 녹았던 것이기에 종잇조각에 새겨져 있
는 글자조차도 번져서 알아보기 힘들 정도로 흐릿해져 있었다.
　멍하니 조각나 있는 종이 쪼가리들을 바라보다 그 연유를 깨닫고는
땅이 꺼져라 한숨을 내쉬지 않을 수 없었다.
　'사부께서 누누이 강호의 일에 함부로 참견하지 말랬거늘…….'
　유검은 한동안 멍하니 있다가 걸치고 있던 청삼을 벗었다. 달리 주
워 담을 보자기가 없었기에 청삼에 그 종이 쪼가리들을 모아 담았다.
　이 책자를 통해 자신이 막연하게 원하던 그 무엇을 알아낼 수 있을
것 같아 참으로 기대가 컸었기에 그 꿈이 허무로 돌아간 지금 그 실망
감이라는 것이 이루 말할 수 없었다.
　못내 미련을 떨치지 못하고 나중에 어떻게든 방법을 강구해 보고자
이와 같은 짓을 하는 것이었다.
　종잇조각을 모두 주워 담고 청삼을 싸려다 문득 한 가지 의아한 점
이 떠올랐다.
　책장 전체가 이리될 정도인데 옷은 왜 이리 멀쩡한가? 자기 몸이야
이상하게도 단단해져 있어서 수화불침(水火不侵)으로 멀쩡했다고 쳐도
말이다.
　유검은 혹시나 싶어 청삼의 소맷자락 끝을 두 손으로 잡고 천천히
잡아당겨 보았다. 신축성있게 조금 늘어나기는 했지만 어느 한도 이상
은 끄떡도 하지 않았다.
　조금 더 강하게 힘을 주어봤지만 그래도 찢어지지 않았다.
　'이 정도의 힘이라면 설령 잘 담금질된 물소 가죽이라 할지라도 찢
겨질 텐데…….'
　혹시나 싶어 한천검을 약간 뽑아 소매 끝자락을 검날에 대고 눌러보

았다. 검을 쥐어서는 안 된다는 사부의 엄명 때문에 그런 방법을 취한 것인데, 쇳덩어리도 두부처럼 자를 수 있는 천하 명검의 날카로운 예기(銳氣)에도 옷은 멀쩡했다.

조금 더 강하게 힘을 주어 누르니 그제야 툭 하고 잘려졌다.

유검은 그제야 눈치 챘다. 서문평이 별것 아니라는 듯 준 이 평범해 보이는 청삼이 전설상의 천잠사(天蠶絲)나 이무기의 수염 같은 것으로 만들어진 귀한 보의(寶依)라는 것을.

이런 물건이 흔할 리가 없다.

이런 기물(奇物)은 은자가 아무리 많아도 구할 수 있는 물건이 아니었다. 무림인이라면 목숨을 걸고서라도 차지하려 드는 무가지보(無價之寶)인 것이다.

그런 것을 생색조차 내지 않고 아무렇지도 않게 주다니.

'바보 같은 놈, 최소한 설명이라도 해줘야지! 괜히 멀쩡한 옷에 흠집만 냈잖아.'

유검은 투덜거리면서도 청삼으로 싸고 있던 종이 쪼가리들을 미련 없이 훨훨 털어버렸다. 먼저 한천검을 다시 명주천으로 감싸 모닥불 옆에 모셔두고는 청삼에 묻은 먼지를 털어내 다시 껴입었다.

단순한 보의라면 모를까, 이 옷은 서문평이 자신에게 준 우정의 증표이다. 어찌 함부로 자신의 욕망 따위로 더럽힐 수 있단 말인가.

…라는 식의 낯간지러운 이유 따위가 아니라 '단지 그러고 싶었을 뿐이다' 라고 생각했다.

무당산에서 서문평과 함께 놀던, 이라기보다는 그 녀석을 졸개 삼아 골목 대장질하던 추억을 떠올리며 술을 한 모금 마시면서 슬며시 미소가 지어졌는데, 본인은 의식하지 못했다.

문득 땅에 널브러진 종이 쪼가리 사이로 전혀 손상없이 멀쩡한 모습으로 있는 다소곳이 누워 있는 책자의 겉 표지가 눈에 들어왔다.

유검은 그것을 주워 들며 실소했다.

"설마 너도 천잠사로 만들어진 거냐?"

애당초 처음부터 겉 표지의 이상한 점을 눈치 챘어야 했다. 내용물은 모두 산산조각나 있는데 겉 표지만 멀쩡하다니. 누구나 뻔히 눈치챌 수 있는 바이지만, 책자의 내용이 훼손된 것에 너무 상심했던 참이라 미처 의식하지 못했던 것이다.

겉 표지를 이리저리 훑어보았지만 특별히 뭔가 적혀 있는 것 같지 않았다.

혹시 보이지 않는 글씨가 적혀져 있나 싶어 술을 부어보기도 하고 불에 비춰보기도 했지만 딱히 특별한 점을 찾아볼 수가 없었다.

"너무하는구먼."

"뭐가요?"

"천지간에 둘도 없이 귀한 보물인데 너무 함부로 하는 것 같아서 말이네."

"이게 무슨……."

나오는 대로 말대꾸하다가 유검은 흠칫하며 고개를 들었다.

어느새 모닥불 맞은편에 한 노인이 앉아 있었다. 낯이 익어 자세히 바라보니 고서점에서 만났던 그 노인이었다.

유검은 한 가지 사실을 깨달았다.

시끌벅적한 저잣거리에서라면 몰라도 이런 인적없는 곳에서 곁에 다가와 앉을 때까지 전혀 눈치 채지 못하고 있었다니.

절대 평범한 고서점의 주인일 리가 없다.

아마도 모습을 드러내지 않는 강호의 은거기인이리라.

그리고 이런 자리에서 우연찮게 만나기란 황하를 헤엄치다 황금을 줍는 것이나 다름없는 것, 분명 자신의 뒤를 따라온 것이라 짐작했다.

유검은 아무것도 묻지 않고 노인에게 술병을 건넸다.

"고맙네."

노인은 술병을 받아 들고 음미하듯 한 모금씩 마셨다.

유검은 일렁이는 모닥불에 시선을 고정시킨 채 노인이 입을 열기를 기다렸다. 먼저 묻게 되면 대화의 주도권을 상대방에게 빼앗기게 되니까.

대개 강호에서 누군가를 만나게 된다면 두 가지 부류로 나뉘게 된다. 친구, 아니면 적인 것이다.

아직 상대방의 의도를 모르는 이상 입을 열 때까지 기다리는 것이 상책이었다. 들어보고 나서 그때서야 태도를 결정지어도 늦지 않았다.

과연 유검의 생각을 아는지 모르는지 노인은 지나가는 말투로 입을 열었다.

"옛날이야기가 하나 있는데 들어볼 텐가?"

유검은 노인이 바로 본론을 꺼내지 않을 모양이라 생각하며 일단 예의로 대하기로 마음먹었다.

"어떤 가르침이 계신지요?"

정중히 포권하며 노인의 태도를 살폈다.

노인은 지그시 두 눈을 감았다.

"흠……."

아련한 옛 추억을 떠올리는 듯한 태도였다.

'설마 이러쿵저러쿵 이야기를 하다가 다짜고짜 나보고 제자가 되라

는 둥 그런 이야기는 아니겠지?'

유검은 자질을 알아본 기인들로부터 그런 제의를 많이 받아보았기에 그런 의심이 들었다.

생각해 보니 자신의 관심을 끌 만한 기이한 책자를 그런 고서점에서 우연히 발견한다는 게 뭔가 석연찮은 구석도 있었다. 뭔가 자신이 노인의 수작에 넘어간 것 같았다.

유검은 단도직입적으로 '저는 아직 미흡하기 짝이 없어 감히 노선배님의 제자가 될 자격이 없습니다' 라고 예의 바르게 말하고 나서 일어나 가버릴까 어쩔까 망설이는데 노인이 입을 열었다.

"천지를 움직이는 거대한 여섯 수레바퀴가 있으니 태양(太陽), 양명(陽明), 소양(少陽), 태음(太陰), 소음(少陰), 궐음(厥陰)이라. 이는 인간이 관여할 바는 아니되 상고 시대 천지와 하나 되어 노니시던 한 신인(神人)이 있어 그 여섯 가지 힘의 쓰임새를 열어놓으셨다."

유검이 듣든지 말든지 상관없다는 식으로 두 눈을 감은 채 혼잣말로 중얼거리듯 했다.

"세월이 흘러 인지(人智)의 총명은 늘어났으되 심성은 점차로 혼탁해져 가는 고로 신인은 다시 하늘의 문을 닫아 아무도 그 힘을 쓸 수가 없게 만들었다. 언젠가 태평성대가 도래하여 담장이 없어지고 너와 나를 구분치 않는 세상이 오게 되면 다시 개천(開天)되리라 말씀하셨지. 그리고 그날을 위하여 각기 여섯 가지 힘을 수호하는 이들을 간택하셨다."

'도대체 무슨 소리지?'

유검이 노인의 말뜻을 이해할 수 없어 눈만 말똥거리고 있는데 노인은 홀로 감상에 젖어 길게 탄식했다.

"아무리 살펴보아도 태평성대는 요원하거늘 어찌하여……."

유검은 언제 본론이 나올지 지루해하며 생각했다.

'쳇, 자신이 그 힘의 수호자 중의 하나이고 무공이 경천동지의 경지에 이르렀니 어쩌니 자랑하겠지. 분명해!'

노인은 유검이 자신의 이야기에 관심없어하는 태도를 읽은 게 분명했다.

웃으며 난데없이 꺼내놓은 말.

"너는 무상검의 경지를 맛보았다. 그렇지 않느냐?"

유검의 두 눈이 동그래졌다.

무상검의 경지에 관한 이야기는 강호에 일반적으로 알려진 이야기가 아니었다. 사부와 단둘이서 막연하기 짝이 없는 검의 경지를 이야기하며 나온 이야기일 뿐이었다.

그런데 노인은 어떻게 알았을까?

유검은 내심 긴장한 채로 눈빛을 빛내며 노인을 주시했다.

노인은 말했다.

"무상검의 경지란 본시 하늘이 열리지 않는 이상 절대 맛볼 수 없는 것이다."

"……!"

"하늘은 열리지 않았으되 너는 이미 하늘 열림을 보았다."

유검은 곤혹스러워하다 결국 궁금증을 참지 못하고 입을 열고 말았다.

"혹시 제가 검무를 추다가 주화입마될 때의 상황을 이야기하는 것입니까?"

노인은 빙긋 웃더니 돌연 말을 돌려 버렸다.

"본시 술맛이 기가 막힌 굉장한 주루(酒樓)가 있었다. 그 주루는 아무에게도 문을 열지 않았다. 아직 문을 열 때가 안 되었기 때문이지. 그런데 한 술꾼이 그 주루를 우연찮게 발견하고는 들어가 술을 마셔 버리고 말았다네. 문이 열리지도 않았는데 어떻게 들어갈 수 있었을까? 참으로 희한한 일이었지. 하여간 그놈은 술을 한 모금 마시고 인사불성이 되어서는 다시 집으로 되돌아갔다. 그리고는 다음날 술에서 깨어 다시 그 주루를 찾으려 했지만 어딘지 찾지를 못했다. 심지어 주루에 갔던 사실조차도 진짜일까 의심되었지."

유검은 자신이 무당산에서 검무를 추다 주화입마당했던 상황을 빗대어 이야기하는 게 틀림없음을 깨달았다.

내심 터져 나오는 신음성을 집어삼키며 물었다.

"그 주루의 이름은 무엇입니까?"

혹시 무상검루라 하지 않을까 기대했는데 대답은 엉뚱했다.

"이름? 흠, 궐음루(厥陰樓)라 하는 게 적당하겠군. 풀어 말하자면 바람의 술집이로군. 허허… 재밌군, 재밌어. 주루의 이름이라니! 그것 참……."

혼자 재미있어하며 웃다가 다시 노인은 이야기를 이어 나갔다.

"그런데 이놈의 술꾼은 그 후에도 또다시 우연찮게 그 주루를 발견해서 들어가 술을 마셔 버렸다네. 첫잔에 인사불성되었던 놈인데, 두 번째 마실 때는 그럭저럭 술꾼의 몸이 되어버리더군."

이번에는 유운객잔에서 곡부운을 향해 일검을 펼친 이후로 자신의 몸에 변화가 생긴 것을 말한 모양이었다.

도대체 노인은 누구길래 그러한 자신의 변화를 알고 있는 것일까? 또 궐음루라 비유한 것은 무엇을 의미하는 것일까?

유검은 단도직입적으로 물었다.

"도대체 어르신은 누구십니까?"

"나?"

노인은 짓궂게 웃으며 말했다.

"나로 말할 것 같으면 그 주루의 문지기일세. 이상한 놈이 함부로 들어와 술을 축내고 가니 그놈의 고약한 술꾼을 만나보지 않을 수가 없었지."

"제가 그 고약한 술꾼입니까?"

"고약하고도 고약한 그놈이지. 껄껄껄."

"그렇다면… 도대체 그 주루의 주인은 누구신가요?"

혹시 조금 전 이야기에 나왔던 상고 시대 신인인가 생각했는데 노인은 고개를 저었다.

"신인께서는 그 주루를 만드셨을 뿐 주인은 아니라네."

"그럼……?"

노인은 말없이 웃을 뿐 답하지 않았다.

돌연 노인의 까만 눈동자가 빛을 발했다. 동시에 토해지는 음성, 소리가 아니라 머리 속에서 울려 퍼지는 듯했다.

천하에 이와 같은 주루는 모두 여섯 개.
나는 그중 바람의 술집을 지키는 문지기.
그리고 너는 고약한 술꾼.
묻노니 앞으로 다시 술을 맛보고 싶은가?

왜 갑자기 오한이 일었는지 모른다. 노인의 태도는 장엄하기 짝이 없었으며 유검은 자신도 모르게 옷깃을 여미었다.

갑자기 긴장되어 마른침을 꿀꺽 삼키며 가까스로 '예' 하고 답했다.

그제야 노인은 다시 온화하게 웃었고 유검은 긴장을 풀었다.

스스로 느낀 변화에 유검은 깨달았다. 노인은 마음만으로 상대를 격살할 수 있는 경지에 있는, 감히 상상하기 힘든 고수라는 것을.

유검이 들고 있는 책자의 겉 표지를 가리키며 말했다.

"그것은 궐음경(厥陰經)이란 것으로, 아득한 옛날부터 전해져 오는 것이다. 말하자면 궐음루라는 바람의 술집을 제대로 찾아갈 수 있는 지도와 같은 것이네. 그리고 덤으로 그 주루를 이용하는 방법도 적혀 있지. 주루는 모두 여덟 층으로 이루어져 있는데, 위로 올라갈수록 나오는 그 술맛이 더욱 기가 막히다고 들었다네. 나중에 맛보거든 나에게도 귀띔해 주게나. 껄껄."

노인은 당부하듯 진지하게 말했다.

"하늘이 네게 문을 연 것은 반드시 그 힘이 필요해서일 터인즉, 후일 네게 천고의 기연이 닿아 바람의 힘을 여의한 대로 쓸 수 있다 한들 감히 태만하지 말기를 바라노라."

그리고 손가락에서 구리로 만들어진 것 같은 반지 하나를 건네주며 말했다.

"이것은 나의 신물이니 필요할 때가 있으리라."

그 말을 끝으로 노인은 사라져 버렸다.

분명히 두 눈으로 보고 있었는데도 불구하고 어떻게 사라졌는지 알 수가 없었다.

유검은 무심코 전해 받은 반지를 이리저리 살펴보았다. 표면에 풍(風)이라는 한 글자가 음각되어 있는 것 이외에는 별달리 특별한 점은 발견하지 못했다.

그리고 들고 있는 책자의 겉 표지, 귈음경을 멍하니 들여다보았다.

이리저리 살펴보았지만 역시나 뭐가 적혀 있는지 아무것도 발견할 수가 없었다.

"바람?"

고개를 갸웃거리다 돌연 검무를 추다 들었던 벼락같은 소리가 떠올랐다.

내가 전하는 것은 문장(文章)이다.

"혹시 이게 그 문장이란 거 아닐까?"

너무 터무니없는 추측인가 생각하면서 머리를 긁적거렸다.

밤은 깊어가고 모닥불은 여전히 타오르고 있었다.

*　　　*　　　*

무림맹이 있는 항주로 향하는 도중, 한 성도에 당도했을 때 사람들이 모여 있는 것을 보고 유검은 호기심에 가까이 갔다가 뜨악해질 수밖에 없었다.

무슨 포고(布告)를 하듯 한 장의 그림이 벽에 붙여져 있었는데, 한 절세미남자의 모습이 그려져 있었고 그 아래 '유검' 이라 적혀 있었던 것이다.

처음에는 다른 동명이인을 지칭하는가 싶었지만, 사람들의 웅성거림을 들어보니 아니었다. 일월쌍괴가 어떻고 하는 이야기가 나오는 것이다.

자세히 보니 터무니없이 미화시켜 놓긴 했지만 언뜻 보면 자신의 얼굴과 닮은 느낌도 났다. 하지만 당사자가 옆에 떡하니 서 있는데도 아무도 그림과 같은 사람임을 알아보지 못했다.

'도대체 무슨 일이람.'

배가 고파 술도 한잔할 겸 주루에 들렀다가 무림인들로 보이는 무리들이 주고받는 이야기를 귀동냥으로 들었다.

자신에 대한 이야기가 무성했다. 별의별 터무니없는 이야기가 다 나오는데, 그중의 한 가지는 절대 무시하지 못할 내용이었다.

마교와의 관련설이 그것이었다.

헛소문이라 치부해 버리고 말면 그뿐이겠지만 이와 같은 말이 무림맹에 들어가지 말란 법은 없다. 화의 경우 마교에게 노림을 당했다는 이유만으로도 마치 죄인 취급받듯 끌려가지 않았던가. 자신 역시 진실이 밝혀질 때까지 어떤 취급을 받을지 모른다.

'곤란하게 되었구나.'

항주로 가는 도중 유검은 점점 난감해졌다.

자신의 얼굴을 그린 그림이 붙여져 있지 않은 도시가 없었다. 심지어 조그만 강촌 마을에조차도 그림은 붙여져 있었다. 그리고 무림인들 중 자신의 이야기를 거론하지 않는 자가 없었다.

때는 마교의 발호가 드디어 도래했는가 하는 불안 심리가 만연해 있던 때라 드디어 바라던 구세의 영웅이 나타났다며 침을 튀기는 자가 있는가 하면, 혹자는 유검이야말로 음모로써 천하를 움켜쥐려는 간웅이라는 열변을 토했다. 또 혹자는 심지어 마교에서 후계자 싸움에서 쫓겨난 비운의 소교주 설을 꺼내놓기도 했다.

들으면 들을수록 황당하기 그지없었지만, 어쨌든 본모습으로 돌아다니는 것은 곤란할 듯싶었다. 혹시라도 자신을 알아보는 이를 만난다면 도대체 어찌 처신을 하란 말인가.

애당초 무림맹의 정문을 당당히 들어가 여문과 화를 만나보려던 계획도 전격적으로 변경되고 말았다.

용담호혈(龍潭虎穴)과 같은 그곳을 아무도 몰래 잠입해서 돌아다닌다는 거의 불가능에 가깝다. 어쩔 수 없이 잡일꾼이나 호위 무사로 취직해서 들어가는 방법을 신중히 고려할 수밖에 없었다.

무림맹의 꽃 사신당

무림맹의 꽃 사신당

유검이 절강성 항주에 도착한 것은 여전히 더위가 기승을 부리는 팔월 달이었다.

모든 것이 늘어지고 지쳐 버리는 남국(南國)의 여름이건만 항주는 묘한 활기를 띠고 있었다.

어떤 시인은 항주에 대해 '아침에도 좋고, 저녁에도 좋고, 비 오는 날에도 좋다' 라는 말을 남겼는데 만약 지금 보았다면 '여름에도 좋다' 라는 말을 같이 넣었을 것이다.

본래 예로부터 항주는 여러 가지 말들이 많은 곳이다.

파란 눈의 코가 무지 큰 한 사람이 '세상에서 가장 아름다운 도시' 라 연신 감탄했다고 한다. 그리고 '상유천당 하유소항(上有天堂 下有蘇抗:하늘에는 천당이 있고 땅에는 소주와 항주가 있다)' 라는 말까지 있다.

세상에, 천당에 비유하다니 얼마나 멋진 곳인가!

심지어 생애 최대의 소망이 '관직에서 은퇴한 후 항주에 저택을 짓고 소의미인과 함께 광주의 음식을 먹고 사는 것'이라는 말까지 있을 정도다.

이처럼 세상에서 가장 아름다운 도시인 항주는 그 명성 그대로 천하에서 가장 아름다운 호수인 서호(西湖)도 가지고 있다.

이 정도면 강호무림의 총본산지인 무림맹이 있을 자격이 충분하지 않은가?

물론 중원의 중심지에서 너무 멀리 떨어진 아래 지방에 위치한 게 아니냐는 등, 만에 하나 적들이 몰래 침습하려 할 경우 사람들이 너무 많아 구분이 힘들어 파악하기 힘들다는 등, 무사들의 심신을 단련하기 위해서라면 인적 드문 곳에 세워야 마땅한데 술집과 기루가 너무 많아 젊은 무사들이 방탕해지기 쉽다는 등 갖가지 불만들이 노강호들로부터 쏟아져 나왔으나, 청년강호들의 무조건적이고 압도적인 지지에 힘입어 무림맹은 항주에 무사히 자리해 나갈 수 있었다.

이와 같은 사실을 통해 한 가지 알 수 있는 것은 애당초 삼십 년 전 마교의 발호에 의해 얼렁뚱땅 급조되긴 했지만, 그래도 부평초처럼 떠돌기 좋아하는 전 강호인들을 하나로 묶는 구심점 역할을 하여 거대한 공훈을 세운 대무림맹의 기본 정치적 성격이다.

다루기 힘든 늙은너구리들보다는 쉽게 피가 끓어오르는 무림의 젊은 피를 더욱 중요시 여겼다는 것이다.

생명을 아끼지 않고 대의명분을 위해 아낌없이 목숨을 바칠 수 있는 그들. 체면과 본 파의 이익을 더욱 중요시하는 노고수들보다는 정의감에 불타오르는 그런 젊은 피야말로 거대한 세력 간의 다툼에서 무엇보다 필요했던 것이다.

그 대표적인 예가 사신당(四神堂)이었다.

청룡(靑龍), 백호(白虎), 주작(朱雀), 현무(玄武)로 나뉘어진 이 네 개의 당은 당시 이협(二俠) 중의 하나로 무림맹을 발족시켰던 전전대 무림맹주 맹석천(孟石天)이 출신 문파에 상관없이 젊은 강호인들을 폭넓게 받아들이면서 갑작스럽게 만들어졌다. 그리고 전통과 권위를 중요시 여기던 기존의 명문대파들이 기겁할 정도로 파격적인 대우를 약속했다.

흑도(黑道)든 방문좌도(傍門左道)든 강호의 낭인(浪人)이든 가리지 않고 받아들였으며, 마교와의 싸움에서 공을 세운 이는 공정무사하게 상을 받고 높은 지위를 가지게 됨은 물론 과거에 있었던 악행까지 불문에 붙인다는 면죄부까지 약속했던 것이다.

수많은 반발에도 불구하고 맹석천은 이를 하늘에 천명했으며 이를 믿은 많은 젊은 강호인들이 앞뒤를 가리지 않고 사신당으로 모여들었다.

세상에 자신의 이름 석 자를 떨치고자 하는 이, 부귀와 명예를 누리고자 하는 이, 모든 것에 아랑곳 않고 강호의 정의를 지키기 위해서 열혈에 불타오르는 이들 모두 그렇게 무림맹의 사신당으로 들어갔고, 마교와의 싸움에서 아낌없이 자신의 피를 바쳤다.

수많은 희생 끝에 싸움은 드디어 끝이 났다.

모든 은원은 종식되고 살아남은 이들은 맹주가 언약한 바의 것을 돌려받을 수 있었다.

한 무명소졸은 뭇 강호인들이 감복해 마지않는 영웅이 되는가 하면 명성을 떨치던 많은 영웅들은 피와 살육의 잔치에 질린 나머지 회의를 느끼고 은둔해 버리기도 했다. 너무 많은 제자를 잃어 멸문해 버린 방파가 있는가 하면 이름조차 들어보지 못한 군소방파가 새로운 명문으로 떠오르기도 했다.

그렇게 그 이후로 강호무림은 새로운 판도로 짜여졌던 것이다.

세월은 흘러 당시의 젊은이들은 이제 나이가 들었다. 앞장서 싸우기보다는 뒤로 물러나 지시하는 입장에 놓여지게 되었다. 사신당도 전설과 이름만 남긴 채 유명무실한 조직으로 퇴색해져 가는 듯했다.

하지만 다시 마교의 발호가 기정사실로 나도는 지금, 창고에 낡은 먼지를 뒤집어쓰고 있던 사신당의 네 개의 편액은 다시 햇빛 아래 그 모습을 드러내게 되었다. 그리고 야망을 가진 강호의 젊은이들을 흥건한 피 내음으로 유혹하기 시작했다.

*   *   *

강호의 정의는 그대 손에 달린 것!
오라! 무림맹으로!
들라! 사신당으로!

서호 남쪽에 자리한 무림맹.

정문 옆 벽보에는 위와 같은 글귀가 피 칠을 한 듯 붉은 글씨로 쓰여져 있었다.

강호의 밥을 빌어먹는 친구들이 뱃속에 든 먹물이 많을 리 없는 법인지라 아주 간단하고 쉬운 문장으로 그렇게 적혀 있었다.

등에 병장기를 울러멘 형형색색의 무림인들이 몰려 있었는데, 그 벽보를 보고 흥분해서 주먹을 쥐고 휘두르는가 하면 큰 소리로 고함을 지르기도 했다.

사람들은 웅성대고 있었다.

옛날 마교와의 싸움에 대한 이야기, 당시 사신당의 전설에 대해 주위들은 이야기, 각 당은 갑을병정(甲乙丙丁) 사 개 조로 나뉘는데 가장 하급인 정조(丁組)만 해도 입당하기가 하늘의 별 따기라는 이야기 등 각양각색의 이야기들이 오가고 있었다.

그중의 어떤 이들은 마침내 결심을 했는지 입술을 한일 자로 꽉 깨물고 정문 앞에 임시로 마련된 접수처로 힘차게 걸어가기도 했다.

무림맹의 호위 무사로 보이는 황의(黃衣)를 입은 한 청년이 접수처로 향하는 친구에게 단단히 귀띔을 해주었다.

"다시 말하지만 제일 중요한 것은 시험관의 눈에 띄어야 하는 거야. 아무리 이런저런 성적이 좋아도 시험관의 눈에서 벗어나 버리면 끝장이지. 반대로 성적이 안 좋아도 시험관의 마음에만 들면 쉽게 합격한다구. 단단히 기억해 둬! 알았어?"

그 친구는 염려 말라는 듯 힘차게 고개를 끄덕였다.

중인들 중에 얼굴에 흙먼지를 잔뜩 처바른 청삼(靑衫)청년 하나가 뚫어져라 벽보를 보고 있었다.

그는 보통 사람들과 다른 생각을 하고 있었다.

'절대 튀지 않게! 절대 남의 눈에 띄는 행동은 안 된다!'

그의 머리카락은 묶지 않은 상태라 길게 흘러내려 얼굴의 반을 덮고 있었고, 수염은 깎지 않아 텁수룩했다. 게다가 흙먼지가 끼어 있어 본 모습을 짐작하기 힘들 정도였다.

전체적으로 보자면 산골에서 갓 내려온 시골 무사 같은 느낌이 들었는데 다름 아닌 유검이었다.

본래는 용모를 바꾸기 위해 전문적인 역용 도구를 어렵게 구입했다. 그리고 객점의 방에서 이리저리 시험을 해보았지만, 솜씨가 어설프기 그지없어 동경(銅鏡)에 비친 모습이 무척이나 어색했다. 게다가 세안을 하고 나면 지워져 버리고 마니 오랫동안 그 모습을 유지하기 힘들다는 것을 깨달았다.

난감해하다 문득 깨달은 것이 있었다. 애당초 다른 사람의 모습으로 변장하는 것이 아니라 본래의 용모만 감추면 된다는 것을.

그렇게 해서 심혈을 기울인 끝에 탄생한 것이 지금의 모습이었다.

유검은 연신 남의 주의를 끌어서는 안 된다고 내심 중얼거리며 접수 처로 갔다.

조그만 탁자를 앞에 두고 붓을 든 염소수염의 한 중년인이 접수를 받고 있었는데 사신당으로 입당하기 위해 시험을 치르려는 청년들이 길게 줄이 서 있었다.

유검도 남들과 같이 줄을 섰다.

접수하는 내용은 간단했다.

문파 출신과 사신당 중 어느 곳을 선택할 것인가와 갑을병정 어느 조로 갈 것인가, 이 세 가지를 말하고 그에 맞는 번호표를 건네받아 정 문으로 들어가면 되는 것이다.

한참을 기다리자 드디어 유검의 차례가 되었다.

내심 준비해 왔던 답변을 머리 속으로 떠올리며 긴장한 채 탁자 앞 으로 다가갔다.

염소수염의 중년인이 사무적으로 물었다.

"출신은?"

"예! 호북성(湖北省) 절약현(節水縣)의 고가촌(高家寸)에 있는 영문파

(迎門派) 제일대 제자 고소검(高笑劍)입니다.”

갑자기 염소수염 중년인의 눈빛이 바뀌었다.

“절약현의 고가촌? 영문파?”

유검은 뭐가 잘못되었나 싶어 긴장했다.

어차피 말투는 바꾸기 어려우니 호북성 출신이라 한 것인데, 절약현의 고가촌은 실제 있는 이름이었다. 예전 우연찮게 들른 아주 첩첩산중에 자리한 조그만 마을이었다.

그래서 그 마을을 출신지로 든 것이며, 영문십권을 익혔기에 영문파 출신이라 한 것이니 내심 따져 봐도 문제될 것은 없었다.

그런데 왜 염소수염 중년인의 눈빛이 달라지는 것일까?

“으음……!”

중년인이 자신의 얼굴을 날카롭게 주시하자 엉겁결에 변명을 내놓았다.

“에… 워낙 작은 마을이고 또 이름이 알려지지 않은 조그만 시골 무관이라 들어보진 못하셨을 겁니다. 하하하…….”

어색한 웃음.

중년인은 딱딱하게 안색을 굳히며 돌연 자신의 이름을 밝혔다.

“내 이름이 바로 고철남일세.”

유검은 어리둥절해하다 황급히 포권을 취했다.

“높으신 고명(高名), 귀가 따가울 정도로 익히 들었습니다.”

강호에서 흔히 상대를 치켜세울 때 쓰는 말이었다.

그런데 고철남은 마치 비웃음을 당하기라도 한 양 두 눈을 가늘게 뜨며 냉소를 흘렸다.

“흥, 귀가 따가울 정도란 말이지?”

말이 길어지자 줄을 서서 기다리고 있는 뒷사람들은 투덜거렸다. 혹시 어떤 이는 유검이 무슨 대단한 후광이라도 입고 시험 치러 온 것은 아닌가 하는 의심의 눈초리도 보내었다.

이렇게 사람들의 이목이 집중되자 유검은 내심 난처했다.

있는 듯 없는 듯 그렇게 무림맹으로 들어가려 했던 애당초의 계획이 처음부터 일그러지는 듯한 불길한 예감까지 들었다.

차가운 시선을 보내고 있는 고철삼의 표정에 유검은 문득 한 가지 생각이 떠올랐다.

'설마……'

부인하듯 내심 고개를 저었다.

'아냐, 세상이 얼마나 넓은데 그와 같은 우연이 있을 수 있을까! 고가촌과 무슨 은원 관계가 있을 것이라는 생각은 망상이야, 망상!'

고철남은 차갑게 물었다.

"사신당으로 들어오려는 이유가 뭔가? 은자를 한 밑천 벌어보려고? 아니면 으스대고 싶어서?"

그의 비웃는 듯한 말투에 유검은 곤혹스러워하며 답했다.

"본래… 무공을 익힌 이유가 협(俠)을 행하기 위해서가 아닙니까? 보잘것없는 무공이지만 마교가 발호하려는 이때 이 한 몸 사려서는 안된다고 생각합니다. 그리고……."

"흥!"

고철남의 차가운 냉소에 유검은 더 이상 말을 잇기 힘들었다.

기다리는 사람들의 웅성거림이 커지자 고남철은 더 이상 시비를 걸지 않고 손바닥만한 목패에 뭔가를 적어 건네주었다.

내놓은 목패에는 다음과 같이 적혀 있었다.

청룡당 갑조 칠십육(七十六).

“이, 이건······.”

유검은 난색을 표했다.

대충 입소문을 들어보니 사신당 중 청룡당이 가장 경쟁률이 높았다. 일선에서 앞장서서 싸우는 돌격조와 같은 곳이라 지닌 바 무공에 자신이 있는 자들이나 입신양명(立身揚名)을 꿈꾸는 자들이라면 모두들 청룡당으로 들어가길 바라는 것이다.

게다가 갑조라면 그중에서도 가장 위험한 놈들이 모여드는 곳이다.

조직의 체계를 보면 갑조는 모두 열 명으로 이루어지는데, 각기 열 명의 을조 조원을 거느릴 수 있다. 그리고 을조는 또다시 각기 열 명의 병조 조원을 거느린다. 다시 말해 이론상 갑조의 조원은 모두 천여 명의 부하를 거느리게 되는 것이다.

그러니 갑조의 조원이 된다는 것은 수뇌부나 다름없으며 다른 당의 당주나 호법조차 무시하지 못하게 된다.

대우는 그야말로 황제도 부럽지 않다고 말해지는 곳이기도 하나, 맡는 일은 하나같이 극도로 어렵기 그지없어서 네댓 개 여유분의 생명을 가지지 않으면 살아남기 힘들다고 전해지는 곳이기도 하다.

하지만 유검이 난색을 표한 것은 그런 이유 때문이 아니었다. 위와 같은 성격 때문에 자연히 사람들의 이목이 가장 집중되는 곳이라는 점 때문이었다.

“왜? 자신없는가?”

조소를 머금고 묻는 고남철의 태도에 유검은 갈등했다.

이대로 목패를 들고 당당히 갑조 시험을 치러 가느냐, 아니면 자존심을 굽혀 비굴하게 다시 써달라고 부탁을 하느냐.

뭔가 싶어 흘깃 끼웃거리던 뒤엣 사람이 유검이 들고 있는 목패를 훔쳐보고 놀라 소리쳤다.

"청룡당 갑조!"

중인들의 시선이 유검에게로 꽂혔다.

유검은 내심 이빨을 갈면서 목패를 품속으로 쑤셔 넣었다. 그리고 염소수염을 매만지며 입가에 비릿한 웃음을 띠고 있는 고남철의 얼굴을 매섭게 쏘아보았다.

'좋아, 네가 원하는 대로 청룡당 갑조로 들어가 주마. 그리고 다시 널 찾을 테다! 그때 네 얼굴이 어떻게 변하나 보자!'

그리고 당당히 그 자리를 떠나려는데 누군가 중얼거렸다.

"저 사람 바보 아냐? 청룡당 갑조 시험 신패(信牌)를 왜 여기서 받아?"

중인들의 웃음소리가 울려 퍼졌다.

'……'

그제야 자신이 고남철에게 희롱을 당했다는 사실을 깨달았다.

유검은 치솟는 분기를 꾹 참고 따지기 위해 다른 사람의 신패를 작성해 주고 있는 고남철에게로 다가갔다.

그는 유검이 입을 열기도 전에 손사래를 치며 말했다.

"나에게 용무가 있거든 줄을 서게. 저 뒤에 기다리는 사람들이 보이지 않는가?"

완전히 바보가 되는 순간이었다.

'참자! 참아야 한다!'

여문의 얼굴을 떠올리며 속으로 계속 참아야 한다며 자신을 타일렀다.

다시 줄 끝으로 가서 기다렸다.

드디어 자신의 차례가 되자 그가 다시 물었다.

"출신은?"

"호북성 절약현의 고가촌에 있는 영문파 제일대 제자 고소검."

그는 냉소를 흘리며 사무적으로 물었다.

"원하는 곳은?"

"현무당 정조."

현무당은 무림맹 내의 호위 및 잡무를 주로 맡는 곳, 여문과 화를 찾아보기 위해서는 가장 적당하다고 미리 생각을 둔 곳이었다. 청룡당 갑조로 가려 했던 것은 단지 고남철의 도발 때문이었을 뿐이다. 희롱을 당했다는 것을 안 이상 본래 목적대로 현무당으로 가려는 것이다.

유검의 대답에 고남철의 눈빛이 이채를 발했다.

"흐흐… 현무당 정조라… 좋지, 좋아!"

이번에는 흔쾌히 유검이 원하는 대로 써주었다.

심상찮은 그의 태도가 어쩐지 껄끄럽기는 했지만 유검은 일단 그 목패를 받아서 정문으로 갔다.

호위 무사에게 목패를 보이고 대문을 들어서니 바깥보다 더 많은 사람들이 복작거리고 있었다.

모두 무더위 따위는 아랑곳 않고 저마다 뜨거운 열기를 뿜어내고 있었다. 심중에 품은 저마다의 생각과 야망은 다를지언정 뜨거운 열기만큼은 공통된 것이었다.

하늘 높이 치솟은 깃발들 중 현무당이라 적힌 곳으로 발걸음을 옮졌다.

사람들의 뒤를 따라 한참을 가니 드넓은 연무장이 나왔는데, 많은 사람들이 한참 시험을 치르고 있었다.

한쪽 편에는 커다란 천막에 쳐져 있었는데 그 그늘 아래서 당주를 비롯한 수뇌부들이 시험 치르는 광경을 구경하고 있었다.

모두 갑을병정 네 개의 조 중에서 정조의 지원자를 뽑는 곳이 가장 사람이 많았다. 대부분의 사람들이 그곳으로 향했는데 유검 역시 그곳으로 갔다.

윗통을 벗어 던진 한 근육질의 거한이 크게 번호를 소리쳐 불렀다. 시험 치를 사람들을 번호순대로 각기 열 명씩 부르는 것이다.

자신의 목패를 보니 한참을 기다려야 할 듯싶어 유검은 따가운 햇살을 피해 숲 속의 나무 그늘로 갔다.

그곳에서 시험 치르는 방식을 구경했다.

첫 번째 단계의 시험은 길다란 모래사장을 앞에 두고 뒤에서 달려나가 한 번에 멀리 뛰어야 하는 것이었다. 경신술을 보고자 함인 것 같은데 이 장(二丈:약 6미터)을 뛰면 합격선인 듯싶었다. 모두 세 번을 뛰어서 그 평균값을 보는 모양.

두 번째 단계의 시험은 대략 오백 근 정도 되어 보이는 바윗덩어리를 들어 올리는 것이었다. 역시 세 번의 기회가 있고, 아마도 힘을 시험해 보는 듯했다.

세 번째는 천막 왼쪽 편으로 가서 그곳에 앉아 있는 사람들에게 십팔반 병기를 사용하든 권각술을 펼치든 알아서 시연해 보이면 되는 듯했다.

그리고 당락 여부는 그 자리에서 즉석으로 판가름났다.

‘좋아. 별로 어려울 것은 없어 보이는군.’

생각보다 시험은 간단했다. 저 정도의 시험이라면 남의 눈에 띄지 않고 적당하게 합격 가능할 듯싶었기에 안도했다.

“고얀 놈!”

버럭 들려오는 소리에 고개 들어보니 두꺼비같이 생긴 한 걸인(乞人) 노인이 두 눈을 부릅뜨고 자신을 쏘아보고 있었다.

“잠시 소피 보러 간 틈을 타서 이 어르신의 자리를 훔쳐?”

성격이 꽤나 화급한지 말보다 먼저 타구봉을 휘둘렀다.

몸의 중심을 이동시키며 신형을 살짝 비트니 타구봉은 유검의 머리와 어깨를 스칠 듯 지나가 버렸다.

“어라?”

거지노인은 의아해했다.

피하는 움직임이 조금만 늦었어도 타구봉에 맞았을 것이고 조금만 더 빨랐어도 변화를 구했을 것이다. 반드시 맞을 것이라 생각했기에 전혀 초식의 변화 없이 그냥 내려친 것인데 빈 허공만 치고 말다니. 이와 같은 상황은 전혀 그의 예측을 벗어나 버린 것이다.

유검은 아차 싶었다.

거지노인의 몰골을 보아하니 아마도 개방의 인물 같아 보였다.

허리띠를 보니 결이 모두 여덟 개. 팔결제자라니…….

분명 개방 내에서는 물론 무림맹에서도 그 지위가 녹록치 않을 것이며 강호에서 오래 빌어먹은 만큼 눈썰미도 예리하기 이를 데 없을 것이다.

“이놈이!”

거지 노인은 자존심이 상했는지 와락 얼굴을 구기며 다시 타구봉을 휘둘렀다. 위잉 하는 묘한 소리가 같이 울리는 것으로 보아 상당한 내력을 주입시킨 듯했다.

'어쩔 수 없지. 그냥 맞아주자.'

타앙!

타구봉은 정확히 유검의 정수리를 가격했다.

"아이구, 아파라!"

유검은 호들갑을 떨며 머리를 쥐어 잡고 아픈 체를 했다.

"말로 하지 왜 사람을 때립니까?"

벌떡 일어나 그렇게 따졌다.

거지노인은 멍하니 입을 벌린 채 아무 말도 없었다.

유검이 상당한 무공을 지닌 것이 분명하다고 생각하고 휘둘렀기 때문에 타구봉에 상당한 내력을 주입시켰다.

그런데 그것을 고스란히 맞아버리다니.

때리는 순간 뭔가 이상한 느낌에 황급히 내력을 회수시키기는 했으나 그 여력만으로도 바위를 쪼갤 수 있는 위력을 가졌다. 괜한 놈 하나 장사(葬事) 지내나 하는 후회감이 들기도 전에 깨닫게 된 것은 유검이 멀쩡하다는 사실.

머리통이 박살나든지, 최소한 정신을 잃어야 정상인데 다짜고짜 아프다고 고함을 지르다니.

혹시나 머리 위에 철판 같은 걸 쓰고 있나 싶어 다짜고짜 확인하려 들었다.

유검은 이번에도 실수했다는 것을 깨달았다.

"사실은요!"

황급히 변명했다.

"제가 조금 특이한 공부를 익혔습니다. 그러니까… 어릴 때부터 하도 돌머리란 소릴 많이 듣다 보니 아예 철두공(鐵頭功)이란 걸 익혀 버렸지요."

"철두공? 소림사의 철두공?"

"아, 아뇨! 그게 아니라 어릴 적 어떤 기인(奇人)한테서 배운 겁니다. 다른 무공은 보잘것없지만 그것은 열심히 수련해서 제 머리는 꽤 단단하지요. 심지어 높은 곳에서 바위를 향해 떨어지면 제 머리는 멀쩡하고 바위가 박살나 버린답니다. 하하하…….."

"……."

"그, 그나저나 어르신네의 그 몽둥이는 무섭기 그지없군요. 웬만해서는 아픈 줄 모르는데… 이번엔 머리가 깨어지는 줄 알았습니다요. 하하하…….."

유검은 여전히 어색한 웃음을 띤 채 한 걸음 뒤로 물러나 나무 그늘을 양보했다. 거지노인은 호리병에 담긴 술을 홀짝이며 천천히 나무에 몸을 기대앉으면서도 줄곧 시선은 유검을 향해 있었다.

"네놈은 누구냐!"

"예, 저는 호북성 절약현의 고가촌에 있는 영문파 제일대 제자로 이름은 고소검이라 합니다."

수없이 많이 생각했었고 오늘만 해도 벌써 세 번째 말하는 것이라 말이 술술 나왔다.

"흐음… 영문파? 못 들어본 이름이군."

미심쩍어하는 그의 얼굴 표정에 유검은 변명했다.

"본래 강호에 이름날 정도로 유명한 문파가 아닙니다. 그러니까 저도 별볼일없는 그냥 그저 그런 놈이지요. 하하하."

뒷말은 쓸데없는 사족으로 덧붙이지 않는 것이 좋았다. 강호인들은 자신의 이름 석 자를 누군가 알아주기를 바라는 법, 누가 스스로를 별 볼일 없는 사람으로 치부하겠는가.

마침 자신의 번호를 부르는 소리가 들려왔다.

"그럼 저는 이만 시험을 치러……."

유검은 그렇게 말하고 어물쩍 그 자리를 벗어났다.

거지노인의 번득이는 시선은 유검의 뒤통수에 못이 박힌 듯 떠날 줄을 몰랐다.

"별 볼일 없는 놈이라… 재밌군."

거지노인은 오랜만에 먹잇감을 발견한 매처럼 눈을 희번덕거리며 서서히 몸을 일으켰다.

"누가?"

"누구긴. 저 녀석……."

멀어져 가는 유검을 손가락으로 가리키며 무심코 대답하다 거지노인은 돌연 안색이 변했다.

'누가 내게 말을 걸었지?'

조금 전의 음성이 무척이나 귀에 익다는 생각과 함께 소리난 방향을 향해 고개 돌려보니 아무것도 없었다.

"서, 설마……."

시선을 아래로 향한 순간, 즉 상대방의 정체를 파악한 순간 돌연 그의 얼굴에선 식은땀이 물처럼 줄줄 흘러내리기 시작했다. 정답게 오랫동안 세 들어 살던 때들이 구정물이 되어 눈물로 작별 인사를 고한다.

그의 시야에 잡힌 것은 대여섯 살 정도 되어 보이는 어린 계집아이였다.

이런 무더위 속에서도 소매가 땅에 질질 끌릴 정도로 헐렁하기 짝이 없는 커다란 흑삼을 걸치고 있었는데, 머리카락 역시 발끝까지 닿을 정도로 길게 늘어뜨려져 있었다.

올려다보는 아이의 얼굴에는 전체적으로 어두운 그림자가 내려앉아 있는 듯했다. 특히 반쯤 내리깐 아이의 시선은 이 세상에 관심 가질 것이라고는 하나도 없다는 듯 무미건조했다.

한마디로 말해서 얼굴 자체는 그 나이 또래의 아이들처럼 나름대로 귀엽다고 할 수 있었지만 얼굴 표정 하나만큼은 세상의 쓴맛 단맛을 다 본 팔십 노파와 다를 바가 없었다.

"다, 다우(多憂)구나. 어, 언제 왔느냐? 허허허……."

말의 내용 자체야 친손녀를 대하듯 다정스럽기 그지없었지만 말투는 마치 두 번 다시는 보고 싶지 않은 대상을 불현듯 만났을 때처럼 공포로 딱딱하게 경직되어 있었다.

거지노인의 발은 의지와 상관없이 뒷걸음질치고 있었고 얼굴에는 결코 적의가 없음을 드러내는 썩은 미소를 가까스로 띠고 있었다.

꼬마 계집아이는 무심한 어조로 물었다.

"어디 가?"

거지 노인은 화들짝 놀라 펄쩍 뛰고 말았다.

"도, 도망치는 게 아니라……."

그는 눈알을 데굴데굴 굴리다 이마를 탁 치며 말했다.

"아참! 내 정신 좀 보게나!"

거지노인은 그걸로는 강조가 부족하다는 듯 괜히 지나가는 호위 무사 한 명의 어깨를 붙잡고 마구 흔들어댔다.

"왜, 왜 이러십니까? 제가 무슨 잘못이라도……."

당황해 묻는 그의 말은 아랑곳 않고 거지노인은 마구 소리쳐 댔다.

"이런, 이런! 맹주가 급한 회의가 있다고 했는데 깜빡하고 있었다니! 왜 진작 일러주지 않았난 말이다!"

호위 무사의 얼굴을 바짝 잡아당겨 두 눈을 부릅떴다. 그리고 이빨을 갈며 비장한 어조로 그에게 소리쳤다.

"반드시! 반드시 갈 테니까 꼭 기다리라고 해! 알아들었나?"

"예?"

"알아들었으면 얼른 가서 전해! 얼른!"

"예, 옙!"

화들짝 놀라 달려가는 호위 무사.

거지노인이 어린 소녀에게로 몸을 돌렸을 때 그의 입가에는 어느새 부처님같이 온화하기 그지없는 미소를 띠고 있었다.

"헤헤… 이, 이런 이유로 빨리 가봐야 할 것 같구나. 모처럼 만났는데 놀아주지도 못하고… 이거 어쩌나."

입가에는 부처님 미소, 난색을 드러내는 듯 팔 자로 올라간 미간, 간절한 소망을 담은 두 눈… 참으로 복잡다양한 얼굴 표정이었다.

어린 소녀는 한심한 듯 중얼거렸다.

"세상 사는 게 참 힘들어 보이네. 저러니 늙어 노망났단 소리나 듣지."

"헤헤… 사, 사는 게 다 그렇지 뭐."

"가봐."

가보라는 그 한마디에 거지노인은 사면책을 받은 사형수처럼 얼굴이 활짝 펴졌다.

"저, 정말로 아쉽구나! 진짜야, 진짜! 맹 내의 급한 일만 없다면……."

"……."

"지, 진짜야."

"손을 마구 흔드는 버릇이나 고쳐. 거짓말이란 걸 너무 표시 내면 나도 속아주기 곤욕스럽다구."

"그… 그……."

마구 흔들던 그의 손이 멈춰졌다. 그가 미처 다른 변명거리를 꺼내기도 전에 어린 소녀는 빙글 몸을 돌려 유검이 간 곳으로 걸어가기 시작했다.

시야에 어린 소녀의 모습이 사라질 때까지 그는 체중이 반으로 줄어들어 버릴 정도로 막대한 양의 식은땀을 흘려야만 했다.

한참 지나서야 그는 겨우 긴장을 풀 수가 있었다.

어깨는 축 늘어지고 두 눈에는 이러고도 세상 살아가야 하나 하는 짙은 자책이 떠올랐다.

"휴… 내가 전생에 무슨 죄를 지었기에……."

돌연 풍겨오는 익숙하기 그지없는 냄새에 그는 코를 벌렁거렸다.

"이 냄새는… 에, 그러니까……."

멈춘 줄 알았던 식은땀이 다시 흘러내리기 시작했다.

치이이익—

심지 타 들어가는 소리가 들려왔다.

이에 거지노인은 망연자실, 자포자기를 넘어서 모든 것을 달관한 마음 상태가 되고 말았다.

"헤헤, 물론 얌전히 넘어갈 리 없는 거지. 무사하리라 생각한 내가 바보다. 헤헤헤헤……."

펑! 퍼퍼펑!

그의 전신에서 돌연 뭔가 폭발하기 시작했고 그치지를 않았다. 인간 폭죽이 되고 만 거지노인은 꽁지에 불붙은 쥐새끼처럼 물을 찾아 천방지축으로 헤매 다녀야 했다.

유검은 줄을 서서 순서를 기다리고 있었다. 줄이 길어 제법 기다려야 할 듯싶었다.

한 사내가 마른침을 꿀꺽 삼키더니, 대략 십어 장 뒤에서부터 달려가서 모래판을 향해 힘껏 도약했다. 그의 몸은 새처럼 날아 이 장 하고도 두 발자국 되는 거리에 무사히 착지했다. 그는 합격선을 통과한 것을 알고 두 주먹을 불끈 쥐고는 허공을 마구 저으며 환호성을 질렀다.

유검은 그의 행동을 하나하나 유심히 관찰해 두었다. 달리는 자세와 속도, 착지 시의 자세 등은 물론 약간 숨이 가빠 숨을 몰아쉬는 것까지 세세한 점도 빠뜨리지 않았다.

"좋아, 저 정도면 되겠군."

요는 절대로 남의 주목을 끌어서는 안 된다는 것.

고개 들어 하늘을 보니 뭉게뭉게 피어 오른 구름이 여문의 얼굴을 닮은 듯했다. 자신을 내려다보는 그녀의 얼굴이 웃는 것인지 우는 것인지 도무지 알 수가 없었다.

나 보러 오는 거야?

마치 그렇게 묻는 듯했다.

유검은 입술을 꼭 깨물었다.

“물론이지!”

돌연 어린 소녀의 목소리가 들려왔다.

“오빠도 시험 치러 온 거야?”

어느새 헐렁한 장삼을 걸친 어린 소녀가 곁에 다가와 있었는데, 두 눈을 초롱초롱 빛내며 잔뜩 기대에 찬 눈으로 자신을 올려다보고 있었다.

유검이 돌아보니 말을 건넨 것이 부끄러운 듯 두 뺨엔 홍조가 떠올라 있었다.

‘오빠? 날 아저씨로 안 보다니, 참으로 기특하군.’

꽤 귀여운 아이라고 생각하며 머리를 쓰다듬어 주었다.

“그래, 시험 치러 왔단다. 넌 아버지를 따라온 거니?”

아마도 시험을 치러 온 누군가의 딸일 것이라 짐작되어 웃음을 띠며 그렇게 물었다.

돌연 어린 소녀의 얼굴은 슬픔으로 물들었다. 눈가에는 눈물이 그렁그렁 매달렸다. 고개를 푹 숙이더니 고개를 천천히 저었다.

유검은 흠칫했다.

‘이런… 무슨 사정이 있나 보구나.’

무심코 건넨 말인데 아마도 이 아이의 상처를 건드린 게 아닌가 싶었다.

“자자, 울지 말거라. 착한 아이는 울지 않는 법이란다.”

유검의 말에 어린 소녀는 소맷자락으로 눈가를 슥슥 닦더니 활짝 웃어 보였다.

“예, 울지 않을래요. 다우는 착한 아이인걸요.”

“그래그래, 참 착하구나.”

웃는 모습이 더 가련해 보여 유검은 아이를 안고 등을 토닥거려 주었다.

어린 소녀의 얼굴은 웃고 있지만 눈가에서는 다시 눈물이 흘러내렸다.

"오빠는 너무 다정하네요. 너무……."

"내가?"

"헤헤, 다른 사람들은 날 못된 아이라며 마구 때리고 욕을 하던데… 오빠는 너무 다정해요. 그래서 오빠가 참 좋아요. 헤헤……."

유검은 손가락으로 어린 소녀의 눈가에 묻은 눈물을 닦아주며 다정하게 말했다.

"이렇게 귀엽고 예쁜데 누가 널 때리고 욕한단 말이냐. 그런 사람 있거든 나한테 이르렴. 내가 혼구멍을 내줄 테니까!"

"정말요?"

"그럼! 정말이잖고!"

"와―! 기뻐라! 오빠 정말 좋은 사람이에요! 정말루요!"

폴짝폴짝 뛰며 기뻐하는 어린 소녀의 모습에 유검의 입가에는 절로 미소가 지어졌다.

'정말로 귀엽고 예쁜 아이인데… 아마도 부모 없는 아이라고 모진 세파에 시달렸던 모양이구나. 조금 다정하게 대해줬다고 저리 좋아하다니…….'

자신의 어린 시절이 문득 떠올랐다.

비록 아이들을 데리고 대장 노릇을 하고는 했지만 저녁놀이 질 무렵 하나둘씩 저녁밥을 먹으러 가는 녀석들을 볼 때면 부럽기 그지없었다. 남아 있던 놈들도 어머니가 찾아와서 데리고 가곤 했다. 비록 욕하고 때리더라도 그런 어머니가 있었으면 하는 생각이 얼마나 간절했던가.

게다가 여문 역시 이 아이 나이 무렵에 부모님을 모두 잃고 말았지 않은가.

유검은 어린 소녀가 걸치고 있는 헐렁한 장포를 보며 내심 한숨을 쉬었다.

'한참 예쁜 옷을 입고 다니며 뽐내고 싶을 텐데 어른들이나 입는 장포를 하나 덜렁 걸치고 다니다니……'

유검은 아이의 머리를 쓰다듬으며 말했다.

"이 오빠가 나중에 예쁜 옷을 하나 사주마."

어린 소녀의 얼굴에 기쁨이 일렁거렸다.

"정말요?"

"물론이지."

어린 소녀는 믿기 힘들다는 듯 두 눈이 동그래졌다. 하지만 곧 깡충깡충 뛰며 기쁨을 감추지 못했다.

그 모습에 유검의 마음은 흐뭇하기 이를 데 없었다.

돌연 어린 소녀의 표정이 시무룩해졌다.

유검은 의아해 물었다.

"왜 그러니? 기쁘지 않아?"

어린 소녀는 주저하며 말했다.

"괜찮아요. 다우는 그런 오빠의 마음만으로도 충분히 기쁩니다. 그리고 돌아가신 할아버지가 항상 말씀하셨어요. 이유없이 남의 도움을 받아서는 안 된다고. 또 바래서도 안 된다고."

어린 소녀의 어른스런 말투에 유검은 내심 혀를 찼다.

'한참 부모님의 사랑을 받고 밝게 천진난만하게 자라야 할 나이인

데…….'

불쑥 든 측은함에 가슴이 뭉개질 듯했다.

유검은 그녀를 꼭 끌어안고 진지하게 말했다.

"다우라고 했지? 앞으로 넌 나의 동생이다. 남이 아니야. 알겠니?"

"오빠……."

"그래, 내가 너의 친오빠가 되어주마. 그러니까 난 남이 아니고, 예쁜 옷을 선물해 줘도 되는 거야. 알겠니?"

어린 소녀는 말문이 막힌 듯 눈물만 주르르 흘러내렸다. 그 모습에 유검은 아버지 노릇까지 해주리라 단단히 마음먹었다.

이 어린 소녀는 조금 전 거지노인과 만났던 다우였다.

만약 거지노인이 이러한 다우의 모습을 보았다면 가증스러움을 견딜 수 없어 게거품을 물고 넌 누구냐고 소리쳤을 것이다. 또한 부들부들 떨며 그녀를 가리키는 손가락은 참을 수 없는 입의 간지러움을 막기 위해 자신의 입술을 꼭 쥐어틀고 말았을 것이다.

길고도 짧은 포옹이 끝난 후 다우는 다시 발랄함을 되찾은 듯 한껏 밝은 모습이었다. 주절주절 늘어놓는 아이의 수다를 유검은 즐거운 마음으로 들어주었다.

그런데 다우가 돌연 주저하다 물었다.

"그런데… 오빠는 세?"

유검은 의아해하며 되물었다.

"왜?"

"아, 아무것도 아니야."

"왜 그러니? 내게 뭐든 말해도 괜찮아."

"괜찮다니까!"

"이런… 날 친오빠로 생각 않는 거니? 그래서 말 못하는 거야?"

"그, 그게 아니라……."

유검은 짐짓 화가 난 듯한 표정을 지었고, 다우는 주저하다 말문을 꺼내었다.

"사실 날 괴롭히는 사람들이 있는데… 아니, 아니, 그냥 머리통을 쥐어박고 욕하는 것뿐이야. 그것뿐이야. 정말이야. 별루 아프지도 않는 걸. 헤헤."

유검은 다우의 말에 속에서 뭔가 불쑥 솟구치는 듯했다.

'이렇게 어린 꼬마를 때려? 이런 천인공노할……!'

솟구치는 분기를 참고 유검은 안심하라는 듯 웃어 보이며 물었다.

"그래그래, 하지만 앞으로 그놈들이 널 때리거나 욕하지 못하게 될 거야. 내가 약속할게. 꼭!"

다우는 활짝 웃으며 물었다.

"정말루? 그럼 방에서 옷 벗고 이상한 짓도 안 해도 되는 거야?"

그 말에 유검의 표정이 철판을 깐 듯 딱딱해졌다.

다우는 흠칫하며 실수했다는 듯 손바닥으로 자신의 입을 황급히 틀어막았다.

유검은 한 가지 상상이 떠올라 머리가 핑 도는 듯했다.

'설마……?'

"무, 무서워, 오빠……."

다우의 말에 유검은 가까스로 웃어 보였다.

"그, 그래, 안심하려무나. 넌 앞으로 너 하고 싶은 일만 하게 될 거다. 안심하렴. 안심해도 돼."

다우는 불안해하며 말했다.

“하지만 그 사람들은 덩치가 이~만하단 말야.”

다우는 두 팔을 활짝 펼쳐 보였다.

“그리고 힘도 무지 세. 한 손으로 탁자를 번쩍 드는걸.”

“괜찮아, 괜찮아, 이 오빠가 훨씬 세다!”

“정말루?”

“그럼! 물론이지! 난 새끼손가락 하나로도 탁자를 들 수가 있는걸!”

다우는 그제야 안심이 된 듯 불안한 표정을 풀었다.

등을 토닥여 주자 그제야 말문을 털어놓았다.

“방에서 이상한 짓 하는 거 말야. 사실 때리는 거보단 덜 아프지만 너무 싫어. 입두 아프구… 난 오줌 먹기 싫단 말야.”

유검은 속에서 으아악 비명 소리가 터져 나왔다.

“빠드득—!”

이빨이 갈렸다.

떨리는 두 주먹을 간신히 추스르며 물었다.

“근데 그놈들 지금 어디 있니? 괜찮아, 말해도 돼.”

다우는 머뭇거리더니 돌연 품속에서 뭔가를 꺼내기 시작했다.

“미안해. 사실은 나…….”

다우가 꺼내 든 것은 유검이 간직하고 있던 금원보와 전표 등이었다.

“두목이 시켜서 그랬어. 하지만 좋은 오빠 줄 알았더라면 절대 안 했을 거야. 정말이야!”

그러면서 불안한 눈빛으로 유검의 표정을 살핀다.

“괜찮아, 괜찮아. 넌 착하고 예쁜 아이란다. 그런데… 그 두목은 어디 있니?”

다우는 여전히 불안한 눈빛으로 고개만 도리도리 저었다. 그 두목이란 작자를 두려워해서 말하기 겁난다는 것 같았다.

아무래도 자신이 세다는 것을 믿게 만들어야 다우가 말문을 열 것 같았다.

유검은 자신의 주먹을 불끈 쥐어 보이며 진지하게 말했다.

"이 오빠는 말야, 사실 무지 세단다. 진짜야!"

다우는 머뭇거리다 조심스레 말했다.

"근데… 여기서 시험 치는 사람들은 별루 안 세다고 하던데……."

그 말에 유검은 흠칫했다.

"그, 그건 사정이 있어서 말이다. 하하… 하지만 실제로 이 오빠는 무지 세! 그러니까 안심하고 두목이 어딨는지 말해 주렴. 응?"

하지만 다우는 여전히 불안한 표정으로 머뭇거리기만 할 뿐이었다.

'아무래도 내가 세다는 것을 직접 확인하기 전에는 입을 열 것 같지 않구나.'

어떻게 해야 자신이 세다는 것을 보여줄 수 있을까 내심 고민하는데 누군가 다가와 말했다.

"이보슈, 당신 차롄 거 같은데."

웃통을 벗어 던진 근육질의 사내가 목이 터져라 자신의 번호를 부르고 있었다.

유검은 단단히 일렀다.

"다우야, 절대 어디 가지 말고 여기서 기다려라. 알겠지? 나랑 약속한 거다!"

시험 치러 가면서도 불안한지 유검은 연신 뒤돌아보았다.

경신술 시험 장소.

유검은 저 멀리 보이는 모래판을 주시하며 내심 갈등했다.

절대 남의 주목을 끌어서는 안 된다.

하지만 여기서 남들과 비슷한 모습을 보여주다가는 다우는 자신이 강하다는 것을 결코 믿지 않을 것이다. 당연히 입도 열지 않을 것이다.

멀리 다우 쪽을 바라보았다. 여전히 자신을 주시하고 있었다.

'어쩔 수 없지.'

모종의 결심을 한 듯 입술을 꽉 깨물었다.

하늘을 바라보니 뭉게구름은 여전했다. 하지만 여문의 얼굴은 슬퍼 보였다.

"미안하다, 아문… 조금만 더 기다려 줘."

유검의 시선이 돌려지는 순간 다우의 얼굴은 어느새 무심히 세상을 관조해 바라보는 듯한 노승의 표정으로 바뀌어져 있었다.

"꽤 다루기 쉬운 편이군. 태도를 보니 내게 뭔가를 보여주려고 하는 듯한데… 그래도 기대해 볼까? 그게 예의겠지."

세상 다 산 것처럼 시큰둥하기 그지없는 말투였다.

유검은 길게 심호흡을 했다.

저 멀리 보이는 모래판을 향해 천천히 달려가기 시작했다. 속도는 점점 빨라져 갔다.

세차게 부딪쳐 오는 공기 바람 속에 유검은 기이한 흥분을 느꼈다.

본래 남에게 무공을 자랑하려거나 하는 생각 따위는 한 번도 해본 적이 없었다. 인정받으려고 애를 써본 적도 없었다. 그도 그럴 것이 가만히 있어도 동기들은 물론 사문의 어른들까지 자신의 무공을 인정하

고 부러워하지 않은 이가 없었으니까. 구태여 자랑하고 말고 할 필요
성도 없었던 것이다.

본시 천하의 기재로 이름을 떨쳤고, 남들의 찬사 등은 오히려 귀찮
기 그지없는 일이었다. 남들의 이목 따위는 전혀 신경 쓰지 않았었다.

사람들이 자신 앞에서는 크게 찬탄하고 칭찬하면서도 뒷구멍으로
잘난 체한다는 둥, 거만하다는 둥의 이야기를 수군거린다는 것을 알고
있기에 꼭 필요한 경우 외에는 남들 앞에 나서서 무공을 드러내기를
꺼려하는 편이었다.

그런데 이제 조그만 꼬마소녀에게 자신의 무공을 인정받으려 하고
보니 쑥스럽기도 하거니와 왠지 모를 흥분도 함께 느껴졌던 것이다.

순수하기 짝이 없는 어린아이라면 있는 그대로 보고 감탄할 것이다.
시기와 질투 등을 감춘 채 겉으로만 웃는 얼굴은 보이지 않을 것이다.

그래! 있는 그대로 나의 무공을 보여주마!
얼마든지 감탄해라. 그리고 나를 믿어다오!

초롱초롱한 눈빛으로 자신을 보고 있을 다우를 결코 실망시키지 않
으리라 결심했다. 나중에 달리 무림맹으로 들어갈 방도를 구해야겠지
만 결코 이런 자신의 결정을 후회하지 않았다.

유검은 속도를 올렸다.

모래판 앞의 발판에 이를 때 즈음에는 거의 눈으로 쫓기 힘들 정도
로 빠르게 달리고 있었다.

무더위 속에서 수많은 사람들은 제각기 자신의 일에 바빠 갑자기 빨
리진 유검에 대해 크게 관심을 가진 이는 없었다.

다만 차례를 기다리는 몇몇 이들과 한쪽 옆에서 얼마나 뛰었는지 채점을 매기고 있는 시험관만이 갑자기 사라져 버린 유검의 모습에 어리둥절해할 뿐이었다.

발판을 박차기 전 유검은 잠시 다우를 향해 고개를 돌렸다.

초롱초롱한 눈빛으로 얼굴에 홍조를 띤 채 두근두근거리며 자신을 지켜보는 다우의 모습을 기대하면서. 어쩌면 자신이 너무 빨리 달려 버려서 자신의 모습을 놓쳐 버리고 주위를 두리번거리고 있을지 모른다는 걱정도 함께.

순간 유검의 신형이 삐거덕거렸다.

반쯤 내리깐 눈에 시큰둥한 표정. 게다가 새끼손가락으로 코까지 후비고 있는 모습이라니?

'…잘못 본 거겠지.'

콱—!

잠시 환각을 보았거니 생각하며 유검은 발판을 박찼다.

빠르게 하늘 높이 치솟아오르는 순간 유검의 시야에 모래판 넘어 태연히 서 있는 두 사람의 모습이 빨리듯 들어왔다.

유검의 얼굴 전체가 일그러졌다.

'일월쌍괴?'

유검은 내심 고개를 저었다.

그런 괴물들이 보통 사람들 틈에 평범하게 끼어 있을 리가 없지 않은가!

'그래, 닮은 사람일 뿐이야. 하하……'

그들이 하도 태연하게 있으니 중인들은 설마 하니 소문으로만 듣던 일월쌍괴 본인들이라고는 전혀 생각하지 못했다.

무림맹 안이기에 위험에 대한 자각이 둔해져 있고, 찌는 듯한 더위에 나른함이 겹쳐져 '그래서 그게 뭐 어쨌단 말인가?' 라는 시큰둥함이 더해지고, 게다가 인생을 건 시험의 결과에 모든 신경이 집중되어 있는 탓일지도 몰랐다.

혹은 서로가 '다른 사람들이 태연하게 있는 것을 보아 그들이 아닌 모양이다'라고 납득해 버리는 탓도 컸다. 남들은 태연한데 홀로 호들갑 떨어봤자 핀잔만 먹을 게 뻔하지 않은가.

하지만 그건 일월쌍괴의 얼굴을 모르는 일반 중인들의 경우일 뿐 직접 싸워보기까지 한 유검이 그들을 잘못 볼 리 없었다.

다만 두 괴물이 군중들 틈에 아무렇지도 않게 끼어 있다는 사실이 도저히 믿기 힘들어 반신반의할 뿐이었다.

일월쌍괴는 조금 전까지 태연하게 이러한 이야기를 나누고 있었다.

"저놈이 이대로 무림맹에 들어가 버리면 곤란하겠지?"

"당연. 여러모로 귀찮지겠지."

"그럼 할 수 없군. 손을 써야지."

둘은 유검이 발판을 박차는 순간 동시에 쌍장을 들어 올렸고 함께 슬며시 잠력을 쏟아내었다.

"젠장, 진짜잖아!"

비상하는 매처럼 하늘 높이 솟아오르기도 전에 유검은 거대한 해일처럼 밀려드는 잠력에 발버둥을 쳐야만 했다.

평지라면 잽싸게 피해 버리든지, 하다못해 견디고 앞으로 한 발자국씩 전진해 나갈 수 있을 것이다. 하지만 지금은 허공에 뜬 상태, 도저히 힘을 빌 곳이 없었다.

물론 무당파의 경신술을 이용하면 멋들어지게 허공 중에서 운신하여 어찌어찌 해볼 수도 있을지 모른다. 하지만 지금은 자신의 주위를 둘러싸고 있는 거대한 기운의 흐름을 읽고 때때로 그 힘을 사용하기는 하지만 그것을 정밀하게 운용할 만한 적절한 무공은 없었다.

유검은 허공에서 허우적거리다 결국 땅에 떨어지고 말았다.

거리는 발판에서 겨우 한 뼘 정도.

자초지종을 모르는 이들은 그런 유검의 모습에 피식 실소를 터뜨렸다.

"실격!"

심드렁한 시험관의 그 소리에 유검은 기가 막혀 소리쳤다.

"저기 저 사람들 때문에 방해를 받았습니다. 내가 막 뛰려는 순간 저들이……."

손가락으로 두 괴물들이 있는 곳을 가리키며 열심히 변명했지만 시험관은 아예 그곳을 쳐다보지도 않았다.

"다시 시도해 볼 텐가, 아니면 이대로 포기할 텐가?"

복지부동한 전형적인 관리의 모습 그대로 그렇게 중얼거리는 시험관의 태도에 유검은 이빨을 꽉 깨물고 말문을 닫았다.

'참자, 참아! 애당초 합격하려고 한 것이 아니지 않은가? 다만 다우에게 나의 본무공 실력을 보여주기만 하면 돼!'

다우를 보니 고개를 푹 숙인 채 발끝으로 돌멩이만 툭툭 차고 있었다. 차마 보기 민망해서 딴청을 피우는 듯한 태도.

"……."

일월쌍괴를 보니 그들은 팔짱을 낀 채 오연히 하늘로 시선을 돌리고 있었다. 마치 시비를 걸어볼 테면 걸어보라는 듯한 태도였다.

'이 늙은 괴물들이 나에게 무슨 원한이 있어서…….'

괜한 소동은 벌이고 싶지 않았기에 치솟는 분기를 억지로 참고 몸을 돌렸다.

발판을 딛는 순간 유검은 고개 숙인 채 곁눈질로 일월쌍괴를 훔쳐보았다.

여전히 하늘로 시선을 돌리고 있는 모습.

'좋아, 방심하고 있는 이때……'

유검의 몸이 순식간에 뒤집어졌다. 앞뒤로 동시에 얼굴이 보일 정도였다.

동시에 시위를 벗어난 화살보다 더 빠르게 유검의 신형이 날았다. 허공 중에 커다란 붓으로 파란 물감을 쓱 하니 그은 듯했다.

거리는 정확히 이 장 하고도 두 발자국 정도.

돌연한 유검의 행동에 일월쌍괴는 흠칫하며 두 눈을 부라렸다.

유검은 팔짱을 끼고 어떠냐는 듯 승리의 미소를 지어 보였다. 하지만 곧 이어진 시험관의 외침에 무릎이 휘청거렸다.

"실격!"

유검은 어이가 없어 소리쳤다.

"이 선을 넘으면 합격이지 않습니까? 그런데 왜……!"

"저—기."

시험관은 귀찮다는 표정으로 출발점을 가리켰다.

"반드시 저기서부터 달려서 발판을 딛고 뛰어야 하네. 그게 규칙이지. 자네는 규칙을 어겼네. 규칙을 어기면 실격, 실격, 실격!"

계속 실격을 외쳐 대는 시험관.

달려서 뛰는 것보다 제자리서 멀리 뛰는 게 더 어렵다는 것은 삼척

동자도 아는 사실이다. 그런데 이 관리형의 시험관은 고리타분한 규칙을 내세워 그런 소리를 지껄여 대는 것이다.

일월쌍괴는 킬킬거리며 웃었고 유검은 소태를 씹은 듯한 얼굴이 될 수밖에 없었다.

다우가 다가와 옷자락을 끌었다.

"군자는 물러설 때를 알아야 하는 법, 다음 기회를 보는 게 어떤가?"

유검은 나직이 한숨을 쉬었다.

"휴… 하긴, 내가 이 자리서 괜히 저들과 다툴 이유는 없지… 없는 건 없는 건데……."

무심코 말대꾸를 하다 유검은 고개를 갸우뚱거렸다.

발끝까지 내려오는 긴 머리카락, 헐렁한 검은 장포, 분명 다우는 다우인데…

다우는 세상에 염증을 느낀 노인들이나 할 법한 말투로 중얼거렸다.

"사람들이란 조그만 권력만 있어도 써보고 싶어 안달하는 법, 그게 바로 세상이지. 세상일이 뜻대로 되지 않는다 해서 괜히 스스로를 너무 책망할 필요는 없네. 인생사 일장춘몽(一場春夢)이라고들 하지 않나? 지나고 나서 무덤 들어갈 때 보면 다 그게 그거일세."

"……."

유검은 머리를 긁적거리다 하늘을 한 번 보고, 땅을 한 번 보고, 다시 다우를 바라보았다.

그리고 납득이 된다는 듯 고개를 끄덕였다.

"휴… 세상살이가 얼마나 힘들었으면……."

아마도 나이 든 노인들이 하는 말을 기억해 두었다가 무슨 의미인지도 모르고 자신을 위로해 준답시고 한 말이라 생각한 것이다.

"가만, 무슨 의민지도 모르는데 위로가 되는지 어떤지 어떻게 알지?"

다우는 피식 웃으며 말했다.

"대개 도박장에서 전 재산을 날렸거나 믿고 있던 사람에게 겁탈당해 울고 있는 여인을 위로할 때 주로 그런 말을 쓰지."

"아, 과연 그렇군."

"자넨 아직 그런 말도 써보지 못한 모양이군?"

"하하… 나야 뭐 아직은 세상을 낙관적으로 보니까……."

무심코 고개를 끄덕이다 뭔가 견딜 수 없는 이상함에 머리카락을 곤두세웠다.

다시 다우의 모습을 보니 자신의 기억이 의심스러웠다.

어린 나이에 온갖 굳은 일을 당하면서도 천진난만한 미소를 잃지 않았던 다우… 였을 텐데?

이마에 드리워진 검은 그림자, 세상일이 다 그렇지 하는 허무한 시선, 욕망에 휘둘려 앞뒤를 가리지 않고 달려드는 불나방 같은 중인들을 향해 보내는 비릿한 조소.

유검은 내심 고개를 저었다.

'아냐, 착각이야, 착각! 지금 내가 보고 있는 건 내 마음속에 비뚤어진 사념이 투영되어 나타난 것일 따름이다. 여섯 살짜리 꼬마가 그런 표정을 지을 리가 없지 않은가?

다우는 한심하다는 듯 고개를 도리도리 저었고, 유검은 참지 못하고 버럭 소리를 질렀다.

"넌 도대체 누구냐? 내가 알고 있던 다우는 어디로 간 거지?"

돌연 다우의 표정이 변했다.

"오, 오라버니, 소리치면 다우는 무서워요."

두 손을 가슴에 모은 채 겁에 질려 울먹이는 듯한 태도.

"제가 뭘 잘못했는지는 몰라도 꼭 고칠게요. 제발 절 미워하지 마세요. 제발요."

"그, 그게 아니라……."

유검은 말을 더듬다 지금 보이는 다우의 행동과 말이 자신이 알고 있는 그녀의 본모습과 일치함을 깨달았다. 안도감과 함께 기쁨이 솟구쳐 다우를 꼭 끌어안고 뺨에 입을 맞추었다.

"하하, 역시 다우 너 맞구나. 잠시 내가 착각했단다. 더위 때문에 내가 잠시 이상해진 모양이다. 하하하……."

시험관이 짜증스러운 어투로 소리쳤다.

"시험은 포기할 텐가?"

"아, 아닙니다!"

세 번의 기회 중 남은 것은 단 한 번.

유검은 허둥지둥 출발선으로 향하며 다우에게 웃음을 보여주었다.

씨이익—

다우 역시 웃고 있었다.

그녀의 주위에 깔린 암울하고 검은 그림자. 마치 관에 누워 지옥의 사신(死神)을 기다리며 있는 팔십 노파의 웃음처럼, 늦가을 말라비틀어진 낙엽처럼 메마른 웃음이었다.

날이 더운지 식은땀이 콧잔등을 따라 흘러내렸다.

"착각이야, 착각! 하하하……."

치이이익—

매캐한 화약 냄새와 함께 발 아래서 난데없이 심지가 타 들어가고 있는데도 유검은 호탕하게 웃는 데 주력할 뿐 그것을 느끼지 못했다.

"쳇, 감히 내게 소리를 지르다니……."

다우는 못마땅한 듯 중얼거렸다.

출발선상에 선 유검은 잠시 다우 쪽을 바라보았다. 계속 자신을 향해 뭐라 중얼거리고 있었다. 거리가 멀어 들리지 않았다. 어떤 내용인지 궁금하여 입 모양을 흉내 내어 따라 해보았다.

'바… 보? 하하… 이런, 또 착각이군. 다우가 그런 말을 내게 할 리가 없지 않은가. 야호? 만두? 마보(馬步)? 마부(馬夫)? 만세? 아, 이건 전혀 아니군. 도대체 뭐라고 한 걸까? 그리고 그 뒤의 말이… 하하… 또 착각이 시작되는군. 뒈져라라고 말할 까닭이 없잖아!'

그렇게 단정 내렸지만 이는 번뇌. 마구 뒤엉키는 잡념들이 진흙 발로 마구 머리 속을 헤집어놓는다.

어쩐지 자신이 바보 같은 느낌.

괜한 일을 벌이고 있는 건 아닌지 하는 회의감.

유검은 세차게 고개를 저었다.

'진정하자, 진정해. 저 애는 부모도 없는 겨우 여섯 살짜리 꼬마 여자 아이다. 악랄한 놈 밑에서 온갖 추저분한 짓을 당하고 있는 불쌍한 녀석이야. 내가 아니면 누가 저 애를 도우겠는가?'

다시 상황을 정리해 보니 다우에 대한 연민감이 불끈 치솟았다.

'그래, 바로 그거야!'

쓸데없는 사념들이 밝은 햇살 아래 곰팡이들처럼 사그라들었다.

유검의 표정이 밝아졌다.

"하하… 혹시나 내가 바보 짓을 하는 건 아닌가 하는 의문이 들다니… 나도 참 어리석군."

두 주먹을 불끈 쥐고 마음을 새롭게 다졌다.

일월쌍괴는 모래판 너머 팔짱을 낀 채 자신을 향해 능글맞은 웃음을 보이고 있었다. 이번에도 방해할 테니 어디 해볼 테면 해보라는 태도였다.

'그나저나……'

유검의 미간이 찌푸려졌다.

어떡하면 그들의 암중방해를 물리치고 시험에 통과할 수 있을까?

현재 자신이 가진 무공을 제대로 발휘하긴 어렵다. 아니, 오히려 무당파 본래의 무공을 발휘되지 않도록 노력해야 할 판이다.

현재 가진 것은 영문십권뿐.

시중에 나도는 이런 삼류무공 따위에 허공에서 마음대로 몸의 중심을 움직이며 제대로 운신(運身)할 수 있는 상승요결이 들어 있을 리가 없다. 지금 할 수 있는 것은 단순한 달리기와 도약뿐이다. 물론 웬만한 놈들보다야 훨씬 빨리 달리고 뛸 수야 있겠지만 그것으로 일월쌍괴의 암중방해를 물리칠 수 있을 리가 없는 것이다.

생각할수록 어려웠다.

유검이 멍하니 가만히 있자 시험관은 짜증스런 얼굴로 외쳤다.

"빨리 안 뛰고 뭐 하고 있나! 다섯 헤아릴 동안 안 뛰면 실격이다. 다섯, 넷, 셋……"

여유를 두지 않고 빠르게 숫자를 헤아려 나갔다.

유검은 어쩔 수 없이 달리기 시작했다.

아직 생각이 정리되지 않았기에 최대한 천천히 달렸다. 물론 달리는 모습이긴 했지만, 거의 제자리에서 뜀뛰는 식이라 옆에서 기어가던 개미가 추월할 정도였다.

지켜보던 사람들은 기가 막혀 황당한 표정만 지을 뿐 웃지도 못했다.

시험관은 그 모습을 보고 도저히 참을 수 없다는 듯 얼굴을 시뻘겋게 물들이며 화가 나 벌떡 일어났다.

"제기랄, 장난치는 거야 뭐야!"

유검은 입맛을 다시며 조금 속도를 올렸다. 조금은 빨라졌지만 한가로이 꽃구경 나온 여인네들의 걸음걸이와 겨루어본다면 좋은 경쟁이 될 정도의 속도였다.

중인들은 결국 참지 못하고 폭소를 터뜨렸다.

이에 유검은 정신이 번쩍 들었다.

시험의 통과는 오히려 나중 일. 무엇보다 가장 큰 목적은 다우에게 자신의 무공을 인정받는 것 아닌가. 이처럼 웃음거리가 되는 것은 곤란하다.

"할 수 없군!"

유검의 신형이 순간 쏘아져 나갔다. 그 속도가 얼마나 빠른지 손가락질하며 배꼽을 잡고 웃던 이들은 졸지에 유검의 모습을 잃어버리고 어리둥절해할 정도였다.

탁—!

유검이 발판을 박차는 순간 예상했던 바의 잠력이 몰려왔다.

일월쌍괴의 막대한 내공으로 발휘된 그 잠력은 거대한 벽이 되어 유검을 한 치도 나아가지 못하게 할 듯싶었다.

애당초 처음 경험했던 바대로 힘을 빌릴 곳이 없는 허공에서 그 잠력을 뚫고 이 장여 거리를 건너뛴다는 것은 불가능하다.

'흥, 굳이 건너뛸 필요가 있나?'

유검의 신형은 하늘로 솟구쳤다.

답은 간단했다. 굳이 시험 통과에 연연하지만 않는다면 일월쌍괴의 암중방해는 무시하고 하늘 높이 날아올라 최소한 그 모습을 다우에게 보여주면 그뿐인 것이다.

그런 생각에 마음껏 발판을 박차고 하늘로 높이 뛰어오른 것이다.

부딪쳐 오는 풍압 속에 드푸른 창공이 두 눈 가득 들어왔다. 뭉실 피어 오른 뭉게구름이 손에 잡힐 듯 가까이 느껴졌다.

미세한 실로 전신을 옭아매던 무언가의 끈들이 모조리 떨어져 나가 버린 듯한 해방감. 이대로 새가 되어버리면 좋겠다는 생각이 들 정도로 기분이 상쾌했다.

그냥 높이 뛰어올랐을 뿐인데 이처럼 기분이 좋을 줄은 미처 몰랐다. ·

사람들은 유검이 단숨에 오 장여 높이로 날아오르자 깜짝 놀랐다. 물론 일류고수라면 그 정도 높이야 별것 아니지만, 하급무사를 뽑는 이런 시험장에서 그런 모습을 보리라는 생각은 못했으니까.

월음괴는 코웃음을 쳤다.

"흥, 재주를 부려봤자 부처님 손바닥 안이지."

하늘 높이 뛰어봤자 하늘을 나는 새가 아닌 이상 다시 땅으로 내려올 수밖에 없다. 그때 다시 잠력을 뿜어 슬쩍 밀어내면 그뿐이니까.

허공의 정점에서 유검은 따뜻한 미소를 띤 채 다우에게로 시선을 돌렸다. 감탄과 동경에 가득 차 자신을 올려다보고 있는 다우와 눈빛이 마주치기를 기대하며.

하지만 다우는 시큰둥한 얼굴로 열 개의 손바닥을 펼쳐 보이고 있었다. 하나씩 접어 나갔는데, 유검이 바라보았을 때에는 세 개가 남아 있었다.

'무슨 의미일까?

손가락이 하나 남았을 때 유검은 그제야 코를 찌르는 매캐한 화약 냄새와 심지가 타 들어가는 괴이한 소리를 눈치 챌 수 있었다.

치이이익—

다우의 손가락이 모두 접히는 순간 유검의 발 쪽에서 뭔가가 폭발했다.

퍼엉—!

동시에 색색의 연기들이 피어 오르고 화려한 불꽃들이 사방으로 퍼져 나갔다. 국가적인 경사가 있을 때에나 구경할 수 있는 폭죽이 난데없이 허공에서 터져 버린 것이다.

여기저기서 시험을 치르고 있던 사람들조차 잠시 넋을 잃고 그것을 구경했다.

"도대체 무슨 일이지?"

폭죽이 터지는 화려한 모습에 정신이 팔려 여기저기 화약에 그슬려진 몰골의 유검이 허공에서 뚝 떨어져 내려도 아무도 신경 쓰지 못했다.

그것은 일월쌍괴도 마찬가지였다.

황급히 정신을 차렸을 때에는 이미 유검은 이 장 거리의 합격선을 넘어 있었다.

월음괴는 이빨을 갈았다.

"이런 교활한 놈 같으니라구!"

모든 게 시험에 통과하기 위한 유검의 자작극이라 오해를 한 것이다.

"좋아! 그렇게까지 나온다면!"

돌연 일양괴도 월음괴도 두 눈에서 불길이 타오르기 시작했다.

처음에는 단순히 유검이 무림맹에 들어가게 되면 귀찮을 듯싶어 훼방을 놓은 것이지만 이제는 의미가 다르다. 유검이 시험에 통과하느냐 어쩌냐는 자신들의 체면이 걸린 문제가 되어버렸다. 즉, 한마디로 말해 체면이 걸린 승부가 되어버린 것이다.

유검은 난데없는 폭발에 깜짝 놀랐지만 잔뜩 못마땅한 얼굴로 합격이라고 외쳐 주는 시험관의 말에 기뻐해야 할지 어떨지 모르는 야릇한 표정이었다.

두 괴물이 자신을 잡아먹을 듯 노려보자 유검은 내심 코웃음을 쳤다.

'흥, 그렇게 노려봐도 소용없소이다. 시험은 더 이상 치지 않을 테니까.'

비록 자신의 정체는 밝혀지지 않았다 하더라도 이미 너무나 많은 사람들의 주목을 끌어버렸다. 이 상태로는 합격한다 한들 곤란한 것이다.

'그나저나 누가 내 발에다 폭죽을 장치했단 말인가? 정말로 귀신이 곡할 노릇이군.'

그런 풀리지 않는 의문을 떠올리며 다우에게로 갔다.

"오라버니! 몸은 괜찮으세요?"

다우는 두 손을 모은 채 잔뜩 걱정스러운 표정으로 조심스레 물었다.

"음? 아, 괜찮아, 괜찮아. 이 오라버니의 몸은 무지 단단하단다. 하하하.”

“아… 다행이에요. 정말 다행이에요. 다우는 걱정했답니다.”

그제야 안심이라는 듯 환하게 웃으며 유검의 품으로 안겼다.

“하하, 원, 녀석도…….”

다우를 부드럽게 안아주었다. 다우는 자신이 어찌 되었을까 봐 정말로 겁이 났던 듯 가늘게 어깨를 떨고 있었다.

‘녀석, 정말로 걱정이 컸던 모양이구나.’

그녀의 조그만 체구의 존재감에 유검은 마음 한편이 따뜻해져 왔다. 살아오는 동안 자신을 이토록 걱정해 주는 이가 과연 몇이나 있었던가?

다우는 고사리 같은 두 손으로 자신의 옷자락을 꼭 쥐고 놓아주지 않고 있었다. 절대 떨어지기 싫다는 듯… 이란 것은 유검의 시각이고, 실제로는 옷자락의 양끝을 잡고 힘껏 좌우로 당겨보고 있었다. 심지어 이빨로 물어 뜯어보기까지 했다.

이상한 행동이었지만 유검의 눈에는 어디까지나 귀엽고 앙증맞게 보일 뿐이었다.

“후후… 녀석, 이건 천잠사로 만든 거라 절대 끊어지지 않아. 괜한 헛수고란다.”

그 말에 다우는 뒤로 물러서며 투덜거렸다.

“쳇, 어쩐지…….”

폭죽이 폭발했는데도 옷이 멀쩡하자 다우는 그것을 이상하게 여겨 시험해 본 것이다.

문득 유검은 허공에서 본 다우의 행동이 떠올라 물었다.

“참, 네가 손바닥을 펼친 건 무슨 의미였니? 숫자를 헤아리고 있었어?"

그 말에 돌연 다우의 안색이 변했다. 얼굴에 짙은 그림자가 드리워지더니 쓸쓸한 미소와 함께 먼 하늘로 시선을 슬쩍 돌렸다. 마치 말한들 무엇 하리, 말해 보았자 과연 그대가 믿어주기나 할까, 세상에 나의 진심을 알아줄 이가 과연 있겠느냐라는 복잡다난한 의미가 고도로 농축된 외롭고 쓸쓸한 표정이었다.

유검은 당혹하여 물었다.

"왜, 왜 그러느냐?"

"오라버니는……."

쓸쓸한 미소는 사라지고 대신 처연하기 이를 데 없는 눈빛으로 눈물을 글썽였다.

오빠만은 믿었는데!

눈빛은 그렇게 말하고 있었다.

곧 그 절망의 무게를 못 이긴 듯 고개를 푹 떨구더니 하염없이 눈물을 흘리기 시작했다.

"절 의심하고 있군요."

유검은 깜짝 놀라 외쳤다.

"무슨 소리냐! 내가 널 의심할 게 뭐가 있다는 말이냐? 난… 난 단지 궁금해서……."

하필 다우의 손가락이 모두 접혀지는 순간 폭죽이 폭발하다니, 어딘지 모르게 이상하다는 생각은 들었지만 그렇다고 다우를 의심해 본 적은 한 번도 없었다.

"아니에요. 절 의심하는 게 당연해요. 저같이 못된 꼬마 계집아이는 항상 꾸지람을 듣고 얻어맞는 게 당연할걸요."

“아니야, 아니야, 절대 그렇지가 않아. 넌 정말로 귀엽고 예쁜데 누가 널 욕하고 때린단 말이냐?”

그래도 여전히 눈물이 멈추지 않자 서둘러 화제를 바꾸었다.

“참, 이 오라버니가 하늘 높이 나는 건 보았지? 어때, 멋있었니?”

다우는 울음을 멈추었다. 그리고 머뭇거리며 겨우 말을 꺼내었다.

“하늘 높이 나는 건 멋있었어요. 그리고… 참, 도망칠 때는 정말로 좋겠어요.”

“도, 도망? 음… 그, 그렇기는 한데…….”

“사실 두목이 화를 낼 때는 무조건 도망부터 쳐야 하거든요. 나중에 화가 좀 풀릴 때 가서 막 울면서 빌면 그래도 덜 맞거든요. 헤헤.”

유검은 다우가 여전히 자신의 무공을 믿지 않고 있다는 사실을 깨달았다.

그 정도 높이로 날 수 있다면 뒷골목의 건달패 두목 정도야 아무것도 아니라는 사실을 어떻게 설명해야 할까.

유검은 답답한 듯 길게 한숨을 내쉬며 물었다.

“휴우… 다우야, 어떻게 해야 내가 네 두목보다 세다는 것을 알 수가 있겠니? 바위를 부숴볼까? 그럼 믿어줄래?”

믿어주기만 한다면 무슨 짓인들 못하겠는가?

다우는 슬그머니 눈을 아래로 내리깐 채 아무 말도 하지 않았다.

유검이 두목보다 세다는 건 있을 수 없다!

라는 무언의 항변.

‘휴… 어떡하면…….’

“아!”

돌연 다우의 두 눈이 커지더니 감탄사를 발했다.

그녀의 시선을 쫓아 고개 돌려보니 등 뒤에 보검을 찬 날카로운 인상의 한 무사가 바위에 느긋하게 걸터앉아 더위를 쫓는 듯 손 부채를 부치고 있었다.

백의의 소맷자락 부위에 네 줄의 금테가 쳐져 있는 것을 보니 현 무당의 갑조 무사인 듯했다. 시험 치르는 자들 중 합격한 놈들은 모두 자신의 수하가 될 것이고, 이들 중에서 혹여나 쓸 만한 놈이 있는지 살펴보러 온 듯싶었다.

유검은 의아해 물었다.

"아는 사람이니?"

다우는 감히 그럴 리 있겠냐는 듯 두 눈을 동그랗게 뜨고는 세차게 고개를 저었다.

갑조 무사를 바라보는 그녀의 시선에는 막연한 동경심과 경탄이 어려 있었다.

그녀는 부러움을 감추지 못한 어조로 말했다.

"사실은요, 저 협객님은 갑조예요. 아시죠? 갑조! 소맷자락을 가만히 보면 금테가 네 개나 둘러져 있잖아요. 정조는 그냥 검은 먹물 선이 하나, 병조는 동색의 테두리가 두 개, 을조는 은테가 세 개, 갑조는 금테가 네 개랍니다."

유검은 그냥 고개를 끄덕이는데 다우는 신나는 어조로 말을 이어 나갔다.

"와아~ 갑조의 협객님들을 볼 수 있다니 정말 꿈만 같아요!"

"그, 그러니?"

다우는 혹여나 남들이 들을까 봐 유검의 귓가에 대고 소곤거렸다.

"이건 절대 남한테 말하면 안 돼요. 내가 말한 게 두목 귀에 들어가면 난······.”

유검은 무슨 내용인지 궁금해서 무조건 고개를 끄덕였다.

“사실 전에 말이죠, 두목이 한 술집에서 화가 나서 막 소리치며 난리를 피운 적이 있어요. 뭐, 항상 있는 일이긴 한데… 마침 그때 청룡당의 갑조에 있는 협객님이 술을 마시고 있었던 거예요. 그분은 못마땅한 듯 한번 코웃음을 치더니 단 한 칼에 두목의 목을 잘라 버렸어요.”

“목을?”

“앗, 목이 아니라 팔을요. 헤헤.”

“그럼 두목은 외팔이겠구나.”

“으음… 아마 그럴걸요?”

“······.”

“하여간, 그날 이후로 두목은 소맷자락에 금테를 두른 사람만 보면 슬그머니 꼬랑지를 말고 도망쳐 버리더라구요! 헤헤헤.”

하긴 뒷골목의 건달패가 무림맹 일류고수의 비위를 어찌 건드리겠는가.

잔뜩 동경 어린 눈으로 무사를 바라보는 다우의 모습에 유검은 묘한 질투심을 느꼈다.

얼핏 건성으로 들었던 갑조 시험의 내용이 떠올랐다.

두 개의 관문으로 되어 있는데, 하나는 내공을 시험하는 관문으로 암벽에 한 치 이상의 장흔을 새겨 넣든지 혹은 병장기를 사용해서 어른 팔뚝 정도 두께의 철 기둥을 두 조각 낼 수만 있으면 된다. 물론 쇠를 두부처럼 벨 수 있는 보검이 있다면 이 관문은 참으로 수월하기 짝이 없다. 그럼에도 군이 제한을 두지 않았는데 이는 그 정도의 보검을 지닐 수 있다는 것 역시 웅후한 내공 못지 않은 능력이라고 본 것이다.

사실 이 첫 번째 관문은 괜히 얼렁뚱땅 요행을 바라고 시험 치러 온 자들을 물리치기 위한 것이고 실제적인 관문은 두 번째였다.

시험 그 자체는 아주 간단하고 실전적이었다.

무림맹의 정예 무사들 열 명이 펼치는 검진(劍陣) 속에서 일각만 버티면 되니까.

말은 쉽지만 결코 그 일이 간단한 것은 아니었다. 정예 무사들의 무공 수준은 거의 을조급. 게다가 그들의 연수 합격진이라면 단순한 협공과는 전혀 차원이 다른 문제인 것이다.

하지만 유검의 생각은 달랐다.

이것이라면 일월쌍괴 두 괴물이 어떻게 방해할 건더기도 없지 않은가? 지켜보는 눈들도 많을 테니 공공연하게 간섭해 오기도 힘들 것이다. 그러니 오히려 여기 정조 시험보다 쉬운 것.

"험험, 다우야……."

유검은 헛기침을 내뱉으며 조심스레 말을 꺼내었다.

"이 오빠의 소맷자락에 금테가 둘러지면 믿어주겠니?"

"예?"

"그러니까 이 오빠가 갑조의 무사가 되면… 그것도 가장 세다는 청룡당 갑조의 무사가 된다면 내가 네 두목보다 세다는 것을 믿어주겠느냐는 말이다."

다우의 두 눈이 동그래졌다.

곧 말도 안 되는 소리를 들었다는 듯 피식 웃더니 슬며시 시선을 돌린다.

완전히 무시하는 태도.

유검은 내심 미소를 지었다.

자신이 갑조 시험을 통과하면 다우의 표정은 어떻게 바뀔까?

도저히 믿기 힘들어 꿈을 꾸고 있는지 자신의 두 볼을 꼬집어볼까, 아니면 너무 기뻐 두 발을 동동 구르며 어쩔 줄을 몰라 할까?

'후후, 어쩌면 감격해서 내 품에 안겨 펑펑 울지도 모르지.'

그렇게 혼자만의 망상으로 희희낙락거렸다.

그런 유검의 모습을 지켜보는 다우의 고개가 약간 갸우뚱거렸다.

애당초 본무공 실력을 감추고 있다는 것 정도야 이미 알고 있었지만 갑조 시험을 우습게 여길 정도라니… 과연 진짜 무공 실력은 어느 정도일까 하는 궁금증이 일었다. 천잠사로 만든 보의를 입고 있을 정도니 어쩌면 기대 이상일지도 모른다는 생각도 들었다.

유검의 무공 경지를 점점 높이 책정시켜 보다 문득 재미난 생각이 하나 떠올랐다.

'아예 '그'와 싸워보게 만들면 어떨까?'

다우가 떠올린 '그'란 바로 천하제일검 진삼원.

과연 그에게서 몇 초식이나 버틸 수 있을까?

'물론 내 말은 절대 들으려 않겠지만… 후후, 무림맹을 날려 버리겠다고 협박하면 지가 어쩔 거야.'

어쨌든 진삼원을 변장시켜서 청룡당 갑조 통과를 시험하는 무사 하나와 슬쩍 바꿔치기 해두면…

여전히 희색이 만연한 유검의 얼굴을 보고 다우도 같이 미소 지었다.

'겨우 몇 초식 만에 무릎 꿇어버리고 나면 저렇게 자신만만한 표정이 어떻게 바뀔까? 그리고 내게 뭐라고 할까?'

생각할수록 재밌게 느껴졌다.

“흐흐흐……."

다우는 오랜만에 진심으로 웃었다.

다른 얼굴 근육은 그대로 두고 입가만 약간 벌려 숨소리가 새어 나오는 듯 맥 빠지는 웃음소리였다. 거지노인이 항상 지옥의 심연에서 흘러나오는 듯 음침하기 짝이 없는 웃음소리라며 치를 떨었던 바로 그 웃음소리이기도 했다.

유검은 꽤나 기분이 좋았기에 그런 다우의 웃는 모습조차도 깨물어 주고 싶을 정도로 귀엽게만 보였다.

“후후… 녀석, 아직 내 말을 못 믿겠는 모양인데, 곧 알게 될 거다. 자, 당장 보여주마! 이 오라버니가 얼마나 센지를!"

유검이 곧바로 갑조 시험을 치러 가려는 듯하자 다우는 다급해졌다. 떠오른 생각을 실현시키려면 아무래도 시간이 필요한데 지금 당장 시험 치러 간다면 곤란했다.

황급히 얼굴을 애교용으로 바꾸고 유검의 품에 매달려 잔뜩 기대 어린 목소리로 말했다.

“오빠! 오빠!"

“응? 왜 그러니?"

“나… 맛있는 거 시줄 수 있어요?'

“그야 물론이지! 시험 치고 나서 바로……."

돌연 다우의 두 눈에 실망의 빛이 떠올랐다. 그리고 풀이 죽은 조그만 목소리로 말했다.

“예… 시험 치고 나서… 오빠 말대로 할게요. 다우는 착한 아이니까요."

그런 다우의 태도가 무엇을 의미하는지 유검이 모를 리가 없었다.

"이런이런… 좋아, 시험은 내일 치르기로 하고 지금 당장 먹으러 가자! 이 오라버니가 맛있는 것을 잔뜩 사주마. 하하하."

"예, 시험은 내일! 맛있는 것은 오늘! 다우는 오라버니가 정말 좋아요. 정말루요!"

유검이 좋다는 말은 진심이었다.

대여섯 살 난 꼬마 아이가 장난감을 싫어하는 경우는 없으니까.

"어라? 저놈 어딜 가는 거야?"

유검이 다음 관문으로 향하지 않고 한 꼬마 아이의 손을 맞잡고 오히려 정문 쪽으로 향하는 것을 보고 월음괴는 어리둥절해했다.

일양괴가 말했다.

"우리가 버티고 있는 것을 보고 뭔가 또 다른 계략을 꾸미기 위해서 물러나는 거겠지."

월음괴는 이빨을 갈았다.

"흥, 교활한 녀석 같으니라구! 그런다고 시험을 통과할 수 있을 것 같으냐!"

애당초 유검이 무림맹으로 들어가게 되면 아무래도 귀찮아질 것 같아 간섭하게 되었지만, 이제는 본말이 전도되어 있었다. 처음부터 아예 손을 쓰지 않았다면 몰라도 이제는 체면이 걸린 문제가 되어 있는 것이다.

유검의 뒷모습을 쏘아보는 두 노인의 눈은 결의로 불타오르고 있었다. 어떤 수단을 써서라도 절대 시험은 통과시키지 않겠노라는.

천하제일검과의 비무(1)

천하제일검과의 비무(1)

　연무장 내 검을 든 열 명의 무사들이 수레바퀴처럼 하나의 원형진을 이룬 채 혼원무극진(混元無極陣)이라는 검진(劍陣)을 펼치고 있었다. 그 속에서 장발의 한 사내가 미친 듯이 검을 휘두르며 아무리 쳐내어도 끝없이 밀려 들어오는 검의 파도 속을 힘겹게 헤엄쳐 나가고 있었다.

　"호오~ 상당하군요. 저 검진 속에서 아직 숨결이 거칠어지지 않다니… 과연 화산파에는 인재가 많습니다그려. 허허."

　햇빛을 가린 차양막 속에서 흰 수염의 근엄한 노인이 감탄하듯 한마디 하자 그 옆에 있던 장골의 중년인이 득의만연한 웃음을 터뜨리며 맞장구를 쳤다.

　"하하, 사 호법께서 옳게 보셨습니다. 호흡에 아직 여유가 있다는 것은 전력을 다한 것이 아니라는 거지요. 험험, 에… 저 녀석이 꼭 본 파의 속가제자라서 하는 말이 아니라……."

막상 자랑하려니 쑥스러운 듯 몇 번 헛기침을 내뱉고는 말을 이었다. 얼굴이 조금 붉어지는 듯했지만 이럴 때가 아니고선 언제 또 속 시원히 자랑해 보겠는가?

"사실 강호가 넓다 하나 저 혼원무극진 속에서 저 정도의 여유를 보일 만한 기재가 결코 어디 흔하겠습니까? 물론 저 정도의 무공이야 결코 드문 것은 아니지만 나이를 생각하면 앞날이 참으로 기대되지요. 하하하."

"장 당주, 이거 참으로 부럽습니다. 강호 후기지수들 중에서 오룡과 삼봉 중의 한자리씩을 차지한 것만도 모자라서… 이거 원, 화산파의 인재 복에 질투가 다 납니다그려. 허허허."

장 당주는 서 호법이 어느 정도 자신의 체면을 세워주기 위해 한 말이란 것은 알고 있었지만, 그래도 기분이 좋은 것은 어쩔 수가 없어 귀까지 찢어진 입은 다물 줄을 몰랐다.

그 옆 자리에서 거골의 한 사내가 지루한지 길게 하품을 했다. 그는 화려한 금의를 걸치고 있었는데 전혀 어울리지 않아 보였다. 마치 돼지 잡고 소 잡는 백정이 고관대작의 옷을 입은 듯 이질감이 들 정도였다.

기분이 좋은 장 당주는 연신 싱글벙글하며 그 사내에게 말을 걸었다.

"진 대협께서는 어찌 보시는지요?"

마침 코를 후비던 그 사내는 난데없는 질문에 어리둥절해하다 마침 자신을 째려보는 서 호법과 눈이 마주치곤 곧 정색을 했다.

"아… 예, 괜찮군요. 괜찮아요. 험험."

장 당주는 그 사내의 말에 얼굴이 활짝 퍼졌다.

"오! 천하제일검 진 대협께서 괜찮게 보실 정도라니… 이거 참, 이거… 하하하!"

장 당주는 얼마나 기뻤는지 입이 벌어지고 웃음이 나와 제대로 말을 잇지 못했다.

진삼원은 다시금 나오려는 하품을 억지로 참았다.

그가 이런 갑조 시험에 참관할 이유 따위는 없었다. 하지만 무림맹의 입장에서는 구파일방의 비위를 맞춰줄 필요성이 있었기에 현 무림맹주인 형님의 강요 섞인 부탁에 어쩔 수 없이 이렇게 억지로 나와 있을 수밖에 없었던 것이다.

"그만!"

어느새 일각이 지난 듯 시험관이 빨간 기를 들어 올리며 소리쳤다.

이에 열 명으로 구성된 검진은 썰물 빠져나가듯 스르르 물러났으며 그 가운데 홀로 남은 장발의 사내는 그 자리에 멈춰 서서 조용히 호흡을 가다듬었다.

그리고 그는 곧 멋지게 자신의 보검을 등에 차더니 차양막으로 다가와 자신을 지켜봐 준 어르신네들에게 포권하며 예의를 차렸다.

"수고 많았네."

장 당주는 흐뭇한 미소와 함께 그를 칭찬하고는 은근한 어조로 물었다.

"그래, 아직 더 싸울 만한 기력은 있는가?"

장발의 사내는 눈빛을 반짝였다.

"물론입니다! 사실 지금 이 순간을 위해 최대한 진력을 아껴놓았을 정도입니다!"

그리고는 진삼원을 향해 포권한 두 손을 힘차게 흔들어 보였다.

갑조를 통과한 이는 한차례 천하제일검 진삼원과 비무할 기회를 준다. 선택은 자유라지만 검을 허리에 찬 무인치고 어느 누가 그 기회를 마다하겠는가?

진삼원은 나오려는 하품을 억지로 참고 탁자 위에 올려놓았던 평범한 청강검을 쥐고 일어섰다. 서 호법을 힐끔 바라보니 짐짓 기지개를 켜는 척하며 손가락 열 개를 펼쳐 보이고 있었다.

'이번에는 십초식인가? 제법 괜찮은 녀석인가 보군.'

진삼원이 연무장으로 걸어나가자 주위에 모든 사람들의 시선이 쏠렸다.

사신당의 갑조 시험은 모두 이곳에서 이루어졌기에 직간접적으로 관련있는 이들은 물론 천하제일검 진삼원의 무공을 한 번이라도 견식하고자 하는 이들로 꽤 큰 무리를 이루고 있었다. 물론 그들은 나름대로 강호에서 어느 정도 인정받는 이들이었고 아무나 들어올 수 있는 곳은 아니었다.

"이번에는 과연 몇 초식이나 버틸까? 삼 초? 오 초?"

"흠, 화산파의 추혼검이라면 꽤 버틸 수 있을걸? 오룡 중의 하나인 매화신검하고 겨루어도 결코 꿀리지 않는다고 들었다구."

"맞아, 맞아. 화산파의 추혼검이라면 쾌검이 장기라고 들었는데 변화를 주로 하는 검진 속에서도 저 정도나 버틸 정도니까 생각보다 더 대단할지 모르네. 어쩌면… 이번에야말로 십 초를 넘길지도 모르지."

"십 초를? 그건 나로서는 힘들다고 보네. 뭐니 뭐니 해도 상대는 천하제일검 진삼원이란 말씀이야. 과연 그가 마음만 먹는다면 삼 초나 버틸 수 있을까?"

중인들의 호기심 어린 웅성거림 속에 두 사람은 마주 섰다.

추혼검 매추량은 정중히 기수식을 펼쳐 보인 다음 단단히 검을 움켜쥐고 아껴두었던 진력을 모두 끌어올렸다.

'두 번째는 없다!'

그는 그렇게 생각했다.

상대는 진삼원. 지금 이 순간 전심전력으로 부딪쳐 갈 뿐이다. 그 다음 일은 그때 가서 생각할 일일 뿐, 지금 미리 대비해 둘 여유 따위는 없는 것이다.

"오게나."

진삼원이 고개를 끄덕이자 추혼검 매추량은 일생을 통틀어 가장 빠른 검을 펼쳤다. 변화는 일체 배제시켰다. 모든 힘을 빠르기에 집중한 것이다. 노리는 부위는 상대의 목젖. 겨누기는 힘들어도 일단 막기도 쉽지 않은 곳이다.

창―!

진삼원의 둔중한 검 놀림이 빠른 쾌검의 진로를 막아섰다. 그다지 빠르지도 늦지도 않았지만 검날은 정확히 날아오는 검신의 끝 부분을 쳤고 이에 검로는 자연히 비껴날 수밖에 없었다.

집중된 힘이 흐트러지자 자연 신형도 불안정한 상태에 놓여졌다. 그 자세가 묘하기 이를 데 없어 자신이 익히고 있는 그 어떤 초식으로도 연결시킬 수 없었다.

진삼원은 단순히 자신의 검을 막은 것이 아니라 아예 다음 공격의 맥까지 끊어버린 것이다.

'단 한 수! 단 한 수에 이 모양이라니!'

아득해져 오는 절망감 속에 매추량은 이를 악물었다.

나름대로 어느 정도는 버틸 수 있으리라 생각했던 자신감이 와르르 무너져 내렸다. 상대와 겨누고 말고가 아니었다. 상대는 까마득히 높은 곳에서 자신의 역량을 시험해 보고 있는 것이다.

이 순간 흐트러지는 신형을 안정시키기도 전 찰나의 순간에 번갯불처럼 한 가닥 영감(靈感)이 뇌리를 스쳐 지나갔다. 그 영감이 미처 사고의 표면에 이르기도 전에 자신의 몸이 먼저 움직였다. 깜깜한 어둠 속, 가까스로 희망의 빛을 발견했으니 그 빛을 따라 전력질주할 수밖에 없는 것이다.

그의 몸이 흐트러지는 방향으로 급회전했다. 이에 허공 중에 찔러 넣었던 그의 검은 그 반동에 못 이겨 커다란 원을 그리며 지면을 향해 떨어져 내렸다.

"저게 무슨!"

장 당주는 탁자를 치며 벌떡 일어났다. 매추량이 보인 저런 자세는 화산파의 어느 무공 초식에도 없었던 것이다.

한순간 매추량의 등은 새우등처럼 웅크려졌다. 동시에 두 다리는 양수 속의 태아처럼 가슴께로 모아졌는데 그 사타구니 사이로 용틀임하듯 검이 튀어나왔다.

그러한 변화는 그 누구도 짐작하지 못했으며 한순간 의표를 찌른 것으로 아무도 피하지 못할 것 같았다.

중인들은 '아!' 하고 탄성을 내질렀다.

하지만 진삼원은 이미 예측하고 있었던 것처럼 한 발짝 뒤로 평범하게 횡소천군(橫掃千軍)의 초식을 펼쳤다.

창―!

매추량은 부딪치는 검력에 힘입어 다시 자세를 바로할 수 있었다.

"아……!"

매추량은 한껏 경탄에 가득 찬 눈으로 진삼원을 바라보았다. 조금 전 일검을 통해 자신을 에워싸고 있던 껍질이 벗겨져 나간 듯 커다란 깨우침을 얻었던 것이다.

매추량은 다시 눈빛을 반짝이며 힘차게 진삼원을 향해 검을 찔러갔다. 조금 전과 같은 초식이었지만 이제는 더 이상 빠르기만 한, 화산파 내의 검법이라는 껍질 속에서만 꿈틀대는 죽은 검이 아니었다. 느리고 빠름이 자유자재이고 조그만 변화에도 민감하게 대응할 수 있는 살아 있는 검으로 바뀌어져 있었다.

그림 같은 비무가 이어지고 정확히 십 초식이 되자 추혼검 매추량은 뒤로 물러섰다.

그는 정중히 포권을 취했다.

“가르침에… 감사드립니다.”

목소리는 진정을 숨기지 못해 울려 나왔다.

중인들 중의 하나가 중얼거렸다.

“거참, 묘하군. 처음보다 나중으로 갈수록 검술이 훨씬 나아졌단 말이야. 마치 비무 도중에 검술이 는 것 같구먼.”

다른 이가 말도 안 된다는 듯 고개를 저었다.

“설마… 검이란 게 한순간에 그렇게 늘 리가 있나. 처음에는 실력을 숨기고 있다가 안 되겠다 싶으니까 전력을 다한 거겠지.”

차양막 속의 장 당주는 내심 고개를 갸웃거렸다.

‘저 녀석이 언제 저렇게 늘었나? 너무 빠르기만 추구해서는 안 된다고 항상 훈계를 내려도 듣지 않던 고집불통 녀석이… 아, 그렇군! 내가 말할 때는 짐짓 불복하는 척했지만 나중에 남몰래 피나는 수련을 쌓은 거야. 호호… 기특한 녀석 같으니라구.’

장 당주는 흐뭇해하는 미소를 감추지 못했다.

천하제일검 진삼원에게서 십 초식이나 버티다니!

그 정도라면 지금껏 시험 쳐온 이들 중에서 최고의 점수였던 것이다.

진삼원은 다시 본자리로 돌아와 지루하기 짝이 없는 시간을 보내어야 했다. 억지로 근엄한 척하는 표정을 지으면서, 연신 나오는 하품을 참으면서.

조금 전 추혼검 매추량은 제법 쓸 만한 기재라고 생각했다. 한순간에 자신의 의도를 파악하고 따라와 주다니. 대개는 자신의 명성에 주눅이 들어 제대로 일검조차 펼쳐 보지 못했는데.

'하지만……'

외경의 눈빛으로 자신을 바라보는 것은 못마땅했다.

그에게 있어 자신은 어디까지나 반드시 넘어서야 할 벽에 불과할 뿐인데 투지에 불타는 눈이 아니라 외경과 흠모에 가득 찬 눈이라니.

문득 유검이 생각났다.

'묘한 녀석……'

그 녀석과 처음 만났을 때의 일들이 떠올랐다.

같이 만두를 훔쳐 먹은 공범이 된 것 하며, 난데없이 여인의 치마 속을 훔쳐보는 색마로 몰린 것 하며…….

진삼원은 자신도 모르게 미소를 짓고 말았다.

어쨌거나 묘한 녀석이었다.

무인으로서의 철저한 투쟁 본능을 가지고 있는 듯한데 어떨 때 보면 하릴없는 백수처럼 보이기도 했다. 괜히 여인네들 치마 속을 훔쳐보는 파락호인가 싶은데 검을 어루만지는 그의 모습은 부처를 섬기는 스님

과도 다를 바 없었다.

어떤 모습이 진짜인가?

유검의 일검을 막았을 때의 충격이 다시금 밀려왔다. 현풍 어르신께서 천고의 기재라 침이 마르도록 칭찬하던 녀석. 천하제일검이라 일컬어지는 자신조차도 현풍 어르신께 그러한 칭찬은 못 받아봤는데…….

게다가 들어보도 못한 무상검이니 하는 이야기는 또 뭔가? 그 녀석이 설마 하니 자신보다 높은 경지의 검을 익히고 있단 말인가?

만약 마교의 일로 형님께서 급하게 부르지 않았더라면…….

불끈!

그의 두 주먹이 쥐어졌다.

'싸우고 싶다!'

"헉!"

갑자기 장 당주가 비명을 질렀다.

"왜 그러십니까?"

서 호법은 걱정스럽게 물었고 장 당주는 이마에 흘러내리는 식은땀을 훔치며 자신도 모르겠다는 듯 고개를 갸웃거렸다.

"갑자기 으스스한 한기(寒氣)가 몰려와서요. 이거 참… 날은 이렇게나 더운데……."

진삼원은 흠칫하며 끌어올린 투기(鬪氣)를 가라앉혔다.

해는 슬슬 서산마루를 향해 가고 있었다.

"더 이상 갑조 시험을 치를 사람은 없는 것 같군요. 이만 실례하겠습니다."

진삼원은 한바탕 예의를 차리고는 얼른 그 자리에서 나왔다. 알지 못할 갈증이 일어 더 이상 자리하기 힘들어서였다.

서둘러 연무장을 빠져나오는데 그를 알아본 호위 무사들은 저마다 경례를 올렸다. 한결같이 그들의 얼굴과 눈빛은 흠모와 외경으로 가득 차 있었다.

간만에 서호를 내려다보며 술잔이나 기울여 볼까 생각하며 정문을 향해 서둘러 걷는데 또르르 발 앞으로 동그란 쇠구슬이 굴러왔다.

한쪽 끝에는 심지가 달려 있었는데 맹렬한 속도로 타 들어가고 있었다.

"이건……!"

그의 눈은 쇠구슬에 조그만 뇌전(雷電) 문양이 정교하게 음각으로 새겨져 있음을 놓치지 않았다.

그것이 의미하는 것은 벽력세가의 진품 진천뢰(震天雷).

터지면 반경 오 장여 근처를 폐허로 만들어 버린다고 알려져 있으며 마교와의 싸움 외에는 일체 강호에서의 사용이 금지된 품목이기도 하다. 그리고 또 하나의 의미…….

그의 시선은 급박하게 심지가 타 들어가는 진천뢰를 내버려 두고 천천히 옆을 향했다. 곧 헐렁한 흑의장포를 뒤집어쓴 조그만 꼬마 계집아이를 발견할 수 있었다.

그의 얼굴이 일그러졌다.

"역시 너구나."

"응."

다우는 태평스럽게 고개를 끄덕였다.

"후……."

진삼원은 길게 한숨을 내쉬며 물었다.

"저건 진짜냐, 가짜냐."

“글쎄… 내 부탁을 들어줄 건지 어떤지 그대의 생각에 따라 달렸지.”

진삼원의 손목이 움찔했다. 순간 검은 눈에 보이지도 않았는데 급박하게 타 들어가던 쇠구슬의 심지가 뚝 잘려 나갔다.

다우는 기뻐하며 박수를 쳤다.

“와아~ 결심이 빠르네? 다시 봤어. 옛날에는 한참 미적거렸는데.”

“너와는 다투고 싶지 않으니까.”

다우에게 있어 진천뢰의 심지는 그냥 과시용일 뿐이었다. 마음만 먹는다면 지금 당장에라도 폭파시킬 수 있으니까. 그러니 그 심지를 아무 말 없이 자른다는 것은 다우의 청을 들어주겠다는 의미였던 것이다.

다우는 방글방글 웃으며 물었다.

“근데 나와 다투기 싫다는 의미가 뭐야? 옛날처럼 날 여전히 좋아한다는 거야, 아니면 귀찮다는 거야?”

진삼원은 고개를 절레절레 저으며 말했다.

“제발 부탁이니 본얼굴로 말해 다오.”

“쳇.”

다우의 얼굴이 시큰둥하게 바뀌었다.

“그나저나 부탁할 게 뭔지 그거나 빨리 말해 보거라.”

진삼원의 말에 다우는 다시 눈빛을 반짝이며 애교 어린 목소리로 말했다.

“뭐, 별건 아니야. 내일 잠시만 수고해 주면 되니까. 아주 쉬운 일인걸.”

“휴… 넌 십 년 전이나 지금이나 여전하구나. 하여간 그 부탁이란 게 뭐지?”

잠시 후 진삼원은 한껏 얼굴이 일그러질 수밖에 없었다. 그리고 체면도 잊고 언성을 높이고 말았다.

멀리서 이들의 모습을 마침 발견한 한 호위 무사는 옆 동료의 어깨를 치며 자신의 눈을 믿기 힘들다는 듯 주절거렸다.
"어이, 저기 봐, 저기. 진 대협이 어린 꼬마 계집아이랑 말싸움을 하고 있어!"
동료도 두 눈이 휘둥그레졌다.
"세상에! 내 눈을 못 믿겠군. 그 근엄하시던 진 대협께서……."
"아마… 술자리에서 말해도 아무도 믿지 않겠군."

*　　　*　　　*

원하던 소기의 목적을 달성한 다우는 콧노래를 흥얼거리며 유검이 기다리고 있는 서호루를 향해 걸음을 옮겼다. 꽤나 흥겨운 듯 폴짝폴짝 뛰기도 하고 박수 치고 노래를 부르기도 했다.
그토록 따갑게 내리쬐던 해는 이미 서산마루를 넘어가 버렸다. 어둠은 자신만만한 미소로 자신의 통치 세력을 넓혀 나가기 시작했으나 아직도 남아 있는 한낮의 열기의 반발을 의식한 듯 서두르지는 않았다.
아직은 완전히 세력을 얻지 못한 옅은 어둠의 그림자 속에 한 인영이 몸을 숨긴 채 조심스레 다우의 뒤를 따르고 있었다.
미행은 서툴렀지만 그것은 별문제가 되지 않았다. 물론 다우가 미행 따위를 전혀 신경 쓰지 않는 이유도 있었지만, 그보다는 뒤따르는 이의 경신술이 워낙 귀신같아서였다. 만약 누군가 두 눈을 부릅뜬 채로 뒷걸음질치며 주위를 세심하게 살폈다면 한 사람이 비단 가게에 앞에 서 있다가 갑자기 사라지거나 혹은 그가 전혀 엉뚱한 장소에서—길거리 국수 가게 같은—조용히 앉아 있는 것을 볼 수 있었을 것이다.

'미행 따위는 내 취미에 맞지 않지만…….'

동전을 건네고 국수를 시킨 채 지나가는 행인들 사이로 폴짝폴짝 뛰어가고 있는 다우의 뒷모습을 쫓고 있는 미행자는 자신의 행동이 불만스러운 듯 연신 혀를 찼다.

이 불만투성이의 미행자는 어이없게도 천하의 영웅호걸들로부터 천하제일검으로 떠받들리고 있는 몸인 진삼원이었다.

그는 다우의 노골적인 협박에 굴복하여 그녀가 뜻하는 바대로 하겠노라 했지만, 그렇다고 미소 지으며 그녀의 의도를 온순히 따를 만큼 마음씨가 좋은 양반은 아니었다.

그는 천하제일검이라는 칭호를 받을 때까지 한평생 도검의 산을 뚫고 지나왔다. 때로는 무례한 시정잡배들보다 더 거칠게 행동했고, 때로는 면종복배(面從腹背)의 교활하기 짝이 없는 마두의 뒤통수를 쳤으며, 때로는 위선의 가면을 뒤집어쓰고 입만으로 천하의 인의대협(仁義大俠)인 척하는 무리들을 통쾌하게 조롱했다.

그렇게 뭇 강호의 영웅호걸들을 승복시키며 오늘에 이른 것이다. 그런 그가 어찌 조그만 계집아이의 협박에 순순히 굴복한다는 말인가.

다만 그에게는 천하제일검이라는 휘광에 가려져 사람들이 미처 보지 못하는 일면들이 있었는데 순수한 열정과 여린 마음씨를 가졌으며 꽃을 좋아하고 그림 그리기를 좋아하는 소년이었다는 사실 따위였다.

막강한 무공과 천하제일검이라는 권위로 무장된 그의 굳은 얼굴에서 그러한 지난날의 여린 일면을 읽어낼 수 있는 이는 극히 드물었다.

하지만 극히 드문 몇 사람 중에 하나가 다우였다.

만약 다른 이가 그러한 그의 용린을 건드렸다면 용암처럼 흘러나오는 노기(怒氣)와 함께 검강(劍罡)의 폭우(暴雨)를 선사받았겠지만 오직 다우만은 일그러진 그의 얼굴을 감상하는 특권을 누림과 동시에 털끝 하나 다치지 않고 무사할 수 있었다.

그가 다우에게 어쩔 수 없이 약해질 수밖에 없는 이유는 그녀에게 치명적인 약점을 잡혀서이기 때문인데, 인질이 된 대상은 그의 감정이었다. 그 감정은 진삼원 스스로도 깨닫지 못했지만 어린 시절의 순수함에 대한 동경이 꽤 많은 함량을 차지하고 있었다.

이러저러한 복잡한 연유를 떠나 일단 표면적인 이유로 진삼원이 다우의 뒤를 미행하는 까닭은 그녀를 사주(?)한 자의 정체를 캐보기 위해서였다. 분명 자신과의 비무를 통해 강호에 명성을 날리고 싶어하는 애송이리라.

"흥!"

가소롭기 그지없어 진삼원은 냉냉한 코웃음을 쳤다.

아마도 다우의 장난질에 혹하여 넘어가 버렸을 테지만, 그것이 면죄부는 될 수 없었다. 다우 몰래 따끔하게 훈계를 내려 스스로 분수를 알게 해주리라.

만약 그래도 제 분수를 모르고 허황된 꿈을 꾼다면…

'내 이름이 왜 진삼원인지를 가르쳐 주지.'

다우의 뒤를 쫓는 그의 시선은 먹잇감을 노리는 매처럼 매섭기 그지없었다. 물론 잠시 후 다우가 만날 애송이 녀석을 향한 것이었다. 그 시선에는 엷은 질투의 빛깔도 함께 섞여 있었으나 그것은 사랑하는 누이가 어떤 놈팡이한테 잘못 걸려 있지는 않은지 호시탐탐 감시하는 눈길이기도 했다.

다우의 발길은 점점 서호로 향하더니 항주에서 고급스럽기로 이름 난 서호루 앞에 멈춰 섰다.

짙어오는 어둠 속에서 여기저기 걸어놓은 벽사등롱은 하나둘씩 불이 밝혀지며 서호의 아름다운 정경과 함께 한 폭의 그림과 같은 모습을 자아내고 있었다.

다우는 감상하듯 팔짱을 끼고 잠시 올려다보더니 갑자기 어깨를 축 늘어뜨리고는 세상 다 산 것 같은 어두운 얼굴 표정을 지었다. 그리고 조금 전까지 폴짝폴짝 뛰어가던 모습과는 달리 형장으로 끌려가는 사형수처럼 지독히 무거운 걸음걸이로 서호루 안으로 들어갔다.

'여기는…….'

진삼원은 미간을 찌푸렸다.

여기 서호루는 항주에서 제법 이름이 나 있어 무림맹의 간부들도 자주 찾는 곳이었다. 게다가 오늘 각 사신당의 갑조 시험을 통과한 인재들을 위한 환영회 겸 신고식을 치르는 곳도 바로 여기 서호루였다.

그가 이대로 들어간다면 당연히 소동이 일어나지 않을 수 없을 것이다. 그렇게 되면 무엇보다도 다우가 자신이 그녀의 뒤를 쫓았다는 사실을 눈치 채고 말 것이다.

강호에서 어떤 난적을 만나도 눈살 한번 찌푸린 적 없었고 어떤 난제에 처해도 단호하게 결정을 내리던 그였지만 이번만은 뒷짐을 진 채 한참 동안 망설임을 가지지 않을 수 없었다.

결국 그는 한 가지 선택을 택했다. 변장을 하고 손님인 척 서호루로 들어가는 방법이었다. 자신의 모습을 감추다니 별로 마음에 들지 않는 선택이긴 하지만 어쩔 수 없었다. 변장을 할 수밖에 없는 스스로에 대

한 혐오감보다 다우가 택한 애송이를 자신의 두 눈으로 확인해 봐야겠
다는 심정이 더 강했던 것이다.

　잠시 후 서호루 앞에 우뚝 선 그의 변장은 제법 그럴듯했다.
　무림맹의 표식이 그려져 있는 겉옷을 뒤집어 입고, 그 위에 커다란
비옷을 걸쳤다. 그리고 황토로 얼굴을 문지르고 용안수(龍眼樹)에서 청
색의 용안을 따서 얼굴에 붙였다. 그 위에 머리카락을 짧게 잘라 꽂으
니 마치 점처럼 보였다.
　그것만으로도 부족하다 생각했는지 대나무로 만든 원추형의 삿갓을
하나 구해서 푹 눌러썼다.
　본래는 등 뒤에 옷가지를 채우고 허리를 굽혀 꼽추로 변장을 했으나
그 모습은 너무 꼴불견일 듯싶어 포기했다.
　하지만 이 정도만으로도 예전의 그를 익히 알던 사람이 바로 곁에서
유심히 관찰한다 할지라도 쉽사리 알아차릴 수 없을 정도였다.
　다만…….
　"어서 옵쇼~!"
　점원은 어떤 손님을 맞을지라도 절대 미소를 잃지 않는다는 서호루
의 원칙을 충실히 이행하면서 경쾌한 목소리로 이 낯선 방문자를 맞았
다.
　습관적으로 서호루의 내력과 천하일미의 요리, 그리고 명주 등이 완
벽하게 준비되어 있음을 예의 경쾌한 목소리로 주르르 읊조리다 그는
자신도 모르게 목소리를 낮춰 버렸다.
　까닭을 알 수 없는 으스스한 한기(寒氣)가 들어서였다. 날은 저물었
다지만 한낮의 뜨거운 공기가 채 식지 않아 가만히 있어도 땀이 날 지

경인데 한기라니?

사내의 옷차림은 서호루 같은 고급 주루에 들어오기에는 무척이나 초라해 보였다. 그런 그가 오만한 시선으로 일층 주루 안을 주르르 살펴보다 서슴없이 이층으로 올라가는데도 점원은 그를 만류하지 못했다.

무수히 많은 강호의 기인들을 보게 되면서 본능적으로 터득하게 된 생존 감각이 끊임없이 경고를 울리고 있었던 것이다.

다시 사내를 보니 보이지 않는 위엄이 쇳덩어리처럼 무겁게 그의 주위를 둘러싸고 있는 듯했다.

점원은 다른 동료에게 그의 접대를 맡기고는 만일의 경우를 대비해 서둘러 총관에게 보고하러 갔다.

진삼원이 이층에 오르자 뭇 사람들의 시선이 집중되었다.

그의 기괴한 행색 때문이 아니라 그에게서 자연적으로 우러나는 범상치 않은 기도 때문이었다. 이층에는 도검을 빗겨 찬 무림인들이 주로 자리를 차지하고 있었는데, 도검의 숲을 헤치고 살아온 그들 무인의 감각이 자연적으로 이 이상한 차림의 사내에게 눈길을 돌리게 만들었다.

본시 보통 때라면 고관 귀족들이 자리하여 맛 좋은 술과 함께 운치를 즐기며 담소하고 있겠지만, 무림맹에서 치르는 행사로 인해 항주는 무림인들로 인산인해를 이루고 있었고 서호루 역시 예외는 아니었던 것이다.

그런 거친 무리들 가운데 어린 꼬마 소녀와 함께 자리하고 있는 유검 일행은 오히려 이질적으로 튀어 보였고, 진삼원은 손쉽게 확인할 수 있었다.

진삼원은 구석진 자리로 걸음을 옮겼고 사람들은 괜히 그와 시비가 일어날까 봐 강아지가 꼬리를 말듯 슬그머니 눈길을 돌렸다. 그리곤 곧 아무 일도 없었다는 듯 술을 마시고 일행과 함께 조금 전까지 나누던 이야기에 열을 올리기 시작했다.

유검은 길게 한숨을 쉬었다.

화를 내어야 할지 아니면 안도의 표정을 보여야 할지 갈피를 잡을 수 없었다.

잠시 다녀올 데가 있다고 나선 아이가 근 한 시진 반 만에 돌아오다니 어찌 걱정이 되지 않을 수 있겠는가. 하지만 아무 일 없이 무사히 돌아와 주었으니 안심이 되면서도 화가 나기도 했던 것이다.

"다우야."

"예."

유검은 목소리를 가다듬었다. 감정에 치우쳐 화를 내면 안 된다고 내심 중얼거렸다. 다우가 커서 어여쁜 소저가 되었을 때 예의 바른 처녀라는 소리를 들을 수 있도록 약속의 중요성에 대해 단단히 일러두어야겠다고 생각했다.

하지만 어두운 얼굴로 고개를 푹 떨구고 있는 다우의 모습을 보자 전혀 다른 내용의 말이 튀어나와 버렸다.

"…요리가 식었구나. 배고프지? 조금만 기다려라."

유검은 점원을 불러 음식을 다시 데워 오게 시키려다 아무래도 맛이 떨어질 것 같아 마음을 크게 먹고 모두 새로 시켰다.

다우는 여전히 고개를 숙인 채 침묵을 지켰고 유검은 이런 무거운 분위기를 바꾸고 싶었지만 별다른 말주변이 없어 멍하니 천장만 바라보았다.

다우에게서 비롯된 어두운 분위기는 그 영역을 점차 넓혀가더니 유검의 정신 세계를 모조리 장악해 버렸다. 이대로는 안 되겠다 싶어 유검은 힘겹게 입을 열었다. 마침 이런 분위기를 쇄신할 만한 소재가 있었던 것이다.

"참, 들으면 네가 기뻐할 만한 일이 하나 있단다."

유검은 애써 밝은 목소리로 말했다.

효과가 있는지 다우가 고개를 들었다.

"후원에 네 방을 잡아놓았단다."

그게 기뻐할 일인가? 라고 묻는 듯 빤히 바라보는 다우. 유검은 극적인 반전을 생각했지만 말주변이 부족한 탓에 그냥 있는 대로 털어놓았다.

"내가 워낙 옷을 볼 줄을 몰라 점원들에게 부탁해서 예쁜 옷들을 사 오게 했는데… 물론 내가 가서 고르고 싶었고 또 네가 마음에 드는 것을 사주고 싶었다만……."

뭔가 말이 꼬인다 싶어 황급히 어조를 바꿨다.

"아! 그게 아니라, 상점에서 파는 예쁜 옷들은 모두 사 오라고 했으니 분명 네 마음에 드는 것도 있을 거야. 나중에 네 방으로 가서 보려무나. 음… 마음에 드는 게 있으면 좋으련만……."

결국은 어두운 그림자의 무게에 짓눌려 근심 어린 말투로 끝맺고 말았다.

유검은 후회했다.

본래는 맛있는 요리를 잔뜩 먹고 나서 시치미 떼고 방으로 데리고 가서 놀래켜 줄 생각이었던 것인데 당장의 어려움을 해결하기 위해서

너무 쉽게 말해 버리고 만 것이다. 그럼에도 불구하고 별다른 효과는
보지 못한 것 같았다.

'무슨 안 좋은 일이 있었나? 얼굴 표정이 심상치 않은데…….'

어떻게 하면 다우가 이야기를 털어놓을까?

제일 좋은 방법은 공감대를 먼저 형성하는 것이겠지만, 유검이 다우
또래의 여자 아이 마음을 짐작할 수 있을 리 만무했다.

"다우야?"

용기를 내어 불러보았지만 다우는 전혀 반응이 없었다.

유검은 의기소침하여 음식이 올 때까지 풀이 죽은 채 더 이상 입을
열지 못했다.

몰래 둘을 훔쳐보고 있던 진삼원은 나약한 유검의 태도를 비웃었다.

'바보 같은 놈이군. 뭘 저리 쩔쩔매는가?'

유검이 만약 그 소리를 들었다면, 그리고 다우의 협박에 수없이 굴
복해 온 그의 역사에 대해 알고 있었다면 자신도 큰소리칠 입장이 못
되는 주제면서 함부로 말하지 말라고 얼굴을 붉히며 반박했을 것이다.

진삼원은 다우가 자리를 떠날 기회를 엿보고 있었다. 아주 잠시면
된다. 그사이 저 애송이 녀석에게 한바탕 뜨거운 맛을 보여줄 수 있을
것이다.

'그런데 어쩐지 낯이 익은걸?'

비록 유검이 머리카락을 길게 늘어뜨리고 텁수룩하게 수염을 기르
고는 있다지만, 자세히 살펴본다면 알아보지 못할 리는 없었다. 다만
진삼원과 같은 초절정고수들은 상대의 외형적인 모습보다는 전신(全
身)에서 발현되는 기도나 사소한 움직임 등으로 인한 기척 등, 실제 무

공 수위를 짐작할 수 있는 무형의 것을 더 중요시 여기면서 관찰하고 기억해 두는 법이라 오히려 유검을 쉽게 알아보지 못하고 있었다.

현재 유검의 전체적인 느낌은 명문대파의 제자라기보다는 산골에서 갓 내려온 시골 무사 같았는데, 진삼원이 유검을 처음 만났을 때와 비교해 볼 때 그동안 최소한 몇 단계라고 말하기 어려운 커다란 변화가 있었다.

전신이 금강불괴로 변해 버린 것과 같은 외형적인 그 무엇보다는 때로는 조그만 밀알보다도 작고 때로는 천지를 가득 메울 듯 거대해져 버리고 마는—수상한 노인네의 말처럼 궐음력이라는 것인지, 아니면 사부가 말한 무상검의 경지인지 유검 스스로도 헷갈려하는—시종(始終)을 논하기 어려운 기운의 정체가 지금에 이르러 완전히 애매모호해져 있는 것이다.

어쨌든 뚜렷이 이거다라고 말하기는 어렵지만 진삼원이 그것을 눈치 채지 못한 것은 확실했다.

심각한 유검의 고민과는 상관없이 다우는 내심 자신이 이뤄낸 일의 성과에 대해 느긋하게 음미하고 있는 중이었다. 얼굴 표정을 어둡게 한 것은 상대방이 뭐라 말해도 대꾸하지 않아도 되는 편리함 때문이었다.

다우는 잠시 기쁨을 거두고 이제야말로 본격적으로 즐기기 위한 다음 단계를 생각하고 있었다.

한마디로 말해서 도박!

모처럼 재미난 구경거리를 만들었지만 그것만으로는 뭔가 미흡하다. 보다 본격적으로 즐기려면 지인(知人)들을 불러 한바탕 도박을 벌이지 않을 수는 없는 것이다.

개방의 거렁뱅이 할배나 무림맹 양로원에서 햇빛을 쪼이며 시간을 축내는 늙다리들이나 모두 자신이 만들어낸 이 구경거리를 보러 기꺼이 녹슨 뼈다귀를 움직일 것이다.

내일 청룡당 갑조 시험에 진삼원이 나가서 애송이와 비무를 할 것이다. 누가 이길 것인지 나의 진천뢰 백 알을 걸고 한바탕 도박을 벌여보자!

늙은이들을 모아 이렇게 말하면 마교와의 싸움이 임박한 현재 자신이 내건 진천뢰 백 알에 군침을 흘리지 않을 리 없다. 그리고 저마다 가장 보물로 여기는 것들을 두 손을 벌벌 떨면서 내기에 걸지 않을 수 없을 것이다.

'자, 과연 누가 이길 것인가?

스스로 그렇게 질문해 놓고 다우는 잠시 망연함의 바다 속으로 빠져들고 말았다.

승부가 너무 뻔했던 것이다.

머리 속으로 유검과 진삼원과의 비무 대결을 떠올리면서 미리 예측을 해보았다. 몇 번을 해봐도 유검은 단 일 초를 버티지 못했다.

이래선 곤란해…….

자신이 왜 유검과 진삼원을 비무시켜 보고 싶은 마음이 들었는지 이해가 되지 않을 정도로 둘의 격차는 확연해 보였다.

'정말 곤란한걸… 이래서는 내기가 성립 안 되잖아!'

늙은이들은 모두 진삼원에게 걸 것이 분명하다.

그렇다면 자신은 오히려 유검에게 걸어야 한다는 것인데…….

다우는 도박을 좋아한다. 다른 사람들이 전혀 생각지 못한 의외의 결과를 더 좋아하며, 그로 인해 대박을 터뜨리며 이기는 것을 가장 좋아하는 것이다.

하지만 좋아하는 것 이상으로 지는 것을 죽기보다 더 싫어한다.

유검에게 걸면 질 게 뻔한데 어떻게 내기를 걸겠는가.

그렇다고 승부 조작을 할 생각은 전혀 없었다.

가슴 두근거리며 지켜보는 재미야말로 그녀가 추구하는 가장 큰 가치였으니까.

점원이 요리를 내왔을 때 다우는 마침 반짝 묘안이 떠올랐다. 굳이 승패에만 한정해서 도박할 이유가 있냐는 대담한 발상의 전환이 일어난 것이다.

다우는 기뻐서 자신도 모르게 벌떡 일어나 손뼉을 쳤다.

그렇다! 굳이 승패에 연연할 것은 없다. 유검이 몇 초 만에 무릎을 꿇을 것인지 그것으로 내기를 삼으면 되는 것이다!

'아, 요리가 나오니 저렇게도 기뻐하는군.'

자신을 내기 도구로 삼고 있는 다우의 내심을 알 길이 없는 유검은 그저 어두운 분위기가 깨어진 것에 대해 기뻐하며 안도의 한숨을 내쉬었다.

유검은 다정하게 말했다.

"하하, 배가 무척이나 고팠나 보구나. 자, 어서 요리를 맛보거라. 모두 맛있어 보이는걸."

"와아~! 너무 고마워요, 오라버니!"

다우는 유검의 품속으로 훌쩍 뛰어들어 뺨에 입을 맞추며 무척이나 기뻐했다.

바로 이거라고 내심 소리치며 유검은 흐뭇한 기분으로 술잔을 들었다. 비록 제법 많은 은자가 나갔지만 이 순간 하나도 아깝지 않았다.

쨍—!

그때 갑자기 술잔 깨어지는 소리가 났다.

사람들은 갑자기 밀려오는 한기에 오한을 느꼈고 무언가 심상치 않는 조짐을 느낀 듯 하나같이 입을 다물었다.

주루 안이 조용해졌다.

매섭게 유검을 쏘아보던 진삼원은 곧 자신의 실수를 깨달았다. 자신도 모르게 살기를 내뿜고 만 것이다. 이 일을 어떻게 무마시킬 것인가 궁리하는데 마침 그의 큰 실수를 자연스럽게 덮어줄 일이 일어났다.

아래층에서 안광이 형형한 몇 명의 사내들이 올라오더니 곧바로 삼층으로 가버렸다. 삼층에는 오늘 무림맹 사신당의 갑조 시험을 통과한 이들을 위한 연회장이 마련되어 있었는데, 이제야 주인공들이 도착한 모양이었다. 그들 중에 오늘 최고의 성적을 기록한 추혼검 매추량의 모습도 보였는데, 흥분을 감추지 못하는 다른 이들에 비해 비교적 침착한 모습이었다.

곧 무림맹 원로들도 모습을 드러내더니 그들의 뒤를 따랐다.

"후아—! 대단한걸!"

"글쎄 말야. 저들이 나타나는 순간 난 오한(惡寒)이 일더라구. 이 팔뚝에 솟아난 소름들을 보게나."

"쳇! 대단한 위세로군. 거들먹거리는 꼴들은 꽤나 비위에 거슬려."

사람들은 저마다 한마디씩 했다. 투덜거리는 이가 없지는 않았지만 혼잣말처럼 중얼거렸을 뿐 결코 목소리를 크게 내지는 못했다.

다우는 내심 내기에 과연 몇 초식을 경계선으로 그을지 고민하고 있었는데 위층으로 발걸음을 옮기는 추혼검 매추량을 보고 속으로 생각했다.

'십 초를 버텼다고? 흥, 진삼원이 만약 전력을 다했다면 일 초도 버티기 힘들었을걸.'

순간 다우는 깨달았다.

그와 같은 사실을 너구리같이 눈치 빠른 늙다리들이 모를 리가 없다. 그러니까 만약 유검과 진삼원의 비무 결과에 내기를 걸 경우 늙다리들은 결코 십 초 이상에 걸지는 않을 것이다.

그렇다면…

다우는 내심 쾌재를 불렀다.

그래, 십 초! 단 십 초 이상만 버텨주면 돼!

그렇게만 된다면……!

유검이 십 초 이상 버티는 것에 거는 사람이 자신 말고 또 있을까? 이와 같은 사실은 다시 말해 나 홀로 판을 꿀꺽 독식할 수 있다는 말이다. 부가적으로 부르르 흰 수염을 떨며 패배의 아픔에 고통스러워하는 늙다리들의 모습을 지켜보는 즐거움도 함께.

물론 그 과정이 쉽지는 않을 것이다.

하지만 그렇기에 충분히 노력해 볼 만한 가치가 있는 것이다.

애당초 서로 전력투구하게 된다면 단 일 초도 장담하기 힘들겠지만, 일단 십 초 이상을 버티는 것에 목적을 둔다면 이야기는 또 달라진다.

사실 실질적인 무공의 우위란 것은 한여름날 언제 범람할지 모르는 장마철 제방의 물 수위와도 같은 것이다. 무림의 역사를 돌이켜 보더라도 절대 불리한 처지의 도전자가 자신만만한 패기로 승리를 차지한 경우가 얼마나 많은가 말이다.

그러니 다시 말해, 둘의 비무라는 주 요리에 약간의 심리적인 함정이라는 양념을 쳐준다면 어영부영 유검이 십 초를 버티는 정도는 충분히 가능한 이야기인 것이다.

다우는 콧노래를 흥얼거렸고 지면에 채 닿지 못한 두 다리는 그 박자에 맞춰 허공에서 춤을 추었다.

유검의 재촉에 요리를 입으로 가져가면서 다우는 주루 안을 주르르 훑어보았다.

괴이한 차림새의 진삼원을 발견하자 씨익 회심의 미소를 지었다. 비록 그의 미행을 눈치 채지는 못했지만, 그가 어떻게 행동할지 부처님 손바닥 안의 손오공처럼 뻔히 짐작하고 있었던 것이다.

'서둘러야겠다, 오늘 밤은 꽤 바쁠 것 같으니까.'

다우는 허겁지겁 요리를 한 점씩 맛보더니 벌떡 일어나 유검에게 말했다.

"오라버니, 잘 먹었어요. 무척 맛있었답니다."

꾸벅 절하고 나서 연이어 말했다.

"지금 제가 무지 피곤하거든요. 가서 잘래요. 내일 봐요. 아, 바래다주지 않아도 돼요. 방이 어딘지 제가 물어서 찾아갈 테니까요. 그럼 안녕."

유검이 '어어' 거리며 미처 대꾸하기도 전에 다우는 쪼르르 아래층으로 달려나갔다.

느긋하게 요리를 안주 삼아 술 한잔하며 포근한 분위기를 맛보고 있던 유검은 마른하늘에 난데없이 물벼락을 맞은 표정으로 멍청히 있을 수밖에 없었다.

"허어……!"

유검은 한참 후에야 세상 말세라고 탄식하는 노인네처럼 감탄사를 터뜨렸다.

"아마도……."

유검은 다우의 행동을 이해할 수 있는 유일한 이유를 가까스로 떠올린 것이다.

"예쁜 옷을 빨리 입고 싶어서 안달이 난 모양이야."

유검은 술잔을 입속으로 털어 넣으며 그렇게 중얼거렸다.

그나저나 오늘 만난 조그만 꼬마 계집애의 행동에 왜 자신이 멋대로 휘둘리는 것일까?

이런저런 생각 끝에 한 가지 이유를 떠올리자 유검은 쓴웃음을 지었다.

이건 마치 애인에게 마음대로 휘둘리는 순진한 청년의 모습이 아닌가.

창밖을 바라보니 불빛이 부서지는 호면 위로 많은 배들이 띄워져 있었다. 귀를 기울이니 가기(歌妓)의 노랫소리가 은은히 들려왔다.

유검은 다시 술잔을 홀짝였다.

여문의 웃는 얼굴이 떠올랐다 사라졌다.

명치가 텅 비어버린 듯한 공허함에 다시 그녀의 얼굴을 떠올리려 했지만 이상하게도 흐릿하게만 보였다. 어릴 적부터 조석(朝夕)으로 보아 온 얼굴인데도 지금 이 순간 제대로 떠올리지 못하는 것이다.

왜일까?

아직 덜 취해서 그런가 싶어 다시 술잔을 들었다.

한 잔 마실 때마다 새로운 얼굴들이 떠올랐다 사라져 갔다. 얼굴 하나에 사연 하나.

사부에게 난데없이 파문이라는 내침을 당하였고, 모처럼 아버지에 대한 소식을 전해 들었으나 찾아볼 무덤조차 없다. 지금 이렇게 맛 좋은 술을 마시고 있지만, 같이 마셔줄 친구는 이 자리에 없다.

말이 필요없는 친구 사마평이 이 자리에 있다면 얼마나 좋을까?

새삼 세상천지 나 홀로 이렇게 있구나 생각하니 외로움이 전신에 스며들듯 적셔왔다.

유검은 한 가지 사실을 인정해야만 했다. 자신은 다우를 도우려 했으나 실제 그녀를 통해 마음의 위안을 얻고 있는 것은 오히려 자신이었다는 사실을. 그 꼬마 숙녀와 같이 있는 동안만큼은 최소한 외로움을 느끼지 않았던 것이다.

이렇게 홀로 된 기분을 느끼고 있을 때에는 행동 양식이 극단적으로 나뉘게 된다.

만사가 모두 귀찮아지고 아무것도 아랑곳하고 싶지 않던가, 아니면 아주 조그만 일에도 호기심을 느껴 세심한 관찰력을 아끼지 않던가.

현재 유검은 후자였다.

술을 마시고 나서 안주로 집어 올린 소고기 한 점을 우연히 바라보게 된 순간부터 참기 힘든 호기심이 인 것이다.

절단면을 보고 어떤 칼을 사용했을지, 당시 손목의 놀림은 어떤 식이었을지 추측해 보았고, 이 요리에 사용된 양념의 종류에 대해 진지하게 고찰해 보았으며, 심지어 이 고기의 부위가 어디였으며 그 소의 나

이와 인생에까지 추측의 영역을 넓혀갔다.

이 소는 다른 소와 달랐을지도 모른다. 어쩌면 남몰래 무공을 익혔을지 모르며 동료들을 모아 반역을 꿈꾸다 처형당하고 만 소였을지도 모른다.

유검은 정말로 무공을 익힌 소였을지 모른다는 자신의 가설을 관철하기 위해 뚫어져라 고기 조각을 쳐다보며 그 증거를 찾기 위해 고심했다.

계란에서 뼈를 찾는 듯한 이 허무한 관찰을 포기한 것은 누군가 자신을 향해 걸어오고 있음을 깨달았을 때였다.

무인의 본능으로 심상치 않는 기도를 지닌 자가 다가오고 있음을 느끼고 눈길을 돌렸을 때, 괴이한 차림새의 한 사내가 어느새 곁에 와 있음을 볼 수 있었다.

같이 술대작을 해주리라 기대했던 것일까. 유검은 무심코 술잔을 그에게 내밀었다.

진삼원은 술잔을 건네받더니 유검의 머리 위로 가져가 천천히 뒤집었다. 주르르 술이 흘러내려 유검의 머리를 적셨다.

유검은 피하고 싶은 마음이 생기지 않아 고스란히 그 모욕을 받아들였다.

진삼원은 냉소적인 말투로 말했다.

"애송이 녀석, 화를 낼 줄도 모르는 모양이군."

어떤 이유인지는 모르겠지만 저자는 내게 시비를 걸고 있다.

그리고 당연히 싸우게 될 것이다.

그렇게 판단한 순간 팽팽한 긴장감이 전신을 휘감기 시작했다. 동시에 세상천지가 새로운 느낌으로 와 닿기 시작했다.

그것은 묘하고도 신선한 충격이었다.

상대방의 무공은 추측이 불가능할 정도로 높다는 사실을 이미 무인의 감으로 확신하고 있었다. 그는 익히 알고 있던 그 누구보다 강한 냄새를 풍기고 있었던 것이다.

게다가 감히 근접하기 힘든 일파종사의 위엄도 느껴졌다. 자신에게 모욕을 준 조금 전의 행동마저도 어쩐지 기품있게 느껴질 정도였다.

그런 그가 지금 자신에게 시정잡배처럼 마구잡이로 시비를 걸고 있는 것이다.

"하하하……!"

어쩐지 통쾌한 기분에 유검은 자신도 모르게 앙천광소를 터뜨렸다.

"흥, 웃음으로 자신의 수치를 감추려 하는 것 역시 애송이들의 특징이지."

진삼원은 무표정한 얼굴로 그렇게 비웃었다.

유검은 미소로써 답하다 곧 깨달았다. 마음의 저편에 짙은 안개처럼 깔려 있던 외로움의 그림자들이 어느새 모두 사라져 버렸다는 것을. 그리고 홀로 외로이 자작하는 것보다, 어쩌면 술친구와 대작하는 것보다도 전력으로 싸울 상대가 있다는 것이 훨씬 낫다는 것을.

게다가 그 상대는 지금처럼 무림의 규칙 등을 도외시한 채 시정잡배처럼 시비 걸고 싸움을 걸고 있으니 이 얼마나 통쾌한 일인가?

유검은 건방지게도 두 발을 떡하니 탁자 위에 올려놓았다. 그리고 팔짱을 낀 채로 한껏 몸을 뒤로 젖혔다. 서 있는 그를 아래로 내려다보기 위해서였다.

유검은 꽤나 자유분방하게 살아왔지만 무림의 고수를 만나 이렇게 방약무도하게 행동해 본 것은 처음이었다.

"어이, 친구!"

상대가 시비조로 나오는데 왜 정중한 말투로 답해야 하나? 당연히 시비조로 한마디 해줘야 한다.

"본래 똥강아지들은 싸우기 전에 짖는 법이라던데… 어떻게 생각하나?"

똥강아지라는 욕을 얻어먹은 진삼원도 마찬가지로 묘한 느낌을 받았다.

자신이 언제 저러한 욕을 들어보았는가?

잔악무도하다느니, 피도 눈물도 없는 놈이라든지, 혹은 사람이 아니라 피에 굶주린 짐승에 불과하다느니 하는 소리들이야 많이 들어보았지만, 그 어떤 경우에도 자신을 겁쟁이라 부르거나 똥강아지라 무시하는 경우는 없었다.

진삼원은 묘한 통쾌함에 미소 지어 보였다. 저 애송이 녀석이 똥강아지라는 단어를 쓴 것은 자신이 마음껏 화를 내어도 상관없다는 사실을 뜻했다. 그 말을 듣고 실제 기분은 그렇게 나쁘지 않았지만, 어쨌든 치솟아오르는 살기를 이제는 억제하지 않아도 되는 것이다. 그것이 중요했다.

조금 전까지만 하더라도 이 눈앞의 애송이 녀석을 무시하는 마음이 있어 귀찮은 파리를 쫓듯 할 생각이었지만, 이제는 생사불문(生死不問)이다.

그런 생각이 그에게 여유를 가져다 주었다. 언제든지 마음만 먹는다면 단칼에 그의 목을 잘라 버릴 수 있을 테니 굳이 서두를 필요는 없는 것이다.

 아직 별다른 소동을 일으키지 않았는데도 주루 안은 조용해져 있었다.

 점점 농밀해지는 살기를 견디지 못하고 유검 주위에 앉아 있던 이들은 슬그머니 일어나 자리를 옮겼다. 아에 아래층으로 가버리는 이도 있었고, 조금 먼 곳에서 흥미진진한 얼굴로 지켜보는 이도 있었다.

 진삼원은 유검 맞은편의 탁자에 털썩 주저앉고는 그 자리에 놓여 있는 술병을 들어 꿀꺽꿀꺽 마셨다.

 반쯤 마시다 돌연 유검에게 던져 주며 말했다.

 "애송이 녀석, 명년(明年) 네 녀석의 제주(祭酒)다. 미리 마셔두거라."

 유검은 그것을 받아 마시고 나서 중얼거렸다.

 "꽤나 마음씨도 좋군, 자기 제사 술을 나눠주다니."

 획—

 말이 끝나기도 전에 흰 빛이 번득였다.

 검은 어느새 유검의 허리를 양단할 듯 아랫배에 닿아져 있었다. 피부로 써늘한 검의 느낌이 생생하게 느껴졌다.

 천잠사로 만들어진 옷이 너무나 손쉽게 베어져 있었다. 보기 드문 희대의 보검(寶劍)인가 싶어 검을 살펴보니 대장간에서 은자 두어 냥이면 살 수 있는 평범한 청강검이다. 그런 평범한 검으로 사내는 보검으로도 잘라내기 힘든 천잠사를 너무나 손쉽게 허공에서 잘라 버린 것이다.

 그보다 더 놀라운 것은 조금 전 사내가 펼쳤던 검의 속도였다. 유검으로서도 미처 인식하기 힘들 정도로 빨랐던 것이다.

어떻게 인간으로서 그런 속도가 가능한 것인가?

그 정도라면 금강불괴 같은 자신의 신체도 어쩌면 손쉽게 두 동강이 나고 말 것이다.

그러한 사실 확인이 새삼 긴장감의 강도를 몇 배로 강화시켜 주었다.

진삼원은 검을 거두며 말했다.

"이제 누구의 제사 술인지 깨달았나, 멍청한 애송이 녀석아?"

유검은 대꾸하지 않고 길게 기지개를 켜며 몸을 일으켰다.

"글쎄, 그걸 지금 당장 말하기는……."

짐짓 뭐라 말할 것처럼 말꼬리를 흘리다 돌연 기습적으로 진삼원을 향해 몸 전체를 날렸다. 상대와 함께 넘어지려는 것이다. 이것은 특별한 무공 초식이랄 것도 없는, 어린아이들이나 시정잡배들이 싸울 때 흔히 쓰는 방법이었다.

서로 대치된 상황이니 암습과 같은 비열한 짓이라고 볼 수 없었으며, 굳이 말하자면 고수들 간의 싸움에서는 보기 힘든 희한한 초식이라고 볼 수 있었다. 보기 힘든 까닭은 물론 그 효용성이 떨어져서였다.

진삼원은 조금 의외라는 표정으로 유검의 어깨를 향해 왼쪽 주먹을 날렸다. 그가 검을 뽑지 않은 까닭은 유검의 행동이 생각보다 빨라 이미 너무 가까운 거리로 다가서 있었기 때문이다. 이 상태에서 굳이 검을 뽑으려면 일단 뒤로 물러나서 거리를 두어야 했기에 먼저 주먹으로 상대를 물리치려 한 것이다.

하지만 진삼원은 유검이 이미 이와 같은 상황을 예측하고 몸을 날렸다는 사실을 몰랐다. 아니, 그보다 더욱 짐작할 수 없었던 것은 도검(刀劍)이 불침하는 외문기공의 고수라 할지라도 내장이 진탕되어 피를 토하고 말 자신의 권력(拳力)이 유검의 몸뚱어리에는 별다른 타격을 입히지 못한다는 사실이었다.

유검은 그의 주먹을 피하지 않았다. 오히려 맞는 순간을 기다려 왼손으로는 그의 가슴팍 옷자락을 쥐어 당겼고 동시에 허리를 충분히 돌리면서 오른손을 날렸다. 정확히 그의 왼쪽 옆구리를 향하여.

퍼퍽ㅡ!

두 번의 격타음이 동시에 들렸다.

그와 함께 찌이익 옷자락이 찢어지는 소리가 나며 둘은 구름이 갈라지듯 뒤로 퉁겨났다.

진삼원은 찢겨진 자신의 옷자락을 내려다보며 어이없어하는 표정이었다.

유검은 신중히 상대를 관찰했다.

이번 주먹질이 얼마나 상대에게 타격을 입혔을까? 만약 아무런 타격을 입히지 못했다면 이번 싸움은 절대적으로 자신이 불리하다. 그것은 당연했다. 사부로부터 파문당하여 본신의 무공을 쓸 수도 없고 검을 쓰지도 못한다. 혼신의 힘을 다해도 승산이 희박한 상대를 두 주먹만으로 싸워야 하는 것이니 불리한 정도가 아니라 짚을 이고 불속으로 뛰어드는 격이었다.

차앙ㅡ!

진삼원은 등 뒤에 메고 있던 검을 멋들어지게 뽑았다.

위이잉ㅡ

검명이 초가을 서릿발처럼 서늘하기 그지없었다.

'별다른 타격을 못 입힌 모양이군.'

산뜻하게 검을 뽑는 동작이나 귓전을 균일하게 울리는 검명을 보니 그가 상처 입었다고는 생각하기 어려웠다.

도대체 어떻게 상대한단 말인가.

아무런 대책도 떠올리지 못하고 멍하니 있던 유검은 홀연히 검을 들고 눈앞에 서 있는 상대가 누구인지 깨달았다. 예전 그와 일검을 교환했을 때의 느낌과 감각이 갑자기 되살아난 것이다.

그의 체구와 전신에서 우러나오는 기도를 다시 유심히 살펴보고는 자신의 추측이 틀림없음을 깨달았다.

"허허……!"

유검은 어처구니가 없어 너털웃음을 터뜨렸다. 조금 전 시정잡배같이 행동하던 그의 모습이 생각나 도저히 웃음을 참지 못했다.

진삼원은 유검이 배꼽을 잡고 웃자 무슨 속셈인가 싶어 눈살을 찌푸렸다.

'그런데 저 녀석 아무래도 낯이 익군. 어디선가 한번 만나본 것 같단 말이야. 이 정도 무공을 지녔다면 내가 기억 못할 리 없는데…….'

이때 요란한 발자국 소리와 함께 점원의 보고를 받은 총관이 이층으로 날아오르다시피 달려오고 있었다.

"어이쿠, 협객님들!"

총관은 달려오자마자 넙죽 바닥에 엎드리더니 두 손을 모아 빌면서 간절한 어조로 말했다.

"제발 한 번만 봐주십시오! 저희 장사 밑천을 다 망가뜨리면 저희들은 뭘 먹고 삽니까요? 제게는 팔십 넘으신 노모와 토끼 같은 새끼들이 다섯이나 된답니다. 제발 이놈을 불쌍히 여기시어……."

총관은 닭똥 같은 눈물까지 뚝뚝 흘리며 계속 고개를 조아리며 절을 했다.

사실 진삼원은 여기 총관과는 안면이 있는 사이였다. 가끔 이곳에서 공짜로 술대접을 받곤 했으니 그간의 도의를 생각하더라도 자신의 행동은 지나친 감이 있었다.

애당초 애송이 녀석을 으슥한 곳으로 끌고 갈 생각이었는데 그만 유검의 도발에 넘어가 이곳에서 소란을 일으키고 만 것이다. 물론 먼저 시비를 건 것은 그였지만.

총관의 행동이 무엇을 뜻하는지 진삼원은 알고 있었다.

일부러 이런 과장된 행동을 통해 삼층에 있는 무림맹의 사람들에게 간접적으로 도움을 청하고 있는 것이다.

무림맹의 인물이 나선다면 웬만큼 간담이 크다 할지라도 한 걸음 양보하게 되니, 장사를 최우선으로 삼는 서호루로서는 그렇게 아무 소란 없이 일이 해결되기를 가장 바라는 것이다.

생각대로 삼층에서 몇 명의 낯익은 늙은이들이 이미 연락을 받은 듯 거드름을 피우며 천천히 내려오고 있었다. 혹시나 자신을 알아보게 된다면 곤란했다.

만약 이미 들켰다면 여기 있는 모두의 혈도를 제압해서 단단히 엄포를 놓을 수밖에 없다고 생각했다. 하지만 사람들의 낌새를 보니 자신의 정체가 틀킨 것 같지는 않았다.

"흥!"

진삼원은 총관에게 은자 한 덩이를 던져 주며 훌쩍 자리를 떠나려는데, 코끝으로 향긋한 꽃 향기가 날아왔다. 힐끔 고개 돌려보니 백의를 입은 한 여인이 천천히 걸어 올라오고 있었다.

"윽!"

여인의 얼굴을 확인한 순간 그답지 않게 신음 소리를 내고 말았다.

그리고 황급히 창문을 통해 빠져나갔는데 놀람보다는 당황에 가까운 모습이었다.

유검 역시 백의여인을 발견하고는 두 눈이 동그래졌다.

마치 그녀의 등 뒤에서 은은한 광채가 후광처럼 빛나고 있는 듯하고 한줄기 부드러움이 머리끝에서 발끝까지 그녀를 감싸고 있는 듯했다.

율동을 이루듯 나긋나긋한 걸음걸이마다 그녀의 가슴은 묘한 기복을 이루었는데 그때마다 묘하게도 귓전에 직접 그녀의 숨소리가 들려오는 듯했다. 그리고 그녀에게서 비롯된 생명의 숨결이 신비한 향기와 함께 숨소리를 따라 자신에게 스며드는 듯했다.

유검은 그녀를 보는 것만으로 독한 술을 마신 듯 취해 버리고 말았다.

다른 사람들 역시 아무 소리도 못하고 멍하니 그녀를 바라보기만 했다.

그녀는 놀랍게도 유검에게로 다가왔다. 그리곤 명공이 오랜 세월을 두고 정성을 다해 백옥을 다듬은 듯한 섬섬옥수로 한 권의 책자를 내밀었다.

"이, 이걸… 왜 제게……."

꿈속의 선녀를 보는 듯한 그녀의 아름다움에 유검은 그답지 않게 얼굴을 붉히며 말을 더듬었다.

"제 동생의 부탁이에요."

뭐라 형언할 수 없는 그녀의 부드럽고 맑은 목소리에 유검은 전신이 찌르르 떨려왔다.

"도, 동생요?"

"오늘 만나 줄곧 같이 다녔다고 하던걸요?"

그녀의 말에는 정감이 넘쳐흘렀다.

유검은 호리병처럼 가느다란 그녀의 허리를 단숨에 낚아채서 자신의 품속으로 껴안을 수 있다면 당장 목숨을 바쳐야 한대도 전혀 아깝지 않을 것 같았다.

책자를 건네받으며 살짝 손가락끼리 부딪쳤다.

순간 유검은 참기 힘든 충동에 전신의 근육이 팽창되고 숨소리가 거칠어졌다.

그 충동을 억제하기 위해 유검은 피가 날 정도로 입술을 꽉 깨물었다.

'이건 정상이 아니다!'

유검은 가까스로 정신을 차렸다.

혹시 고절한 미혼술을 펼치는 것은 아닌가 싶어 그녀를 주시했지만 은은한 미소와 함께 정이 듬뿍 담긴 눈길과 마주치자 가슴이 두근거려 고개를 푹 떨구고 말았다.

어쩐지 당장이라도 그녀가 아무런 경계심도 없이 자신을 완전히 믿는 태도로 자신의 품 안으로 날아 들어올 것만 같았다. 그리고 아기처럼 천진한 미소를 띨 것 같았다.

그건 있을 수 없는 망상이라고 유검은 내심 부르짖었다. 그런데 그녀는 실제로 코끝이 부딪칠 정도로 가까이 다가와 있었다. 그리고는 가볍게 유검을 안았다.

실제 그녀의 숨결이 피부로 느끼는 순간 유검은 참지 못하고 그녀의 허리를 껴안고 말았다. 아니, 두 팔은 구부려졌지만 최후로 남아 있던 이성의 반격으로 마지막 순간 멈출 수 있었다.

애써 두 팔을 거두어들이는데 귓가에 그녀의 숨결이 느껴졌다. 물론 의미를 담은 목소리와 함께였지만 이미 유검의 정신은 몽롱하여 그 뜻을 도저히 파악해 낼 수 없었다.

여인은 친절하게도 다시 한 번 반복해 말해 주었다.

"내일 무림맹에서 시험을 치신다죠? 힘내세요. 저도 몰래 지켜보며 응원할게요. 만약 합격한다면……."

그녀는 말끝을 흐리며 살짝 얼굴을 붉혔다.

그런 태도는 묘한 기대감을 주기에 충분했다.

유검이 할 수 있는 일이라고는 무조건 고개를 끄덕이는 것밖에 없었다.

그녀는 유검이 들고 있는 책자를 가리키며 말을 이었다.

"이것은 무극검법이라는 것으로 검진을 펼치는 이들이 사용하는 검법이랍니다. 익혀두시면 내일 크게 도움이 될 거예요."

말을 마치고 나서 그녀는 창문 밖으로 잠시 시선을 돌렸다. 심유(深幽)한 눈길로 창문 밖 나뭇잎 무성한 나무를 바라보더니 싱긋 미소를 지어 보였다.

그녀는 왔던 길로 천천히 되돌아갔다.

그녀가 사라진 이후에도 한참 동안 유검은 물론 지켜보던 사람들도 멍하니 있었다. 다들 혼이 나간 듯한 표정이었다.

먼저 정신을 차린 유검은 황급히 총관의 손에 은자 한 덩이를 쥐어 주고는 서둘러 그 자리를 빠져나왔다.

조금 전에 있었던 일이 꿈인지 현실인지 아직도 분간이 가지 않았다. 손에 쥔 책자만 없었다면 분명 꿈이라고 착각했을 것이 틀림없었다.

유검은 후원으로 갔다.

백의여인에 대해 물어보기 위해 다우의 방으로 가보니 또 어디로 가

버렸는지 자리를 비우고 없었다.

"휴… 이 늦은 밤에 어디를 돌아다니는 거지? 아무래도 한바탕 혼을 내어 버릇을 고쳐 주어야겠구나."

유검은 안주와 술을 시켜서 홀로 자작을 하며 다우를 기다렸다.

*　　　*　　　*

주루 옆 나뭇잎 무성한 한 나뭇가지에 몸을 숨긴 채 백의여인의 수작을 지켜본 진삼원은 냉소를 터뜨렸다.

"흥, 무극검법이란 말이지."

그는 묵묵히 침묵을 지키더니 탄식하듯 길게 한숨을 내뿜었다.

"휴… 도대체 뭘 꾸미는 거야, 저 녀석은?"

그는 불만이 많은 듯 연신 투덜거렸다.

"그나저나 함부로 저런 모습으로 나돌아다니다니! 그 모습은 절대 하지 말랬거늘 도대체 위험이란 단어를 알고 있는 건지 원. 게다가 내가 저놈들의 혈도를 미리 제압해 두었으니 망정이지 안 그랬다면……."

말을 잇다 그는 내심 신음 소리를 내고 말았다.

"끄응! 내 행동을 미리 예측했단 말이군."

그는 다시 긴 탄식을 내뿜다 혼잣말처럼 중얼거렸다.

"좋아. 어쨌든 네가 원하는 대로 무극검법으로만 그 녀석을 상대해 주지. 이번에 네가 택한 놈이 어떤 녀석인지 내가 확실히 시험해 주마."

─그건 곤란하네.

홀연히 들려오는 전음 소리에 진삼원은 깜짝 놀라고 말았다.

황급히 공력을 끌어올려 이목을 영민하게 하여 상대의 기척을 잡아 내었다.

'십여 장······.'

거리를 파악함과 동시에 그의 신형은 그곳을 향해 폭사되어 갔다. 언제 뽑아 들었는지 그의 손에 검이 쥐어져 있었다.

검을 휘두르기 직전 다행히도 상대의 정체를 깨달았다.

"어르신이셨군요."

얼른 검을 집어넣고 나무 그늘 아래서 술잔을 들고 앉아 있는 이에게 정중히 포권지례를 취했다.

"그래, 그간 잘 있었는가? 여전히 씩씩하구먼."

현풍은 미소 지으며 술잔을 들어 보였다. 같이 한잔하자는 의미.

진삼원은 술잔을 받아 마시고 다시 현풍에게 술을 따르며 물었다.

"그런데 여긴 어인 일로… 어르신께서 항주로 오신 줄은 몰랐습니다. 알았다면 제가 직접 모셨을 텐데······."

현풍은 손을 휘이휘이 저었다.

"언제까지 거기 서 있을 텐가. 아무 소리 말고 여기 앉아 술이나 마시세."

몇 잔의 술을 들이키다 현풍은 이마를 탁 쳤다.

"어이쿠, 내 정신 좀 보게나. 내가 어떤 일로 여기 왔냐고 물었었지? 제자의 뒤를 따라왔다네."

"아, 그러셨군요. 그런데 제자 분은 어디에······?"

"흘… 좀 전까지 죽자 사자 하지 않았나?"

"예?"

"그 녀석이 수염 좀 길렀다고 그새 못 알아보다니. 자네도 슬슬 늙어가나 보이. 허허허."

"아, 그랬었군요. 어쩐지 낯이 익다 했더니……."

하지만 진삼원은 내심 의아함을 감추지 못했다. 못 본 지 며칠이 지났다고 그렇게나 기도가 달라질 수 있는가? 다시 생각해 봐도 예전과는 확실히 달라졌다. 그때는 한 자루 날이 선 예리한 보검과 같았다면 지금은 있는 듯 없는 듯 공기와 같은 느낌을 받은 것이다.

'설마 하니 벌써 반박귀진(返璞歸眞)의 경지에 올랐으려구.'

진삼원은 현풍의 안색을 살피다 걱정스러운 듯 말했다.

"근래 근심거리라도 있으십니까? 안색이 상당히 초췌해져 보입니다만."

느낌이지만 본시 무엇에도 구속되지 않는 무위자연의 탈속함과 어떤 경우에라도 해학(諧謔)을 잃지 않던 여유가 보이지 않았던 것이다.

"휴우……."

현풍은 땅이 꺼져라 한숨을 내쉬었다. 진정 무거운 근심덩어리를 다 토해내고 싶은 듯.

현풍은 단호하게 말했다.

"앞으로 내 제자와의 비무는 절대 금하겠네."

진삼원은 영문을 알 수 없었지만 공손히 답했다.

"예."

답하고 나서 바로 다우와의 약속이 떠올랐다.

진삼원은 조금 난처한 표정으로 현풍에게 물었다.

"근데 내일은… 어인 연유인지 까닭을 알 수 있겠습니까?"

"위험해서 그러네."

진삼원은 웃으며 말했다.

"설마 하니 제가 어르신의 제자에게 독수(毒手)를 쓰겠습니까? 좀 전의 경우는 제가 미처 몰라보았기에……."

현풍은 도리도리 고개를 저었다.

"그 녀석이 위험해서가 아니야. 자네가… 아니, 모든 사람이 위험해질 수 있으니까야."

"예?"

"하여간 위험하니 절대 싸우거나 해서는 안 되네. 만일의 경우 정말로 위험해지니까. 내가 자네에게 모습을 드러낸 것은 이 말을 해주고 싶어서였다네."

"저… 제, 제가 위험하다는 말씀은……."

진삼원은 웃으려 했지만 안면 근육이 굳어져 제대로 웃지 못했다.

현풍은 그의 심정을 눈치 채고 말했다.

"오해하지 말게나. 자네의 검은 빠르지. 그리고 무척이나 강하다네. 나 역시 정식으로 자네와 겨룬다면 장담을 못하지. 아니, 자네가 이길걸세. 그런데 어찌 나의 제자가 자네와 자웅을 겨룰 수 있겠는가? 단지 이 가운데는 말하기 힘든 사정이 있다네."

현풍의 간곡한 어조에 진삼원의 심정은 누그러졌다.

"예, 알겠습니다. 그런데 이미 약속을 한 바가 있어 내일 그가 도전해 온다면 제가 나가지 않을 수 없습니다. 그러하니 꼭 비무를 시키지 않고자 하신다면 직접 제자에게……."

"파문시켰다네."

"예?"

난데없는 소리에 진삼원의 두 눈이 부릅떠졌다.

"아직 소식 못 들은 모양이구먼. 유검 그놈을 파문시켜 버렸어. 그래서 그놈 앞에 나타나기가 껄끄럽다네."

이 현풍 어르신네께서 얼마나 자기 제자를 아끼고 있는지 잘 알고 있었기에 도저히 파문시켰다는 그 말이 믿기지 않았다.

죄없는 사람의 목숨을 함부로 빼앗거나 혹은 처녀를 겁탈한다든지 하는 파렴치한 죄를 저질렀다면 차라리 그의 목숨을 빼앗았을 것이다. 그렇지 않다면 여하한 죄를 저질렀다 할지라도 엄중한 벌을 내릴지언정 파문까지는 내리지 않았을 터이다. 도대체 무슨 일이 있었기에……

진삼원은 감히 더 이상 묻지 못하고 묵묵히 현풍의 술잔이 빌 때마다 채울 뿐이었다.

빈 술병이 다섯 개를 채웠을 때 현풍은 지나가는 말로 중얼거렸다.

"단 일 검으로 한 도시를 두 조각낸다면… 믿을 수 있겠느냐?"

잠시 후 현풍은 한숨을 내쉬며 말했다.

"그게… 그 녀석을 파문시킨 이유라네."

＊　　　＊　　　＊

다우는 삼경(三更)을 알리는 북소리가 울릴 무렵에야 돌아왔다.

유검이 화가 나 잔소리하는 것을 한 귀로 흘려들으며 능청맞게 물었다.

"참! 우리 언니 만났어요? 오빠 만난다고 나갔었는데."

백의여인을 거론하자 유검은 일순 말문이 막혔다.

유검은 뚫어져라 다우의 얼굴을 쳐다보다 고개를 갸웃거리며 물었다.

"정말로… 네 언니니?"

가만히 생각해 보니 닮은 느낌도 들었다.

다우는 건성으로 고개를 끄덕이며 유검의 손에 든 책자를 보았다.

내심 미소 지으며 물었다.

"그 검법 어때요? 시험을 치르는 검진은 바로 그 검법으로 이뤄진 거래요. 깰 수 있겠어요?"

그러면서 내심 생각했다.

'설마 이 정도까지 안배해 주는데 십 초를 못 버티겠어?'

이런 정도는 승부 조작이 아니라 이기기 위한 약간의 안배에 불과하다고 생각했다.

뜻밖에도 유검은 고개를 저었다.

다우는 믿기지 않는 듯 눈을 껌뻑껌뻑거리면서 되물었다.

"설마… 자신이 없다는 거예요?"

그토록 큰소리치던 유검이 돌연 약한 모습을 보이자 다우는 당혹해했다. 이미 여기저기 늙다리 내기꾼들에게 모두 통고한 상태인데 이제 와서 그런 소리를 하면 어떡하란 말인가?

유검이 말했다.

"그게 아니라… 아직 보지도 못했단다. 아니, 볼 수가 없어."

"……?"

"내게는 조금 일신상의 문제가 있어서 절대 검을 쥐어서는 안 된단다. 그러니 이런 검보를 어찌 보겠느냐?"

도대체 무슨 소리를 하는 걸까?

강호의 무인이라면서 검을 쥐어서는 안 된다니… 도무지 말이 안 되는 소리였다.

"일단 검보라도 봐요. 검을 쥐는 것과 검보를 보는 것과 무슨 상관
이라고……."

"생각해 보렴. 무인이라면 검보를 보고 당장 익혀보고 싶지 않겠니?
나는 특히나 의지가 약해서 말이다. 유혹에 약해서 안 돼."

다우는 단호해 보이는 유검의 표정을 보고 이 상태로는 그를 설득시
키기 힘들겠다고 판단했다.

'하루 두 번씩이나 모습을 바꾼다면 조금 위험한데… 하지만 도박
에 질 수는 없지!'

곧 그녀는 생글생글 웃으며 말했다.

"오라버니, 잠시만 나갔다 올게요."

말이 끝나기도 전에 유검이 그녀의 앞을 황급히 가로막아 섰다.

"꼬마 계집아이가 이 늦은 밤에 어딜 돌아다닌단 말이냐? 안 된다!"

"급하단 말이에요. 잠시 뒷간에 다녀올게요. 빨랑 비켜줘요, 오빠!"

"안 돼! 소변을 보고 싶으면 이 요강을 사용하거라."

미리 준비를 해둔 듯한 요강을 발로 밀어주며 단호하게 말했다.

"오빠!!"

후원의 다른 투숙객들이 잠에서 깨어나고 뒷집의 개가 요란하게 짖
을 정도로 목소리를 높였지만 유검은 꿈쩍도 하지 않았다.

다우를 기다리며 걱정한 것을 생각하면 이 정도도 약과라 할 것이
다.

다우는 다급해하는데 유검이 싱긋 웃으며 말했다.

"자자, 밤이 늦었다. 어서 자자꾸나."

다우는 어안이 벙벙하여 되물었다.

“뭘 자요?”

“널 이대로 두면 또 몰래 빠져나갈 것 아니니. 오늘은 이 오라버니와 함께 자자꾸나.”

같이 자자, 안 된다 하는 묘한 실랑이가 한참 동안 벌어졌다.

결국 유검이 일단 검보를 보는 대신 둘이 함께 잠을 자는 것으로 타협은 이루어졌다.

밤은 깊어가고 유검의 품속에서 다우는 가슴을 두근거렸다.

'쳇, 다시 모습을 바꾸고 난 후에는 적응이 꽤 힘들어. 오늘은 특히 더 그러네.'

다우는 그렇게 뜬눈으로 밤을 새우다 새벽녘이 가까워질 때 잠깐 잠이 들고 말았다.

그녀의 그림자가 서서히 커져 갔지만 달콤한 새벽잠에 취해 있는 유검은 그것을 전혀 깨닫지 못했다.

第四章

천하제일검과의 비무(2)

천하제일검과의 비무(2)

무림맹 후원에 나 있는 조그만 오솔길.

새벽 공기는 상쾌하기 이를 데 없었지만 한낮의 무더위를 예고라도 하듯 햇살은 벌써부터 따가웠다. 다만 이곳 오솔길을 중심으로 서 있는 나무들은 나뭇가지와 잎이 무성하여 시원한 그늘을 이루고 있었다.

조르르—

나뭇가지 위를 달리던 다람쥐는 마침 바위 옆에 떨어져 있는 도토리 하나를 발견하고 잽싸게 나무 둥치를 타고 땅에 내려왔다. 앞발로 도토리를 단단히 고정시킨 다음 자랑해 마지않는 날카로운 앞니로 도토리를 갉아 먹기 시작했다.

그러다 흠칫 무언가 움직인 느낌에 주위를 둘러보았다. 하나 눈앞에 거대한 바위만 자리해 있을 뿐 두려워할 만한 적은 나타나 있지 않았다. 다만 조금 전까지는 없었던 길쭉한 나뭇가지 하나가 머리 위에 생겨나 있었다.

"……?"

타고난 생존 감각에 번득이는 두 눈으로 다시 사방을 살폈다. 역시나 위협이 될 만한 적은 보이지 않았다. 안심하며 다시 도토리를 갉아 먹기 시작했다.

진삼원은 다람쥐를 향해 내려쳤던 검을 천천히 회수했다.

시선은 무심하였고 검끝에도 일체의 살기는 없었다. 겁 많은 다람쥐가 그를 바위로 보고 자기를 향해 내려친 검을 나뭇가지로 인식할 정도였다.

진삼원은 검을 자연스럽게 늘어뜨린 채로 그 자리에서 석상이 되었다. 움직이지 않는 바위가 되었다. 그에게 일체 사람의 냄새는 풍겨 나오지 않았다. 마치 자연의 일부가 되어 있는 듯했다.

그의 눈은 참선에 든 고승처럼 반쯤 감고 있었는데, 어디에도 시선을 고정시켜 두지 않았다.

삼재보(三才步)를 취하고 있는 두 발은 단단히 땅에 뿌리내린 나무 둥치였고 검결(劍訣)을 취하고 있는 왼손은 해를 향해 뻗어져 나간 나뭇가지였다.

아무런 의미도 없이 그냥 검을 들고 있을 뿐인 듯한데 기이하게도 주위의 공기는 팽팽하게 잡아당겨진 실처럼 이상한 긴장감으로 가득 차기 시작했다.

도토리를 갉아 먹던 다람쥐도 심상찮음을 느꼈는지 잽싸게 도망쳤다.

살랑.

잠시 미풍이 인다 싶은 순간 검을 쥔 그의 손목이 살짝 떨렸다. 아니, 그는 움직이지 않았다. 소맷자락이 살짝 흔들려 손목이 움직여진 것처럼 보였을 뿐이다.

이때 정지되어 있는 듯 평화스럽던 주위의 광경이 갑자기 돌변했다.

석상이 되어 있던 진삼원의 전신은 하나의 거대한 검이 되더니 광풍이 되어 주위의 모든 것들을 한꺼번에 휩쓸어 버린 것이다.

아니었다.

그는 가만히 있는데 주위의 모든 것들이 스스로 빨리듯 몰려와 모두 베어지고 만 것이다.

"컥!"

수풀 속에서 짤막한 신음성이 터져 나왔다.

진삼원이 천천히 검을 거두며 무심한 시선을 돌리자 그곳에서 하나의 인영이 입가의 피를 소맷자락으로 닦으며 걸어나왔다.

"이거 너무하군요. 제가 있는 걸 뻔히 알면서."

연신 투덜대며 걸어나오는 그는 대략 이십 대 중반 정도로 보였는데 마치 절세의 미녀가 남장을 한 듯한 대단한 미모를 가진 청년이었다. 현 무림맹주 진삼형의 몇 안 되는 직전제자들 중의 하나, 이호성이었다.

그는 좀 전의 불만은 잊어버린 듯 경쾌한 음성으로 물었다.

"그런데 조금 전 그 일검은 무엇입니까? 이번 북해행에서 새로 익히신 건가요? 에휴, 혼났습니다. 난데없이 거대한 검이 날아와 저를 베어버리는 것 같더라니까요. 정말 죽는 줄 알았습니다. 하하하."

"네가 가진 살기(殺氣)가 너를 벤 것일 뿐이다."

"가만있자, 그거 이정참동(以靜斬動)이라 이름 붙이면 어떻습니까? 그럴듯하죠? 멈춤으로써 모든 움직이는 것들을 베어버리다! 멋진데요!"

진삼원은 더 이상 아무런 대꾸도 없었다.

밤새도록 하나의 화두에 몰두해 있던 중이라 이호성의 가벼운 말에 맞장구치고 싶은 기분이 아니었던 것이다.

한 도시를 두 조각내는 검이라니…….

다른 사람에게서 들었다면 틀림없이 헛소리라 여기고 말았을 테지만 현풍 어르신네께서 설마 하니 근거없는 이야기를 말씀하시지는 않았을 것이다. 게다가 그게 제자를 파문시킨 이유라니…….

내면의 고민과는 상관없이 그의 시선은 무심했다.

그 무심한 시선과 마주치자 이호성은 당장이라도 검을 뽑아 들고 싸우고 싶은 충동을 느꼈다. 자신을 무시하는 듯한 저 무심한 눈빛만 보면 언제나 그랬듯이 맹렬한 투쟁심이 끓어오르는 것이다.

이호성은 솟구치는 살기를 억지로 참고 호흡을 가다듬었다.

'언젠가는… 언젠가는 나를 적수로 보아줄 것이다! 내가 그렇게 만들겠다!'

"근데 무슨 일이냐, 이런 새벽부터."

무뚝뚝한 진삼원의 말에 이호성은 빈정거리듯 말했다.

"부탁하신 것… 아니, 하명하신 것을 제대로 이행했다고 보고하러 왔습죠."

"보고 정도야 수하를 보내면 될 텐데."

"어이쿠, 무슨 말씀이십니까? 천하제일검이신 사숙의 명이신데 어찌 아랫것들을 보내겠습니까? 그래서 제가 왔습죠."

이호성은 계속 빈정거리고 있었다.

'이상한 열등감에 사로잡혀 있는 녀석.'

진삼원은 내심 혀를 차며 고개를 끄덕여 보였다.

“어쨌든 고맙다.”

“무슨 목적이신지는 몰라도… 괜찮으시겠습니까?”

진삼원이 다시 고개를 끄덕여 보이자 이호성은 냉냉한 시선으로 쳐다보다 포권을 취하고 물러났다.

밤새도록 숙고를 거듭했다.

도시를 두 조각내는 검과는 또 다른 화두 때문이었다.

하지만 사실 현풍 어르신의 제자 유검과 싸우느냐 마느냐는 이미 결정을 내려놓고 있었다.

한번 입 밖으로 내뱉은 약속을 어길 수는 없다!

그리고 도전해 오는 자는 막지 않는다!

그것은 뭇 강호의 친구들로부터 천하제일검이라는 호칭을 받을 때부터 부여된 의무 이상의 숙명과도 같은 것이었으니까.

여태까지의 숙고는 스스로의 마음을 가다듬기 위한 시간이었을 뿐이다.

태양은 산등성이를 넘어 힘차게 솟아오르고 있었다. 어쩐지 오늘따라 뜨거운 맛을 보여주겠다며 활활 타오르고 있는 것 같았다.

“덥겠군, 오늘…….”

내공이 이미 신화경에 달해 수화불침(水火不侵)의 경지에 이른 그였지만 벌써부터 몸이 뜨거워지는 것 같았다.

그는 장포를 풀어헤쳤다.

왼쪽 옆구리에 기이하게도 나선 모양의 멍 자국이 뚜렷하게 생겨나 있었다.

진삼원은 그것을 살펴보다 미소 지으며 혼잣말로 중얼거렸다.

"애송이 녀석, 나보고 똥강아지라고 했지? 어서 오게. 내 이빨 맛을 단단히 보여줄 테니. 하하하!"

*   *   *

창문 밖으로 새어 들어오는 햇살에 유검은 눈살을 찌푸리며 눈을 떴다. 초점이 맞지 않는 눈으로 주위를 돌아보다 긴 머리카락에 흑포장삼의 다우가 여전히 자신 품에 안겨 있음을 확인하고 다시 눈을 감고 잠을 청하려 했다.

'……?

다우를 안고 있는 느낌이 어쩐지 묘했다. 어린 꼬마 계집아이가 아니라 마치 성숙한 여체를 안고 있는 듯한…….

오른손을 더듬거려 보니 불길하게도 자신의 짐작이 맞는 것 같았다.

'설마 나도 모르게 기원으로 가서… 그리고…….'

유검의 두 눈이 번쩍 뜨였다.

코끝으로 심신을 녹아버릴 듯한 향긋한 내음이 맡아졌다.

가슴을 두근거리며 천천히 시선을 아래로 향했다. 마침 그녀는 잠꼬대를 하듯 몸을 뒤척였다. 그 순간 유검은 그녀의 얼굴을 확인할 수 있었다.

어젯밤 보았던 그 백의소녀였다.

"으헉!"

유검은 비명을 지르며 벌떡 일어났다. 그 바람에 다우도 잠에서 깨어났다.

잠에 취한 듯 두 손목으로 두 눈을 비비다 유검의 놀란 얼굴을 보고 아차 하는 얼굴이 되었다.

"내가 깜박 잠이 들었구나!"

유검은 자신이 잘못 본 게 아닌가 싶어 두 눈을 비비고 고개를 흔들었다.

그리고 다시 그녀를 바라보니…

"휴우… 난 또! 다우, 너였구나."

유검은 그제야 안도의 한숨을 내쉬었다. 조금 전에 보고 느꼈던 것은 잠이 덜 깨어 착각한 것이라 생각했다.

쓴웃음이 나왔다.

'나원, 아무리 그래도 그렇지, 이런 꼬마 계집아이를 보고 착각을 하다니!'

요 근래 아무래도 욕구불만이 심한 듯했다.

유검은 입맛을 다셨다. 모처럼 다우를 백의소녀로 착각하는 중이었다면 그대로 조금만 더 음미해 볼 것을…….

정파인들이 안다면 천인공노할 색마라고 노발대발할 생각을 멋대로 하며 길게 기지개를 켰다.

세수를 하고 아침 식사를 시켜놓고는 다우의 요구 조건대로 무극검법이라는 검보를 주르륵 훑어보았다.

일 다향이 지나기도 전에 유검은 검보를 다 훑어보았다는 듯 탁자 위에 올려놓았다.

다우가 불만을 터뜨렸다.

"뭐예요? 그렇게 건성으로 보다니. 제 언니가 이걸 구하기 위해 얼마나 애썼는지 아세요?"

"응? 아… 건성으로 본 게 아니야."

한마디 해주려는데 마침 아침 식사가 들어왔다.

배가 고픈 참에 밥과 찬을 맛있게 먹는데, 다우는 전혀 손도 대지 않고 불만투성이의 얼굴로 입을 쭉 내밀고 있었다.

"우물우물… 안 먹니? 꽤 맛있는데 말이야."

다우는 대꾸조차 않고 고개를 휙 돌려 버렸다.

그 모습이 꽤 귀여워 보여 유검은 싱긋 미소를 지었다. 다우가 왜 불만을 가지고 있는지 그 이유를 알고 있었지만 굳이 해명해 주려 하지 않았다. 지금의 모습이 워낙 귀여워서였다.

"이 거짓말쟁이!"

유검이 아무 말 없이 계속 밥을 먹자 다우가 꽥 소리를 질렀다.

하지만 유검은 전혀 아랑곳 않고 깨끗이 밥을 먹어치웠다.

"꺼억—!"

포만감을 증빙하는 트림을 내뱉고는 느긋하게 침상에 몸을 눕혔다.

식식 거칠게 숨을 몰아쉬며 약 올라 하는 다우의 모습에 유검은 더욱더 흐뭇해졌다. 어제는 왠지 모르게 다우에게 계속 휘둘려 다녔던 것 같은데 오늘 모처럼 주도권을 쥐게 된 것이다.

이와 같이 흐뭇한 기분을 조금 더 오래 맛보고 싶었기에 짐짓 코를 골며 자는 척했다. 그리고 가늘게 실눈을 떠서 다우의 표정을 살폈다.

'……?'

세상은 다 그렇지 뭐. 인생이란 게 본래 그래.

다우는 입버릇처럼 그런 말을 중얼거리는 노파의 표정이 되어 있었다.

반쯤 감은 눈에 죽을 날만을 기다리는 듯한 생기없는 눈빛. 고개는 비딱하게 기울어져 있었고 어깨는 푹 처져 있었다.

유검은 그제야 깨달았다. 어제 착각이라고 넘겨 버린 그녀의 묘한 표정들이 사실은 진실이었음을.

'근데……'

눈에 뭐가 씌인 것일까? 저런 다우의 모습도 냉정히 바라보니 오히려 더 귀여워 보였다.

유검은 참을 수 없어 웃음을 터뜨리며 일어나 그녀를 번쩍 안아 들었다. 아니, 그럴려고 하는 순간 다우의 신형이 허깨비처럼 사라져 버리고 말았다.

다우가 이런 이형환위(移形換位)와 같은 절세의 경공술을 익히고 있을 줄은 꿈에도 생각 못했기에 멍청하게 주위를 두리번거렸다.

설마 하니 땅으로 꺼져 버렸다고 생각한 것일까?

"애당초 네게 기대를 건 게 잘못이다."

사방에서 무뚝뚝한 다우의 음성이 들려왔다.

육합전성(六合轉聲)의 수법!

유검은 그제야 다우가 무공을, 그것도 상당한 상승 무공을 지니고 있음을 확실하게 깨달았다.

뭔가 자신이 확실히 속고 있었다는 것 역시 깨닫게 되었는데, 돌연 주위에 거대한 화벽(火壁)이 생겨나더니 단숨에 자신을 향해 몰려 들어 왔다.

화르르―

불길을 피해 재빨리 땅을 박차고 신형을 날렸다. 유검이 천장을 막 뚫고 나왔을 때 하얀 소수(素手)가 그의 머리를 노리고 날아왔다.

유검은 피하지 않고 오히려 그 소수를 낚아챘다. 다우는 코웃음을 치며 유검이 자신의 소수를 잡도록 손을 거두지 않았다.

파파파곽—

유검이 소수를 잡는 순간 조그만 폭죽들이 연이어 터지는 소리와 함께 여기저기로 불똥이 튀었다.

다우는 예기치 못한 상황에 놀란 듯 두 눈을 동그랗게 떴다. 염화소수공(炎火素手功)이 깃든 자신의 손을 잡았다면 일어날 일은 단 한 가지뿐이다. 살이 타고 뼈가 녹으며 비명을 지르는 일. 그런데 엉뚱하게도 무쇳덩어리를 쳤을 때와 같은 현상이 일어나다니… 그녀로서는 상상도 못해봤던 일이다.

유검은 미소 지으며 말했다.

"숨바꼭질 놀이가 하고 싶었다면 진작 말하지, 녀석."

다우는 믿을 수 없다는 듯한 눈으로 유검의 손을 바라보았다.

"손… 괜찮아요?"

"뭐, 별 이상은 없는 것 같은데?"

손은 멀쩡했지만 다우의 소수와 닿았던 소맷자락이 시커멓게 타 있었다. 천잠사로 만든 청의장삼이.

귀한 선물을 망쳐 버린 데 대해 내심 친구에게 사과를 하며 다우에게 말했다.

"자, 한바탕 움직였으니 배가 고프겠다. 들어가자꾸나."

유검이 손을 잡아끌자 다우는 홀린 듯 그 뒤를 따랐다.

방 안은 이미 화마가 휩쓸고 지나가 버려 폐허로 변해 있었다.

"흐음… 방을 옮겨야겠다만, 아무래도 주인이 허락해 주지 않을 것 같구나."

과연 유검의 예언(?)대로 주인은 더 이상 유검 일행이 머무는 것을 허락하지 않았다.

유검은 방의 기물을 변상해 주고 다우와 함께 서호루를 나섰다.

천천히 호변을 따라 걷다가 버드나무 그늘에 가서 앉고는 다우에게 말했다.

"미안하구나. 미리 설명해 주었더라면 좋았을 것을……."

"…뭘요?"

"네가 준 그 책자는 말이다, 이미 그때 다 외우고 있었단다. 총 스물여덟 가지 초식의 천팔백 가지 변화도 이해를 했고, 열 명이 검진을 펼쳤을 때 어디에 허점이 노출될지도 이미 파악을 했단다. 그러니 더 이상 책자를 볼 필요가 없었던 거지."

"……."

다우는 이럴 때 무슨 표정을 지어야 할지 모르는 것 같았다. 아니, 유검이 다음과 같이 말해 주기를 기다리는 것 같았다.

"미안하다. 잠시 우스갯소리를 했어. 하지만 대략 그 검법의 요체는 대충 깨달았으니까 걱정 마라. 자신있다구!"

그 정도라면 충분히 허용해 줄 수 있다고 생각했다.

유검은 자신의 설명이 불충분했나 싶어 불안한 눈으로 다우를 바라보았다.

사실 유검에게 있어 공자 왈 맹자 왈 따위의 논어라면 하루 종일 외워도 한 장을 넘기기 힘들겠지만 검보라면 이야기가 달랐다.

보는 순간 검법 요결의 요체를 한눈에 꿰뚫고, 한 동작의 그림만 보아도 감춰진 변화를 알아내는 것은 물론 다음 연결 초식까지 구할 이상 예측할 수 있었다. 주르륵 검보를 훑고 난 다음 허점을 파악하여 보다 완벽한 검보를 바로 작성할 수 있을 정도였던 것이다.

이러한 사실을 있는 그대로 믿어달라고 하기에는 상당한 무리가 따랐다. 무당파 내에서도 유검의 이러한 능력은 현풍 외에는 아무도 제대로 알지 못했을 정도였으니까.

유검이 말한 바는 상당히 겸손하게 낮춰 말한 것이었지만 그래도 다우가 제대로 받아들이기에는 힘든 소리였다.

단순히 그 검보를 외웠다는 사실만 보여줘도 다우는 충분히 놀라워했을 것이다. 그리고 자신이 성의가 없지 않았음을 깨달았을 것이다.

뒤늦게서야 유검은 그런 생각을 떠올리며 후회를 했다.

"일단 요결을 외워보마. 혹시… 너도 알고 있니?"

다우가 고개를 끄덕이자 유검은 안도의 한숨을 내쉬었다. 무극검법이 수록된 검보는 다우가 일으킨 화마에 이미 재가 되어 없어졌으니 자신이 정확하게 외웠는지 어떤지 확인할 길이 없었던 것이다.

유검은 단숨에 요결을 외워 보였다.

"검법은… 내가 어젯밤에도 말했다시피 검을 쥘 수 없는 처지라 네게 보여주기는 힘들구나."

다우는 멍하니 유검의 얼굴만 바라보고 있었다.

무슨 생각을 하는지 도통 알 길이 없자 유검은 머뭇거리다 조심스레 물었다.

"어떠냐? 일단 이 정도로 이 오라버니를 믿어주지 않겠느냐?"

"…믿어요."

결국 다우는 고개를 끄덕였다.

유검은 조용히 그녀를 안아주었다.

다우는 한참 후에야 말문을 다시 열었다.

"제가… 오빠를 속였는데 화나지 않아요?"

유검은 다우의 머리카락을 쓰다듬어 주며 다정하게 말했다.

"네가 누구든 다우는 다우야, 나의 소중한 다우. 그리고 네가 지금 여기 있는데 뭘 속였다는 거지?"

다우는 이해할 수 없다는 눈빛으로 유검을 한참 동안 올려다보았다.

"혹시……."

다우는 머뭇거리다 물었다.

"제 언니 때문이에요? 언니가 예쁘니까 나를 잘 대해줘서… 그런 거 아니에요?"

"응? 흠……!"

미처 예상치 못한 질문에 유검은 턱을 괴고 진지하게 고민하기 시작했다.

"풋!"

유검의 모습이 어찌나 진지해 보였는지 다우는 자신도 모르게 실소를 터뜨리고 말았다.

"지금 답하지 마세요. 나중에… 아주 나중에 다시 물을게요. 그때 답해줘요. 알겠죠, 오라버니?"

유검은 미소 지으며 그녀의 뺨에 입을 맞춰주는 것으로 대신 답했다.

다우는 유검이 자신에게 진심으로 충실히 대해주고 있음을 깨닫고 묘한 표정을 지었다. 뭔가 가슴 한구석이 쌓여져 있던 것이 스멀스멀 녹아가고 있는 느낌이 들었다. 이상하기는 했지만 결코 나쁜 기분은 아니었다.

"오라버니."

다우는 조용히 유검을 불렀다. 유검은 대답하지 않고 두 팔을 벌려

주었다.

다우는 그 품에 안겨 조용히 서호의 아름다운 광경을 바라보았다. 오래전부터 세상은 참으로 재미없는 것이라 여겼는데, 지금 이 순간에는 그냥 보는 것만으로도 마음이 따뜻해지고 기분이 좋아졌다.

아늑하면서도 포근한…….

유검은 다우의 머리카락을 조용히 쓰다듬어 주며 물었다.

"한 가지만 말해 주겠니? 오늘 내가 싸우게 될 상대는… 진삼원! 맞지?"

다우는 한참 후에야 천천히 고개를 끄덕였다.

"역시 그렇구나."

유검은 미소 지으며 물었다.

"근데 너는 누가 이길 것 같으니?"

"예?"

"그러니까 천하제일검이라는 그 똥강아지 녀석하고 이 오라버니하고 둘 중에 누가 더 셀 것 같으냔 말이다."

"……."

다우는 뭐라 할 말을 잊은 듯 눈만 끔벅거렸다.

유검은 주먹을 단단히 쥐어 보이며 말했다.

"약속하마! 이 오라버니가 그 진가 녀석의 콧대를 확 꺾어버려 주마. 절대 지지 않는다!"

유검은 무슨 영문인지는 몰라도 다우가 진삼원에게 뭔가 원한을 가진 게 아닐까 싶어 그렇게 큰소리를 친 것이다.

"믿어도 좋단다. 네 오라버니는 말이다, 나름대로 꽤나 약아서 전혀 엉터리 같은 소리는 하지 않아. 하하하.”

다우는 처음 무슨 말을 하는지 몰라 멍했지만 곧 유검의 속뜻을 깨달았다. 자신을 위해 천하제일검과 싸우겠다고 말하는 중이라는 것을.

갑자기 뜨거운 것이 가슴팍으로 솟아올라 목이 메었다.

“이 오라버니를 믿어주겠니?”

유검이 웃으며 그렇게 물었다.

뭔가 뜨거운 액체가 두 눈으로 흘러나오려 해서 다우는 고개를 푹 숙였다.

다우는 한참 후에야 겨우 답할 수 있었다.

“…예, 믿어요. 정말로… 오라버니는 절대 지지 않는다는 걸 다우는 정말로 믿어요. 정말로…….”

다우는 계속해서 고개를 들지 못했다. 자신의 눈에서 왜 자꾸 눈물이 나오는지 알 수가 없었다. 그것은 그녀에게 있어 참으로 생소한 느낌이었고, 결코 남에게 보이고 싶지 않은 것이었다.

태양은 점점 중천으로 치솟고 차츰 대지를 뜨겁게 달구어갔다.

*　　　*　　　*

“엥? 뭐라고?”

무림맹의 원로원(元老院) 중 수석장로인 노 장로(盧長老)가 잘못 들은 게 아니냐는 의아한 얼굴로 되물었다.

“그러니까 조건을 바꾸겠다니까요. 몇 초 만에 지느냐는 너무 싱겁잖아요. 아예 승패로 내기를 걸자구요.”

다우는 자신만만하게 그렇게 말했다.

"저요? 물론······."

황당해하며 자신을 바라보는 늙다리들에게 다우는 어깨를 으쓱거려 보였다.

"진삼원이 지는 쪽이죠."

"궬궬궬!"

"허허허······."

"끼득끼득."

"헐······."

갖가지 웃음소리가 한꺼번에 터져 나왔지만 다우의 자신만만한 표정은 전혀 변화가 없었다.

"네가 내기에 지게 된다면 너희 벽력문이 소유한 진천뢰를 몽땅 내놓아야 할 것이다. 너는 벽력문의 이십팔대 문주로서 그 사실을 분명히 약속할 수 있느냐?"

카랑카랑한 목소리로 따지듯 묻는 노 장로의 물음에 다우는 싱긋 웃으며 경쾌하게 답했다.

"물론이죠!"

*　　　*　　　*

정오 무렵 유검은 다우와 헤어져서 무림맹으로 걸음을 옮겼다. 정문에서부터 어제 갔던 길을 따라 갑조 시험이 치러지는 곳으로 갔다.

어제 본 것과 같은 시험이 이어지고 있었는데 미시(未時:오후 1시~3시) 무렵이 되자 한 중년인이 나와 오늘은 무림맹 내의 사정에 의해 갑조 시험을 앞당겨 마치겠노라고 말했다.

중인들은 웅성대면서 불만을 터뜨렸지만, 더 이상 구경거리가 없음을 깨닫고 하나둘씩 자리를 떴다. 차양막 안에 있던 무림맹의 당주 및 장로들도 오찬(午餐)을 먹고 본연의 임무를 맡기 위해 되돌아갔다.

사람들은 썰물 빠지듯 나가 버렸고 연무장과 그 주위는 눈에 띄게 한산해졌다.

유검은 느긋하게 연무장 옆의 나무 그늘에 앉아 쉬고 있었다.

'신시(申時:오후 3시~5시)부터라고 했던가?'

빨리 시간이 흘러 신시가 되기를 무료하게 기다렸다.

유검은 뜨거운 햇살을 잘게잘게 부숴 버리는 위대한 나뭇잎들을 경탄의 기색으로 올려다보다 홀로 생각에 잠겼다.

정말 승산은 있는 것일까?

어릴 적부터 익혀온 무공은 절대 쓰면 안 되고, 게다가 검마저 쥘 수가 없는데 이 상태로 천하제일검과 겨루어야 한다.

하지만…

왠지 질 것 같지는 않았다.

이러한 터무니없는 자신감은 어디에서 나오는 것일까?

어쨌든 천하제일검 진삼원!

무인이라면 누구나 한번쯤 동경해 마지않는 강호의 영웅이 아니던가.

설령 목숨을 잃는다 할지라도 한 번쯤 비무해 보고 싶은 상대인 것이다.

본래 시간이란 놈은 기다리다 보면 더 더욱 늦장을 부린다.

　무료함을 이기지 못하고 길게 하품을 하며 기지개를 켜는데 뭔가 품속에서 떨어졌다. 어제 진삼원이 베어버린 장삼의 아랫자락 사이로 한 장의 검은 종잇조각이 떨어져 내린 것이다.

　"아, 깜박하고 있었군. 꽤 귀중한 것처럼 보이던데……."

　검은 종잇조각은 수상한 노인네가 궐음경(厥陰經)이라 칭하던 바로 그 책 표지였다.

　유검은 그것을 주워 들어 품속에 넣으려다 문득 이상한 느낌에 다시 꺼내어 들었다.

　책 표지의 표면을 손가락 끝으로 만져 보니 뭔가 미끈거리는 가운데 꺼칠꺼칠함이 느껴졌다. 단순한 책 표지의 종이 느낌과는 확연히 달랐다.

　'혹시 글자가 새겨져 있는 것일까?

　하나의 글자를 이루고 있는 한 덩어리는 깨알처럼 작았다. 눈으로 보고 판별하기도 쉽지 않을 정도였다. 그것을 손가락 끝만의 감각으로 알아내기란 쉬운 일이 아니었다.

　호기심을 느낀 유검은 두 눈을 감고 손가락 끝의 감각에 더욱 정신을 집중시켰다.

　본래 검객의 손가락은 두 눈보다 더 날카롭다고 알려져 있다. 세 자 길이의 장검을 자기 뜻대로 마음껏 움직이기 위해서는 힘은 물론이지만 보통 사람들은 상상도 할 수 없을 정도로 예민한 손가락의 감각을 지녀야만 하는 것이다.

　유검은 특히나 손가락 감각을 극대화하는 공부를 통해 그 감각이 타의 추종을 불허하는 경지에까지 올라 있었다. 그럼에도 불구하고 이 궐음경이란 검은 종이에 무엇이 쓰여져 있는지 한 글자도 알아낼 수가 없었다.

"후아······!"

너무 정신력을 소모해서인지 잠시 한숨을 돌리기 위해 눈을 떠보니 어질어질거렸다.

유검은 다시 궐음경이라는 검은 종이를 뚫어져라 노려보았다. 검은 종이는 겨우 그 정도밖에 안 되냐며 깔깔 웃으면서 자신을 비웃고 있는 듯했다.

오기가 생겼다.

"좋아! 한 글자만이라도 알아내고야 말겠다!"

유검은 가부좌를 틀고 앉아 초인적인 인내와 집중력으로 단 하나의 글자에 최대한 정신을 집중시켰다. 숨을 쉬는 기복이 감각을 흩트리는 듯하여 아예 숨을 멈춰 버렸다.

감각이 집게손가락 끝으로 집중되어 갈수록 외부 세계로부터 오는 갖가지 자극들이 그의 의식상에서 멀어져 갔다.

고막을 간질이는 갖가지 소음과 망막을 가득 메우는 붉은 빛들, 그리고 한여름날 하오의 뜨거운 열기와 시원하게 불어오는 바람······.

이러한 모든 것들을 느끼면서도 의식하지 못했다. 모든 감각이 집게손가락 끝에 집중되었기 때문이다.

그것은 마치 거대한 회오리 물결이 바다 위에 떠 있는 모든 배들을 끌어 모아 삼켜 버리는 것처럼 일체의 의식 모두를 빨아들였다.

점차 유검의 몸뚱이도 삼켜 버리더니 연무장도, 무림맹도, 산도, 바다도, 항주도, 발을 디디고 서 있는 이 대지조차도, 종국에는 하늘 위의 태양과 별들까지도 모두 삼켜 버렸다.

조그만 한 점으로 우주 천지가 모두 빨려 들어가 버린 것이다.

유검은 어느새 광대무변한 우주가 되어 있는 그 한 점의 세계 속에서 망연히 서 있었다.

분명 자신은 시원한 나무 그늘 아래 가부좌를 틀고 앉아 있었는데… 그리고 대낮이어야 하는데 주위는 깊이를 알 수 없는 암흑이었다. 그 속에 보석이 박혀 있듯 별들이 가득 펼쳐져 있었다.

유검은 그 모습이 황홀하여 취한 듯 망연히 바라보기만 했다.

얼마나 시간이 지났을까?

문득 이 세계 모두가 하나의 문양을 이루고 있다는 것을 깨달았다. 그것은 원(元) 자를 거꾸로 해놓은 듯한 문양이었다.

그것을 자각하는 순간 아랫배에서 붉고 흰 두 마리의 뱀이 똬리를 틀더니 척추를 따라 순식간에 위로 솟구쳐 올라왔다. 그리곤 우주의 한복판으로 떠오르더니 두 마리의 뱀은 합쳐졌고 그 순간 폭발해 버렸다.

의식이 하얗게 변해갔다.

이 순간 유검은 다시 바깥 세계에 강제로 내동댕이쳐졌다.

'……!'

유검이 천천히 눈을 떴을 때 처음 자각한 것은 햇빛이 무척 강렬하다는 사실이었다.

'나무 그늘 아래에 있었던 것 같은데……'

고개를 올려보니 나무의 나뭇잎들은 모두 떨어져 나뭇가지만 앙상하게 남아 있었다. 그 사이로 따가운 햇살이 거침없이 침략해 들어오고 있었다.

고개를 돌려보니 사라진 나뭇잎들은 자신을 중심으로 나선형을 그리며 주위에 흩어져 있었다.

‘무슨 일이 일어났던 것일까?

한바탕 백일몽(白日夢)을 꾼 것 같았다.

뭔가 한마디 말을 내뱉으려는데 나오지가 않았다.

그제야 자신이 아직도 숨을 멈추고 있다는 사실을 깨달았다.

쓴웃음을 지으며 천천히 숨을 토해내었다.

유검은 검은 종잇조각을 묵묵히 바라보았다.

‘그 노인이 말한 비밀이란 게 바로 이것을 말하는 걸까?

조금 전의 경험을 떠올려 보니, 내공을 수련하다 한 단계 상승하는 관문에서 경험하는 것과 유사했다.

조금씩 몸을 움직여 보다 유검은 자신의 신체에 일어난 변화를 깨달았다.

우선 몸 전체가 종잇장처럼 가볍게 느껴졌다. 몸을 일으키는데 둥실 떠오르는 느낌이 들 정도였다. 아니, 실제로 그의 신형은 한 자 정도 허공으로 떠올랐다. 그리고 몸 전체에서 무한한 활력이 솟구쳤다. 하루 종일 뛰어다녀도 전혀 피곤할 것 같지가 않았다.

“이건 마치…….”

뭔가 곰곰이 생각하던 유검은 시험 삼아 주먹을 가볍게 내뻗었다.

한줄기 권경이 쭉 뻗어 나가더니 이 장 밖의 나무를 때렸다. 나무는 부르르 떨며 나뭇잎들을 토해내었다.

그것을 보고 유검은 희열인지 아니면 슬픔인지 형언할 수 없는 감정을 느꼈다.

“내공을… 되찾은 것 같군.”

그렇게 표현할 수밖에 없었다.

유검은 이전 도우 사마평을 위한 검무를 추다 한 경지를 올라섬과 동시에 주화입마를 당해 본래 지니고 있던 내공이 모두 소실되어 버렸었다. 그 후 묘한 감각과 함께 거대한 천지간의 기운이 자신을 통해 간혹 발휘되던 것을 느꼈었다. 하지만 그것은 온전한 자신의 힘이 아니었다. 가끔 와서 머물다 가는 손님에 불과했던 것이다.

그냥 얌전한 손님도 아니고 야생마와도 같이 통제되지 않는 불청객이었기에 유검은 기뻐할 수 없었다.

그런데 그 힘이 이제는 자신의 의지에 따르는 것이 아닌가?

아직은 단순히 오라 가라 정도의 간단한 명령밖에 내릴 수 없지만 그 정도만 되어도 유검은 형언할 수 없는 감격을 느낀 것이다. 그리고 이것으로 끝이 아니다. 검은 종이에 적혀져 있는 것을 모두 터득한다면 점점 더 그 힘을 자신의 의지대로 마음껏 움직일 수 있을 거라는 것은 자명하지 않은가.

그렇다면 예전처럼, 아니, 예전보다 더한 경지의 검술을…….

유검은 떠오른 생각을 떨쳐 버리려는 듯 세차게 머리를 흔들었다.

지금 당장이라도 검을 쥐고 마음껏 검술을 펼쳐 보면서 일어난 변화를 확인해 보고 싶었지만 사부의 허락이 있기 전에는…….

'가만! 여기서는 안 되지만 나중에 인적없는 산속으로 들어가서 검술을 펼쳐 보면 되잖아!'

그렇게 생각하자 뛸 듯이 기뻤다.

해를 바라보니 아직 신시까지는 시간이 남아 있는 것 같았다. 남은 시간 동안 유검은 원(元) 자를 거꾸로 해놓은 듯한 문양에 대한 비결을 확실히 익히고 싶었다.

예전 거지노인을 만났던 곳이 사람도 없고 시험하기도 좋은 곳이다 싶어 그곳으로 갔다.

주위에 사람이 없는 것을 확인하고 나서 유검은 조용히 가부좌를 틀고 앉았다. 그리고 나서 조심스레 품속에서 검은 종이를 꺼내어 들고 조금 전처럼 손가락 끝을 대고 정신을 집중했다.

한참 동안 그렇게 있었지만 이번에는 아무 일도 일어나지 않았다.

이게 어찌 된 일인가 싶어 유검은 눈살을 찌푸렸다.

곰곰이 생각해 보다 궐음경이라는 검은 종이를 아예 품속으로 집어넣어 버렸다. 그리고 두 눈을 감고 문양을 떠올렸다.

그러자 즉시 변화가 일어나기 시작했다.

두 마리의 붉고 흰 두 마리의 뱀이 회음혈(會陰穴)에서 똬리를 틀더니 조금 전처럼 척추의 독맥(督脈)을 따라 솟구쳐 오르기 시작했다.

'천천히…….'

그러자 두 뱀은 마치 말 잘 듣는 애완 동물처럼 그 말을 따랐다. 이번에는 폭발하지 않고 머리꼭대기인 백회혈에서 다시 임맥을 따라 내려왔다. 그렇게 계속 임독맥을 따라 순환하며 돌기 시작했다.

이번에는 외부와의 의식이 단절된 것이 아니기에 주위에 일어나는 변화를 느낄 수 있었다.

천천히 한줄기 바람이 일더니 자신의 몸 주위를 맴돌기 시작했다.

바람은 약동하는 야생마처럼 힘이 넘쳐흘렀다. 때로는 강하게 때로는 빠르게 마치 음악에 맞춰 춤을 추듯 돌았다.

그 장단에 맞춰 신체도 호응하고 있었다.

전신의 모공이 열리더니 반갑게 그 바람을 맞아주었다.

전신은 텅 비어버린 듯했고 바람은 그 안에서 마음껏 놀았다.

나가라고 하니 바람은 군소리없이 나갔으며 오라고 하니 멈추라고 할 때까지 끊임없이 들어왔다.

한참 동안 즐겁게 놀다가 유검은 눈을 떴다.

몸 전체가 상쾌하기 이를 데 없었다.

절로 미소가 방긋 지어졌다.

"이런 식으로 내공 수련을 하는 거군."

여타의 신공(神功)을 수련하는 것처럼 복잡하지도 않았고 그냥 즐겁게 노는 것 같았다.

유검은 여러 가지로 실험을 해보았다.

현재 자신의 힘이 어느 정도인지 확실히 알아야 제대로 상대와 싸울 수 있을 것이 아닌가?

무공이란 것은 크게 나눠 단 두 가지뿐이다.

힘을 최대한 모으는 법과 힘을 효율적으로 쓰는 법.

전자는 내공 같은 것이고 후자는 경신술이나 검술 등인 것이다.

그렇게 따지자면 이 검은 종이에 수록된 문양은 내공 수련이나 다름없었다.

바위를 내려쳐 보기도 하고 높이 뛰어올라 보기도 하면서 자신이 가진 힘의 한계를 조금씩 파악해 나갔다.

그런데 한 가지 불만이 생겨났다.

문양을 떠올렸을 때 일어난 바람의 힘은 감히 상상하기 힘들 정도로 강대했다. 물론 의식의 집중도에 따라 다르기는 하지만.

그런데 눈을 뜨고 나서 남아 있는 힘은 그것만으로도 대단하기는 했지만 수련 시 생겨난 힘과는 비교도 되지 않을 정도로 미약했던 것이다.

유검은 곰곰이 생각을 해보다 이번에는 눈을 뜨고 그 문양을 떠올려 보았다. 바람과의 의식 교감이 조금 떨어지기는 했지만 가능은 했다.

'좋아! 가능성이 보이는군!'

유검은 천천히 몸을 일으켰다.

선 상태로 수련을 해보니 역시 크게 어려움은 없었다. 그러자 이번에는 천천히 걸음을 옮기면서 해보았다. 움직임이 생기니 몸 주위를 돌아다니는 바람의 힘도 무척 미약해졌고 교감 역시 현저히 떨어졌지만 일단 충분히 가능해 보였다.

만약 계속 수련해 나간다면 상대와 싸우는 중에도 문양을 떠올리고 그 힘을 사용하는 것이 가능할 것 같았다.

일단 그렇게 되는 것을 일차 목표로 삼았다.

유검은 일 장 밖의 바위를 노려보았다.

문양을 떠올리며 주먹을 뻗었다.

픽—!

한줄기 권경이 뻗어 나가 바위를 쳤고 그 힘에 돌가루가 분분히 날리며 바위에는 뚜렷한 주먹 자국이 남겨졌다.

유검은 불만이라는 듯 고개를 저으며 다시 의식을 집중해서 문양을 떠올렸다. 몸 주위로 바람이 맴돌기 시작했고 의식의 교감이 어느 정도 이루어졌을 때 잽싸게 주먹을 뻗었다.

야생마같이 뛰어놀던 바람들은 그의 의지를 따라 주먹이 가리키는 바위를 향해 돌진해 갔다. 그 위세는 대단해서 황제의 명을 받은 천군만마(千軍萬馬)가 한꺼번에 지축을 울리며 돌격해 나가는 것과 같았다.

이번에는 퍼석 하는 미약한 소리만 울렸다.

바위의 겉모양은 별달리 변화가 없었다. 유검이 다가가 손을 대어보니 권경이 이른 곳에 이미 구멍이 뚫려져 있었다. 그리고 그 주위로 나선형을 그리며 금이 가 있었다. 유검이 살짝 밀어보자 바위는 구멍을 중심으로 수십 조각으로 나뉘어지더니 짚단처럼 허물어졌다.

힘 그 자체의 조절이 조잡하기는 했지만 처음치고는 나름대로 만족할 만하다고 평가했다.

또 다른 바위를 노려보며 다시 한 번 시험해 보려는데 문득 무당산에서 내려와 낙양으로 향하던 관도에서 만난 한 노승과 차가운 눈빛을 지닌 흑의청년이 떠올랐다.

"세상에 이루 헤아릴 수 없이 많은 무공이 있다 하나 깨고 나면 모두 헛것이다. 처음부터 다시 시작해 보도록."

흑의청년은 그렇게 말했다.

그리고는 검기로 뒤집어져 있는 바위를 두 조각내어 보이곤 다시 말했다.

"내가 경지에 올라 처음 깨달은 것이다. 보고 얻는 게 있다면 너의 인연이겠지."

그렇게 무심하게 내뱉고는 노승과 함께 바람처럼 사라져 버렸다.

바위를 두 조각내는 거야 별것 아니라고 생각했기에 세상에는 하릴없는 사람들도 많다며 그 자리를 떠났다. 하지만 뭔가 이상한 느낌에 다시 돌아와 유검은 그 바위를 살펴보았고 무척이나 이상한 점들을 많이 발견했다.

베어진 표면은 울퉁불퉁하기 그지없었다. 도저히 뭔가에 의해 인위적으로 베어지거나 쪼개어졌다고 보기는 힘든 모양이었다. 마치 풍우(風雨)에 의해 자연적으로 깎여진 듯 불규칙한 표면은 무척이나 자연스러웠던 것이다.

게다가 바위 주위에는 떨어진 돌 조각 등이 전혀 없었다. 사람 몸통

만한 바위가 조그만 돌 조각 하나 흘리지 않고 두 조각이 나 있는 것이다. 그것도 엄청 둔중한 힘에 의해 갈라진 듯한데도.

그보다 더 놀라운 사실은 한쪽의 바위 조각에는 바람에 떨어진 나뭇잎이 재가 될 정도의 극양의 기운이 남아 있고, 또 다른 바위 조각은 한여름날 서리가 끼어 있을 정도의 극음 기운이 남아 있다는 사실이었다.

유검은 그때의 일을 곰곰이 떠올려 보니 그 흑의청년이 보인 능력이 지금 자신이 깨달은 문양의 것과 조금 상통하는 면이 있다고 느꼈다.

'혹시 그도 노인이 말했던 궐음력이 아닌 다른 힘을 얻었던 것이 아닐까? 지금의 나처럼 이렇게 하나하나 새로이 그 쓰임새를 연구하며 수련했던 것이고?'

그럴 가능성이 높다고 생각했다.

흘려들었던 노인의 말이 떠올랐다.

"천지를 움직이는 거대한 여섯 수레바퀴가 있으니 태양(太陽), 양명(陽明), 소양(少陽), 태음(太陰), 소음(少陰), 궐음(厥陰)이라. 이는 인간이 관여할 바는 아니되, 상고 시대 천지와 하나 되어 노니시던 한 신인(神人)이 있어 그 여섯 가지 힘의 쓰임새를 열어놓으셨다."

그렇다면 그 흑의청년은 다른 다섯 가지 힘 중의 하나를 얻은 것일까? 그렇다면 어떤 힘인가?

곰곰이 생각해 보았지만 애당초 기운의 정체도 알지 못하니 어찌 짐작이라도 하겠는가.

더 이상 추측하기를 포기했다.

하늘의 해를 보니 슬슬 시간이 다 되어가는 것 같았다.

유검은 가슴을 쭉 펴고 연무장으로 향했다.

몸에 와 닿는 바람의 감촉을 음미하며 천천히 걸음을 옮겼다. 이렇게 걷는 와중에도 문양은 계속 떠올리며 수련을 쌓았다.

곧 천하제일검이라 불리는 진삼원과 싸우게 될 것이니 조금이라도 더 익혀놓고 싶은 것이다. 그때 소용에 닿을지 어떨지는 아직 알 수 없지만.

어쨌든 그와 싸워서 질 것 같지는 않았다.

비록 임기응변과 영문십권을 위주로 싸워야겠지만 남들이 알지 못하는 이 문양의 숨겨진 힘은 분명 도움이 되리라 확신했다.

그렇게 걸음을 옮기던 유검은 갑자기 멈춰 서버렸다.

망연자실한 듯 하늘을 올려다보더니 한참을 그렇게 있었다.

한 소리가 머리 속을 울리고 있었다.

내가 전하는 것은 문장이다.

지금 자신이 터득한 것은 하나의 문양, 말하자면 하나의 글자로 볼 수가 있다. 문장은 물론 하나의 글자로 이루어지지는 않는다.

검은 종이에 적혀진 문양들을 모두 익히게 되면 그것이 바로 문장이 되지 않을까?

유검은 비밀의 실 한 가닥을 잡았다는 기쁨보다 부끄러움이 앞섰다.

이제 겨우 하나의 문양만을 깨우쳤을 뿐 문장의 의미가 무엇인지 제대로 파악하지도 못한 주제에 마치 천하를 얻은 듯 기고만장하여 의기

양양하던 스스로가 부끄러웠던 것이다.

돌이켜 생각해 보면 그 흑의청년이 펼쳤던 일검은 자신이 깨달은 것보다 훨씬 더 높은 상승의 경지였다. 그가 처음 깨달았다며 보여준 것이야말로 하나의 문양이 아니라 문장일지도 모른다.

"세상은 넓구나."

유검은 그렇게 중얼거리며 연무장으로 다시 걸음을 옮겼다.

태양은 빛나고 수풀은 바람에 흔들렸다.

나뭇잎도 흔들리는가 싶더니 한 인영이 나무에서 내려왔다.

유검의 사부 현풍이었다.

그는 멀어져 가는 유검의 뒤를 복잡한 시선으로 바라보더니 길게 탄식을 내뿜었다.

"하늘이 저와 같은 힘을 저 녀석에게 내려주었다면 반드시 크게 쓰일 곳이 있기 때문이다. 하지만 과연 부질없는 인간사에 저와 같은 힘이 무슨 소용에 닿을 것인가?"

재차 탄식이 터져 나왔다.

"아아! 과연 천하를 구하는 검이 될 것인가, 아니면 해치는 검이 될 것인가? 나로서는 어찌해야 할까?"

현풍은 애써 비무를 막으려고는 하지 않았다. 진삼원의 의지를 막기 힘들어서는 아니었다. 다만 흘러가는 흐름을 인위적으로 막기보다 하늘에 맡기자는 심정이었다.

하지만 그 결정 역시 과연 옳은 것인지 어떤지 판단하기 어려웠다.

"하늘은 스스로 노력하는 자를 돕는 법이다. 그러니 그냥 나 몰라라 손을 놓고 있을 수만은 없다. 그러나 달리 무엇을 노력하란 말인가? 나는 그것을 누구에게 물어보아야 하는가?"

대답을 구하려는 듯 현풍은 막연히 푸른 하늘만 올려다보았다.

언제나 그러하듯 하늘은 말이 없었다.

第五章

천하제일검과의 비무(3)

천하제일검과의 비무(3)

유검은 연무장에 도착하면서 깜짝 놀랐다.

조금 전까지만 해도 한산했던 연무장 주변은 구경하러 몰려온 무림인들로 꽉 차 있었다. 평소보다 오히려 몇 배는 많은 구경꾼들이었다.

그리고 연무장 중앙에는 언제 설치했는지 사방 십여 장 길이의 비무대가 설치되어 있었다.

'이게 어찌 된 일이지?'

이는 진삼원의 배려였다.

유검과의 비무를 정식으로 인정한 것이며, 강호의 친구들에게 그 사실을 오늘 아침 갑작스레 선포한 것이다. 오늘 새벽 이호성에게 지시한 사항이 바로 그것이기도 했다.

게다가 겨루는 상대가 별의별 소문이 돌고 있는 유검이라는 사실에 강호인들은 꼭 놓칠 수 없는 비무라며 너도나도 구경하러 온 것이다.

유검이 연무장에 도착했지만 수염을 기른 탓인지 알아보는 이는 아직 없었다.

유검은 다우를 찾아 주위를 두리번거렸다.

다우를 발견한 것은 차양막 안에 우르르 모여 있는 노인네들 사이에서였다.

그곳으로 다가가자,

"오빠!"

다우가 폴짝폴짝 뛰어와 품에 안겼다.

유검은 그녀를 안아주며 미소 지었다.

"꽤 좋은 자리를 구했구나. 여기라면 햇빛도 피할 수 있겠다."

다우는 힘내라는 둥 응원하겠다는 둥 계속해서 곰살맞게 애교를 떨었고, 주위의 노인네들은 하나같이 눈빛을 빛내며 유검을 세심하게 관찰했다.

얼굴에 주름이 가득하고 허리가 구부정한 한 노인이 자리에서 일어나 유검에게 다가왔다. 노인은 유검의 아래위를 살피기도 하고 주위를 돌며 엉덩이를 툭툭 쳐보기도 했다. 마치 우시장에 나온 소가 건강한가 아닌가 살펴보는 듯한 행동이었다.

유검은 어이가 없었지만 노인네에게 화를 낼 수도 없고 해서 슬쩍 몸을 움직여 뒤로 피했다.

그런데 이 노인은 허깨비처럼 달라붙는 게 아닌가.

그제야 유검은 이 노인네가 절정의 무공을 지니고 있으며 보통 인물이 아니라는 사실을 깨달았다.

다우가 아미를 찌푸리며 소리를 질렀다.

"구 노괴(具老怪)! 그만두지 못해요!"

노인은 이빨이 다 빠진 잇몸을 훤하게 드러내며 히죽 웃어 보였다.

"꽤 몸이 좋구먼 그래. 골격이 무공을 익히기에 아주 좋아! 최상급이로구먼!"

다우는 무표정하게 말했다.

"구 노괴는 이번에 새로 정자를 지었다고 들었어요. 듣기로 황산의 운해(雲海:구름의 바다)와 임해(林海:숲의 바다)의 절경을 한눈에 내려다볼 수 있는 절벽가에 고심을 기울여 만들었다고 하더군요. 그 이야기를 듣고 꼭 한 번 놀러 가서 보고 싶다고 생각을 했죠."

특별히 위협적인 말을 한 것도 아닌데 구 노괴는 움찔거리며 안색이 변했다.

실컷 놀다가 갈 때 휙 하니 진천뢰 하나라도 던져 놓고 가면 그날로 구 노괴가 애지중지하는 그 정자는 박살이 나고 말 것이다. 이 꼬마 계집아이가 한번 말을 꺼내놓으면 반드시 지키고 만다는 것을 구 노괴는 잘 알고 있었기에 겁을 먹지 않을 수 없었다.

"어이쿠! 알았다, 알았어. 내 자리로 들어갈 테니 제발 놀러 오지는 말아다오. 다른 곳에도 재미난 것들이 많지 않으냐? 그곳은 우리같이 나이 든 사람들이나 좋아할 만한 곳이지 너희같이 젊은애들한테는 심심하기 짝이 없는 곳일 뿐이야."

다우는 여전히 무표정한 얼굴로 대꾸했다.

"가보지 않고는 모르는 법이죠."

놀러 가는 게 결정된 것처럼 말하자 구 노괴는 울상을 지으며 제발 놀러 오지 말아달라고 애원했다.

노인네들 중의 하나가 혀를 찼다.

"쯔쯧, 저 촐싹대는 버릇을 고치지 않는다면 언젠가 큰코다칠 거라

충고해 줬건만……."

그 옆의 노인이 말했다.

"자넨 누구에게나 그런 충고를 하지 않나. 귀담아듣지 않는 게 당연해."

그 뒤의 노인이 반박했다.

"누구에게나 충고한다고 귀담아듣지 말란 법은 없지. 그 말이 옳다면 진심으로 받아들일 수 있어야 하는 법 아닌가."

"헐… 그럴 바에야 차라리 공자 왈 맹자 왈이나 듣고 있겠네."

노인네들은 쓸데없는 일로 서로 말꼬리를 잡고 싸웠다. 서로 표정들이 별 변화가 없는 것을 보니 이런 게 그들의 일상사인 것 같아 보였다.

꽈앙—!

신시를 알리는 종소리가 연이어 아홉 번 들려왔다.

비무가 시작될 듯하자 중인들은 함성을 질렀다. 귀청이 찢어질 듯한 커다란 함성이었다.

"시간이 되었구나."

아직 진삼원이 도착하지 않은 것을 확인하고 연무장 비무대로 나가려는데 다우가 황급히 불러 세웠다.

"다른 할 말이 있니?"

다우는 고개를 끄덕이더니 빤히 유검의 얼굴을 올려다보았다. 그리고 한참 동안 말이 없었다.

유검은 말을 재촉하지 않고 묵묵히 칠흑 같은 그녀의 눈동자를 들여다보았다. 반짝거리는 눈빛 속에 그녀가 하고픈 말이 모두 들어 있었다.

유검은 미소 지으며 말했다.

"염려 마라, 절대 다치지 않을 테니까."

다우는 걱정스런 표정, 모기처럼 기어 들어가는 목소리로 물었다.

"…믿어도 돼요?"

유검은 그녀의 겨드랑이에 양손을 넣어 번쩍 들어 올렸다. 그리고 환하게 웃으며 자신있게 말했다.

"당연하지!"

그제야 다우도 활짝 웃었다.

유검은 천천히 비무대 위로 올랐다.

중인들은 웅성거렸다.

유검에 대해 소문만 무성했을 뿐 실제로 보기는 처음이라 본인이 맞는지 아니면 다른 사람인지 알 수가 없었던 것이다.

일월교에서 교주의 명에 의해 유검의 얼굴을 반안이나 송옥 같은 미남자로 그려 전 중원에 유포시켰기에 유검이 텁수룩하게 수염을 기르고 나오자 대부분의 사람들은 다른 사람으로 착각하였다.

대개 이런 비무대회가 열리면 그 행사를 맡는 총관이 있기 마련이며 비무대 위로 오른 무사에 대해 한바탕 선전을 하는 것이 관례였다. 하지만 오늘은 진삼원의 특별 명령에 의해 갑작스럽게 만들어진 비무이며, 비무대만 만들게 했을 뿐 진행시킬 어떤 책임자도 허락하지 않았기에 유검을 소개할 사람이 없었다.

그래서 유검은 비무의 비중에 비해 별다른 함성도 받지 못했고, 조금은 어정쩡하고 쑥스러운 기분으로 서 있었다.

그때 두 명의 인영이 하늘을 나는 매처럼 허공을 날아 비무대 위로 올라왔다. 하나는 엄청난 키다리였고 또 다른 하나는 땅딸막한 난쟁이였는데 머리에 자기 키보다 더 큰 상투를 틀고 있었다.

이 둘의 행색이 워낙 유명했기에 사람들은 단번에 알아보았다.

"일월쌍괴다!"

뜻밖의 인물에 중인들은 열광했다.

이 둘은 강호에서 엄청나게 유명해져 있었다. 전대의 기인들이라는 점 때문이 아니라 그런 그들이 오늘 비무의 주인공인 유검의 하인이 되었다는 소문 때문이었다.

일월쌍괴는 마치 환호성에 답례를 하듯 두 팔을 번쩍 들어 보였다.

사람들은 남들이 소리 지르니까 자기도 따라 소리 지른다는 식으로 함성을 내지르면서 저마다 한마디씩 했다.

"도대체 왜 온 거지? 그리고 왜 비무대 위로 올라간 걸까?"

"오늘 주인인 유검이 천하제일검과 자웅을 겨루게 되었는데 하인이 미리 와서 대기하지 않을 수 없는 법 아니겠나?"

"그렇다면 그 소문이 진짜란 말인가?"

"아니지, 아니야. 강호에 그런 소문이 도니까 유검을 잡아 죽이려고 온 걸지도 몰라."

중인들 가운데 조금 이질적인 구경꾼 중의 하나가 느긋하게 술을 마시면서 한마디 했다.

"저 두 늙은이는 배짱도 좋군. 자기가 본 교의 호교장로라는 사실을 잊어먹은 게 아닌가? 여기 무림맹에 당당히 등장하다니… 무림맹은 우리의 적이란 말이다."

곁에서 튀긴 통닭을 안주로 들고 있는 총관은 내심 투덜거렸다.

'그렇다면 교주인 주제에 이런 비무대회나 구경하러 적진인 무림맹으로 들어온 사람은 뭐란 말인가?'

일월표국의 국주이자 일월교의 교주는 또다시 술을 한 모금 마시고 나서 엉거주춤 서 있는 유검을 보고 한마디 했다.

"그나저나 저 녀석은 또 무슨 생각이지? 어디서 기연(奇緣)이라도 얻었나? 진가 녀석과 싸울 생각을 다 하다니 말이야."

어쨌든 자식이 천하제일검과 자웅을 겨룬다는 사실을 대견스럽게 여기는 듯 흐뭇한 미소가 떠올랐다.

"어쨌든 자식놈의 출세를 지켜보지 않을 수 없지."

일월쌍괴는 목청을 가다듬고 외쳤다.

"노부들이 오늘 이 자리에 나타난 것은……!"

둘은 미리 말을 만들어온 듯 똑같이 입을 열어 말했다. 내공을 끌어올려 외쳤기에 중인들의 함성을 뚫고 멀리까지 그 목소리가 뚜렷하게 전달되었다.

중인들은 모두 입을 다물고 호기심 어린 눈으로 일월쌍괴의 다음 말을 기다렸다.

"강호에 터무니없는 소문이 도는 것을 보고 이 자리에서 그 진실을 밝히기 위해서외다. 처음 그 소문을 들었을 때 노부들은 하릴없는 자들의 입방아라 일축하고 별 의미를 두지 않았소이다만, 이를 정말로 믿는 자들이 있는 듯하여 사실을 밝힐 필요를 느꼈소."

여기까지 말한 다음 일월쌍괴는 똑같이 어정쩡하게 서 있는 유검을 손가락으로 가리키며 소리쳤다.

"자, 유검! 강호의 친구들에게 지금 당장 진실을 밝혀라!"

그들의 행동으로 중인들은 그제야 비무대 위에 서 있는 유검의 정체를 깨달았다. 곧 천지를 진동하는 함성이 울려 퍼졌다.

이해할 수 없을 정도로 커다란 함성이었다. 지목을 당한 유검도 가리킨 일월쌍괴도 어리둥절해할 정도였다.

이는 본래 교주가 몰래 길거리의 건달배들을 은자로 사서 여기저기 포진시켜 놓았는데, 이들이 먼저 목이 터져라 함성을 지르며 열광적으로 유검을 응원했다. 그리고 강호에 떠도는 소문 가운데는 유검이야말로 구세의 영웅이란 것도 있는데, 이를 실제로 믿는 이들도 제법 많았다. 이들 역시 유검이 정말로 오늘 진삼원을 꺾고 새로운 천하제일검으로 등극하리라 확신해 마지않으면서 열광적으로 환호성을 지르고 응원하는 것이었다.

그리고 이들이 먼저 열광적으로 함성을 지르자 다른 이들도 덩달아 같이 함성을 내지른 것이다.

일월쌍괴는 불만 어린 얼굴로 유검을 힐끔 바라보았다.

'이 애송이 녀석이 언제 이토록 유명해졌지?

일양괴는 한껏 미간을 찌푸리다 월음괴에게 자신의 불안을 말했다.

"이봐, 꺽다리."

"뭐냐?"

"만약 저놈이 진실을 밝힌다 해도… 어쩌면… 어쩌면 말이다."

"밝히면 끝이지. 이제 더 이상 저놈을 따라다니며 걱정할 필요도 없고."

"근데 이렇게 생각하는 놈도 있지 않을까? 저놈이 하인을 위해 변명 삼아 그렇게 이야기할 수도 있다고 말이야."

"설마……."

"여기 오기 전에는 그런 생각은 전혀 못했다만, 이놈이 의외로 명성이 있는 것 같으니까… 생각해 봐라. 저놈이 오늘 진가 녀석을 꺾어서 천하제일검인지 뭔지가 되고 나면……."

"음……!"

"혹시 누가 우리보고 물을지도 모르지. 유 대협의 수하이신 일월쌍협 아니십니까? 하고. 지나가던 거지도 그렇게 묻고, 밥 먹으러 반점에 들어갔을 때 점소이도 그렇게 묻고, 누구랑 싸울 때 상대방도 그렇게 물으면 그때마다 일일이 해명할 테냐?"

월음괴의 안색이 침중해졌다.

"그렇다면 방법은?"

일음괴가 한숨을 내쉬며 전음으로 말했다.

—일장으로 쳐 죽이는 수밖에!

월음괴의 안색이 더 무거워지더니 천천히 고개를 끄덕였다.

"어쩔 수 없지. 그것이라면 오해할 사람은 없을 테니까."

둘은 똑같이 유검을 쏘아보았다.

유검은 중인들의 함성이 가라앉기를 기다려 기꺼이 일월쌍괴에 대해 자기와는 아무런 관계 없는 전대 기인들이시라며 말할 참이었다. 뜻밖에도 두 괴물이 도리를 알고 있다며 기쁜 마음으로 기꺼이 해명해 줄 참이었다.

그런데 뭔가 으스스한 한기가 느껴져 이 두 늙은 괴물을 돌아보니 그들 두 쌍의 눈에서는 무시무시한 살기가 내뿜어지고 있는 것이 아닌가?

착각이라고 보기에는 얼굴 표정이며 눈빛 등이 장난 아니게 살기등등했다.

유검은 만일의 경우에 대비해 검은 책 표지에서 본 문양을 떠올렸다.

그러자 한줄기 바람이 일더니 자신의 주위를 따라 돌기 시작했다.

그때 혹시나 만일의 경우를 대비해 적의를 먼저 드러내 보이면 안 되겠다 싶은 마음이 있었다. 그 때문인지 바람은 미풍 정도로 약하게 돌 뿐 거칠게 움직이지는 않았다.

그 상태에서 차츰 의식의 교감을 높여가는데도 바람의 세기는 더 이상 강해지지 않았다.

유검은 이러한 사실을 깨닫고 기뻐했다.

이렇게 바람을 조절할 수 있다면 보통 일상에서도 이 문양을 통한 수련이 가능해지지 않겠는가 말이다.

그리고 일월쌍괴의 움직임에 대해 신경 쓰는 동안 묘한 사실을 느꼈다. 그들의 미세한 움직임과 기척 등이 손에 잡힐 듯 느껴지는 것이다.

유검은 곧 그 까닭을 알 수 있었다.

이는 의식과 교감을 이루고 있는 바람이 자신의 두 발과 두 손과 두 눈과 두 귀가 되어 그들의 정보를 충실히 전달해 주고 있는 것이다.

'그렇다면…….'

유검은 아예 두 눈을 감았다.

외부 세계로부터의 자극이 약해지자 문양에 대한 집중도가 높아졌고, 그로 인해 바람과의 교감도 더욱 강해졌다. 동시에 일월쌍괴의 모든 것을 두 눈으로 보는 것보다 훨씬 세밀하고도 정확하게 알 수 있었다.

더욱 놀라운 사실은 눈에 보이지 않지만 더 중요한 무형의 정보, 즉 살기나 양손에 끌어 모으고 있는 내공의 강약 정도 등을 확실하게 감지할 수 있다는 사실이었다.

입가에 절로 만족의 미소가 떠올랐다.

일월쌍괴는 얼굴을 일그러뜨렸다.

자신들이 살기를 내보인 것은 절대 기습 따위가 싫기 때문이었다. 그러니 유검이 자신들의 살기를 눈치 챈 것은 당연하다.

그런데 이 애송이 놈이 난데없이 눈을 감더니 곧 미소를 띠는 게 아닌가?

자신들을 무시해서인가, 아니면 아예 생사에 달관해서 순순히 죽음을 맞겠다는 것인가?

"상관없다. 손을 쓰자!"

월음괴가 그렇게 외치자 일양괴는 묵묵히 고개를 끄덕이며 자신의 독문신공인 일양신공을 끌어올렸다.

붉고 흰 빛이 그들의 쌍장에 어리기 시작했다.

둘은 서로 마주 보며 고개를 끄덕이더니 일시에 쌍장을 뻗었다.

우우웅―!

붉고 흰 빛이 쭉 뻗어 나가자 파헤쳐진 공기는 괴로운 신음 소리를 내며 길을 비켜주었다.

유검은 막강한 두 개의 공력이 자신에게로 쏟아지는데도 여전히 눈을 감은 채 꼼짝도 않고 있었다.

그런데도 두 줄기의 공력은 모두 유검의 앞에 이르러 좌우로 빗겨가더니 허공에서 흩어져 버렸다.

일월쌍괴는 얼굴을 일그러뜨리며 서로를 죽일 듯 마주 보았다. 뭔가 마음에 거리끼는 게 있는 듯 서로가 직접 손을 쓰지 못하고 허초를 날린 것이다.

사람들은 이 광경을 보고 모두 놀라워했다.

일단 유검과 일월쌍괴가 싸움을 벌이는 것에 모두 열렬한 환성을 질렀다. 싸우는 데 이유 따위야 알 필요도 없는 것이다.

사람들이 보기에는 일월쌍괴가 선제공격을 했고 유검은 마치 제자리에서 호신강기(護身罡氣)로만 그들의 공격을 물리친 것처럼 보였던 것이다.

사람들은 과연 천하제일검 진삼원과 비무를 벌일 만하다며 입을 모았다.

월음괴는 일양괴를 향해 소리쳤다.

"이번에도 헛짓을 하는 놈은 호로자식에 왕팔단에 개새끼다!"

"홍, 그냥 여기서 발가벗고 내 엄니는 화냥년이라고 백 번을 외치는 것으로 하자!"

"조, 좋다!"

악랄한 조건을 바탕으로 더 이상 물러나지 못하고 일월쌍괴는 유검을 향해 천천히 걸어갔다. 유검이 공격해 오는 순간을 기다려 바로 반격하려는 속셈이었다.

그들의 속셈을 읽고 유검은 정신을 집중시켰다.

'이번에는 나보고 선제공격을 하라는 말이지? 사양할 수야 없지.'

유검은 주위를 맴도는 바람을 더 이상 억제하지 않고 해방시켰다.

순간 광포한 바람이 유검 주위로 커다랗게 일었다.

다가서던 일월쌍괴의 옷자락이 찢어질 듯 펄럭거릴 정도였다.

두 괴물의 얼굴 표정이 괴이하게 일그러졌다.

"서, 설마……!"

유검은 먼저 두 괴물을 향해 크게 한 발을 내디디며 오른 주먹을 세 차례 뻗었다. 이는 영문십권 중에 삼환투월(三環投月)이라는 평범한 초식이었다. 하지만 그 위력까지 평범하지는 않았다.

일단 유검은 이 장(二丈:6미터) 거리에 있는 일월쌍괴와의 거리를 단숨에 좁혀갔는데, 일월쌍괴는 물론 유검 스스로도 깜짝 놀랄 정도로 속도가 지나치게 빨랐다.

일월쌍괴는 깜짝 놀라 사력을 다해 좌우로 피했으나 완전히 피하기 전에 유검은 그들의 사이로 뚫고 지나가 버렸다.

우당탕 소리를 내며 두 늙은 괴물은 좌우로 넘어지고 말았다.

넘어지는 즉시 손바닥으로 바닥을 쳐서 바로 일어나기는 했지만 낭패한 꼴을 감출 수는 없었다.

유검 역시 좋은 모습은 아니었다. 너무 빨리 그들 사이를 지나쳐 버렸기에 준비해 두었던 주먹을 미처 그들에게 뻗지 못했다. 그리고 빠른 속도를 미처 제어하지 못해 순식간에 비무대를 넘어 모여 있던 사람들 사이로 폭사되어 갔던 것이다.

중인들과 부딪치기 직전 유검은 가까스로 멈출 수 있었다.

이렇게 된 까닭은 유검 주위에 이는 광풍의 힘 때문이었다. 광풍은 충실한 종이 되어 유검의 의지에 따라 그의 신형을 보다 빨리 움직이는 데 단단히 한몫을 한 것이다.

'이 힘이 경공술로도 바로 이어지는구나.'

쓴웃음이 나왔다.

중인들은 생전 처음 목격하는 광경에 의아해하면서도 놀라워했다. 사람 주위로 바람이 일고, 게다가 상상을 초월하는 빠르기의 경신술이라니.

유검은 다시 비무대 위로 올라가서 일월쌍괴를 향해 천천히 오른 주먹을 들어 올렸다. 이번에는 신뢰일경(迅雷一驚)이라는 초식을 준비했다.

초식은 간단했다. 최대한 빠르게 적에게 돌진하여 우레가 치듯 강력

한 힘이 담긴 주먹을 내뻗으면 되니까. 광풍의 힘을 빌어 쓸 수 있는 가장 적절한 초식이기도 했다.

사냥꾼이 토끼를 향해 화살을 겨냥하듯 유검은 주먹을 들어 둘 중 일양괴를 겨냥했다. 아무래도 뚱뚱하니 몸놀림이 월음괴보다 조금은 둔할 것 같아서였다.

그런데 일월쌍괴의 태도가 이상했다.

하긴 즉시 반격하지 않은 것부터가 이상하기는 했지만, 지금 이들이 취하고 있는 행동은 더 더욱 이상했다.

둘의 시선은 유검의 오른쪽 주먹, 아니, 정확히 말해 오른 손가락에 끼어져 있는 반지에 못으로 박아놓은 듯 고정되어 있었다.

월음괴가 더듬거리며 물었다.

"그, 그 반지는 누구에게서 받은 것이냐?"

"반지?"

유검은 반문하다 자신의 오른 손가락에 끼어져 있는 반지에 대해 묻는다는 것을 깨달았다.

유검은 궐음경을 건네준 노인에게서 받은, 풍 자가 음각되어 있는 이 반지에 대해서는 그동안 까마득하게 잊고 있었는데 돌연 그들이 묻자 의아해하면서도 순순히 말해 주었다.

"한 노인에게서 받은 것이오. 자신의 신물이라고 하더군요."

"그, 그 노인네의 생김새가 어, 어떻지?"

"음, 그러니까 머리카락은 백발이고 또… 어라? 그러고 보니 두 눈이 상당히 특이했군요. 흰자위는 없고 눈 전체가 모두 검었어요."

유검은 여태껏 그 노인에 대해 평범하다고 생각하고 있었는데, 막상 말하고 보니 상당히 기이한 모습이었다는 사실을 깨달았다.

‘왜 그 이상한 점을 느끼지 못했을까?

유검의 답변을 들은 일월쌍괴의 안색이 창백해졌다.

월음괴는 돌연 허리를 굽히며 정중한 어조로 물었다.

“그, 그 반지를 저희들이 확인해 봐도 되겠습니까?”

갑자기 정중해진 그들의 태도에 유검은 어안이 벙벙했다.

무슨 속셈인지는 몰라도 일단 반지를 빼서 보여주려 했지만 도저히 빠지지가 않았다.

“음… 잘 안 빠지는군요.”

그 모습에 일월쌍괴는 이미 심중의 의문을 해결한 듯 보였는데, 망망대해를 홀로 표류하며 혹여나 구조선이 자신을 구해주지 않을까 하는 희망을 버리지 않은, 그런 형언하기 힘든 표정을 짓고 있었다.

일양괴가 정중히 물었다. 허리를 굽혔지만 전혀 표가 나지 않았다. 단지 상투가 앞으로 쏠리는 것을 보고 짐작할 뿐이었다.

“저희들이 가까이서 확인을 해봐도 되겠습니까? 저희들을 믿기 힘드시다면 혈도를 제압하셔도 좋습니다.”

이들의 태도로 보아 아무래도 깊은 사연이 있는 듯했다.

“그럴 필요까지는 없습니다. 와서 보시죠.”

만약에 있을 암습에 경각심을 잔뜩 끌어올린 채 오른손을 뻗어주었다.

일월쌍괴는 양손을 허리 뒤로 돌려 암습의 의사가 없음을 보여주면서 천천히 다가와 그 반지를 확인했다.

시간이 흐름에 따라 둘은 사시나무 떨듯이 몸을 흔들어대었다. 둘은 서로의 얼굴을 마주 보며 서로의 눈에 어린 절망의 빛을 보고 더 깊은 절망을 느꼈다.

혹여나 자신이 잘못 보았노라고, 상대가 이건 가짜라고 말해 주기를 실낱같은 희망을 품고 있었던 것이다.

모든 것을 포기한 듯, 체념한 듯 둘의 어깨가 이내 푹 처졌다.

둘은 동시에 세 걸음을 물러서더니 천천히 무릎을 꿇었다. 그리고 머리를 땅에 대고 콩콩 찧으면서 크게 소리쳤다.

"노복이 주인님을 뵙습니다!"

지켜보던 중인들은 하나같이 침묵을 지켰다. 모두 자신의 두 눈을 믿기 힘들다는 표정들을 짓고 있었다.

사실 일월쌍괴가 유검의 수하로 들어갔다는 소문을 믿는 이는 아무도 없었다. 허황되고 말이 안 되는 일일수록 사람들은 말하기 좋아하고 그만큼 소문은 빨리 퍼졌지만 정작 믿는 이들은 없었던 것이다.

그런데 오늘 이 순간 자신의 두 눈으로 그 소문이 사실이었음을 확인하게 된 것이다.

그야말로 강호의 소문이 진실로 변하는 순간인 것이다.

유검은 미간을 잔뜩 찌푸렸다.

'도대체 무슨 속셈인 거지?'

이들이 무슨 짓을 할지 몰라 한 치의 경계심도 늦추지 않았다.

사실 일월쌍괴라는, 전대의 사숙조와 같은 까마득히 높은 배분의 이 두 늙은 괴물이 스스로 노복을 자처하며 무릎을 꿇는 이 상황을 어찌 있는 그대로 받아들일 수가 있겠는가. 제정신을 가진 자라면 먼저 그들의 속셈에 대해 의심부터 하는 게 당연한 것이다.

일월쌍괴는 유검이 경계 어린 눈으로 자신들을 지켜볼 뿐 아무런 하명도 내리지 않자 길게 한숨을 내쉬며 사연을 간단히 말했다.

"지금 끼고 계신 그 반지는 사부님의 주인께서 가지고 계시던 것으로, 본 문 제자들의 생사여탈권을 가지고 있습니다. 주인님께서 만나신 그분이 바로… 저희 사부님의 주인이셨습니다.”

“그 반지를 보면 복종하여야 하는 것이 본 문의 유일한 법규입니다. 아, 본 문은 풍종문(風從門)이라 하며 본시 그 반지를 지닌 분의 명을 따르기 위해 만들어진 문파입니다. 현재 본 문의 제자는 저희 둘뿐입니다.”

“이제부터 저희는 주인님의 손과 발이 되어 견마지로(犬馬之勞)를 다하겠습니다. 그리고 여태까지 알아보지 못한 죄 달게 받겠습니다. 어떤 하명이라도 내려주십시오. 설사 이 자리에서 죽음을 내리셔도…….”

이런저런 설명을 듣는 유검의 심정은 묘했다.

기뻐해야 할지 아니면 괴로워해야 할지.

이 반지를 건네주던 노인이 떠나기 전 했던 말이 떠올랐다.

“이것은 나의 신물이니, 필요할 때가 있으리라.”

그 필요할 때라는 것이 이 두 늙은 괴물을 하인으로 부리는 것일 줄이야 어찌 상상이나 할 수 있었을까.

‘가만. 그 노인이 이 두 늙은 괴물들 사부의 주인이라 했으니… 그럼 배분이… 아니, 나이가 도대체 어찌 되는 거야?’

어쨌든 이들의 말이 거짓은 아닌 듯싶어 경계심을 늦추었다.

그의 주위로 맴돌던 광풍은 서서히 그 기세가 약해지더니 미풍으로 바뀌었다.

유검은 이 일을 어떻게 해결해야 할까 곰곰이 고민하다 한 가지 결정을 내렸다.

"좋습니다. 그럼 첫 번째 명을 내리겠습니다."

일월쌍괴는 동시에 머리를 조아렸다.

"노복이 주인님의 명을 받듭니다!"

"하고 싶은 대로 하십시오. 놀러 가고 싶으면 놀러 가고, 술을 마시고 싶으면 술을 드십시오. 마음대로 하시되 다만 쓸데없이 피를 흘리거나 타인에게 피해를 주지 말고 강호의 도의만 지켜주시면 됩니다."

그 말에 월음괴의 안색이 환해졌다. 하지만 일양괴는 안색을 굳힌 채 고개를 저었다.

"그래서는 안 됩니다. 다른 어떤 명이라도 신명을 바쳐 쫓겠지만 그 명만은 안 됩니다. 저희들은 주인님 곁에서 물을 떠 오고 발을 씻겨주는 시중이라도 들어야 합니다. 저희들이 하고 싶은 대로 해서야 어찌 하인이라 하겠습니까? 주인님의 대인대의(大仁大義)하신 성품에 이 노복은 참으로 감복하지 않을 수 없으나, 조금 전의 명은 저희들의 명(命)을 재촉하는 것이니 부디 철회하여 주시기를 바라 마지않습니다."

이에 월음괴도 과연 그래야 하는구나 하는 표정으로 맞장구치며 명을 철회해 주기를 머리 조아려 부탁했다.

유검은 그 말에 난감해졌다.

그렇다면 평생 이 두 늙은 괴물을 등 뒤에 달고 다니란 말인가? 물을 떠 오라, 발을 씻겨라, 이런 명령이나 내리면서?

저 둘을 떼어놓고 싶었지만 지금 당장은 어찌할 수 없음을 깨닫고 새로이 명을 내렸다.

"좋습니다. 지금은 달리 시킬 일이 없으니 쉬고 계십시오. 나중에 필요한 일이 생각나면 부르겠습니다. 아… 음, 그리고 또 한 가지… 두

분이 싫어서는 아닙니다만… 조금 떨어져 있는 편이 서로에게 편하지 않을까 하는데, 어떻습니까?"

"명을 받듭니다!"

일월쌍괴는 머리를 조아려 복창하고는 뒷걸음질치며 물러났다.

거리가 떨어지자 둘은 허공으로 신형을 날려 숲으로 들어가 버렸다.

유검은 길게 한숨을 내쉬었다.

모습이 보이지는 않지만 분명 자신을 계속 주시하고 있을 것이다. 이대로라면 항상 감시의 눈길을 받는 것이나 다름없는 것 아닌가. 무슨 묘책을 생각해 내어야겠다고 다짐했다.

일월표국의 국주는 두 눈을 말똥말똥거렸다.

"어찌 된 거지? 잘되긴 잘된 것 같은데……."

자신의 명령마저도 코웃음 치고 어떤 경우에라도 절대 허리는커녕 무릎조차 구부리지 않는 두 고집쟁이 노괴물이 자청해서 유검 앞에 오체복지하다니… 국주는 의아해하지 않을 수 없었던 것이다.

"하여간 나를 닮아 재주도 좋은 놈이야. 무슨 재주를 부렸길래… 허허허."

이야기를 나눌 때 일월쌍괴가 주위에 강기막을 쳐서 음파를 모두 차단시켜 놓았기에 무슨 이야기가 오갔는지는 모르는 교주였다.

총관은 멍청한 표정으로 있다가 의심의 눈초리로 교주를 바라보았다. 일월쌍괴를 저렇게 굴복시킨 것은 분명 교주의 수작이라고 의심하는 것이다.

한편 차양막 안에 있던 노인네들은 안색이 하나같이 굳어져 있었다.

그들이 유검에 대해 알고 있는 정보는 무당파에서 소문난 기재였다는 것과 검무를 추다 주화입마를 당했으며 근자에 이르러 무슨 이유 때문인지 파문당했다는 사실 등이었다.

원로원 수석장로인 노 장로가 카랑카랑한 목소리로 소리쳤다.

"이번 내기는 무효일세! 일월쌍괴를 하인으로 부린다는 이야기는 말해 주지 않았잖은가!"

"저도 오늘 처음 알았어요."

놀라고 있기는 다우가 더 했다.

"하지만 소문은 듣고 있었잖아요. 그건 정보가 아닌가요?"

다우는 곧 마음을 가다듬고 귀여운 목소리로 그렇게 말했다. 그녀는 활짝 웃고 있었는데 유검에 대해 자랑스러워하는 표정이 역력했다.

그녀가 오늘 승패로 조건을 바꾼 것 등은 노인네들이 유검을 무시하는 듯해서 그에 대한 반발심 때문이었다. 그런데 이제 저런 소리를 내뱉는 것은 유검이 이길지도 모른다는 불안감 때문이니 다우가 기뻐하는 것도 당연했다.

노 장로는 다시 소리쳤다.

"그런 소문의 진위 여부에 대해 너는 말해 주지 않았다! 어쨌든 불공평한 노릇이지. 어쩐지 오늘 조건을 바꾸더라니… 십 초로 제한해 두었다면 너무 불공평한 조건이었다며 우리들이 반발할까 봐서였군! 그때 수상한 점을 알아보았어야 하는 건데!"

다우는 노 장로가 불평하면 할수록 기분이 좋아졌다.

"좋아요. 아직 비무 전이니 특별히 선심을 베풀죠."

다우는 유쾌한 기분이 그대로 드러나는 듯한 맑은 목소리로 외쳤다.

"내기에서 빠지고 싶은 사람은 빠져도 좋아요. 얼마든지요!"

구 할가량이 내기에서 빠졌다.

일 할은 그래도 진삼원이 확실하게 이길 것이라 믿는 쪽이었고, 나머지 구 할은 승패를 확실히 장담하기 힘들다 보고 내기에서 빠진 것이다.

그들이 내기에 건 물건은 하나같이 무림의 진귀한 보물들이었다. 자신이 깨우친 독문절학이 수록된 비급도 있었고, 기사회생의 영약(靈藥)도 있었으며, 사천당문(四川唐門)에서 단 몇 개밖에 만들지 못했다는 전설의 암기도 있었다. 확신을 가지지 못하는 승부의 내기에 걸기에는 그 물건들의 가치가 너무 컸던 것이다.

그런데 그토록 불만을 털어놓았던 노 장로는 뜻밖에도 내기에서 빠지지 않았다.

'흥, 오라버니가 질 것이라고 보는군. 두고 보라지!'

둥― 둥― 둥―

북소리가 울리더니 바다가 갈라지듯 수많은 인파가 둘로 나뉘기 시작했다. 그 사이로 한 흑의 인영이 천천히 걸어오고 있었다.

흑의경장 차림에 항상 들고 다니던 철검을 허리춤에 매단 모습. 아무도 소리치지 않았지만 모두가 그를 알고 있었다, 누구인지를.

당금 천하제일검 진삼원!

중인들은 모두 경외(敬畏)에 가득 찬 시선으로 그를 바라보기만 할 뿐 아무 소리도 내지 못했다. 그의 산과 같이 거대한 기도와 위엄에 압도되어 그 수많은 사람들이 모두 침묵을 지키고 있는 것이다. 이들 중 강호에 전설처럼 떠도는 그에 대한 무용담을 의심하는 이는 아무도 없었다.

진삼원이 천천히 비무대 위로 오르자 중인들 중에서 누군가가 발작적으로 악을 썼다. 이에 수많은 구경꾼들은 질세라 일시에 소리치기 시작했다.

"와아아아―!"

하늘이 놀라고 땅이 갈라지는 듯한 대단한 함성이 일시에 터져 버렸다.

유검은 비무대 위로 올라온 진삼원에게 포권을 취해 보였다.

무슨 말을 해야 한다고 생각했지만 머리 속은 비어버린 듯 아무런 생각도 떠오르지 않았다.

가슴이 두근거리고 다리가 후들거렸다. 새삼 그의 존재가 망막 속으로 빨려 들어왔다.

'이게 천하제일검이란 거구나.'

무심한 시선으로 자신을 바라다보는 진삼원의 모습은 어젯밤 서호루에서 본 것과는 천양지차였다. 지금의 그에게는 사람 냄새가 풍기지 않는 것이다.

움직이니 거대한 해일이요, 가만히 멈춰 서니 그대로 산이 되어 있었다. 대자연 앞에 홀로 선 초라함이 느껴지는 것은 어쩔 수 없었다.

조금 전까지만 해도 가슴을 가득 메우던 터무니없는 자신감은 모두 어디로 갔단 말인가?

허물어져 내리는 자신감을 애써 추스르는데, 진삼원이 미소 지으며 먼저 말을 꺼냈다.

"잘 왔다, 애송이 녀석. 이제 화는 낼 줄 아는가?"

뚱딴지 같은 말에 유검은 어리둥절해하다 그가 어제 서호루에서 처음 자신에게 시비 걸 때의 말임을 깨달았다.

자신도 모르게 어제 있었던 말로 빗대어 대꾸했다.

"화를 낼 줄은 압니다만, 이빨에 물리지 않게 조심해야겠지요."

그렇게 말하자 긴장이 풀어지며 위축된 마음이 편해졌다.

순간 유검은 진삼원이 그와 같은 말을 먼저 꺼낸 이유를 깨달았다. 적수인 자기에 대한 배려였던 것이다.

사실 유검의 사부인 현풍과의 관계를 생각하면 그 정도 배려는 당연한 것이지만, 유검으로서는 그 사실을 알 수가 없고 설령 알았다 하더라도 밀려오는 패배감을 물리치기는 어려웠을 것이다.

유검은 피멍이 날 정도로 강하게 입술을 깨물며 내심 중얼거렸다.

'기세에서 지면 안 된다!'

모든 의식을 그에게 집중했다.

유검의 주위를 맴돌던 바람은 어느새 사라져 있었다.

그의 존재가 워낙 거대하여 도저히 문양을 떠올릴 여유가 없었던 것이다. 조금이라도 의식이 흐트러지면 그 순간 자신의 신체 일부분이 이미 절단되어 있을 것 같은 두려움 때문이기도 했다.

자신의 몸뚱어리가 단단하다는 것은 알고 있지만, 그의 철검 앞에서는 자신이 없었다. 어제 그가 평범한 청강검으로 자신의 천잠사로 만든 청삼을 두 조각내는 것을 보지 않았던가.

유검은 숨을 크게 들이쉬었다. 그리고 폐가 완전히 쪼그라들 때까지, 남은 숨의 마지막까지 완전히 내뱉었다. 마음속에 깃든 두려움과 패배감까지 함께.

다시 숨을 들이키고 나서 두 주먹을 불끈 쥐며 외쳤다.

"자, 싸웁시다!"

드디어 문양을 떠올리는 데 성공한 듯 유검의 주위로 한줄기 바람이

일었다. 그 바람은 순식간에 기세를 일으키더니 미친 듯 주위 공기를
사납게 찢어발기기 시작했다.

진삼원은 그 모습을 보고 눈빛을 빛냈다.

곧 천천히 고개를 끄덕이며 소리쳤다.

"좋다!"

스르릉—

맑은 검음과 함께 그의 철검이 뽑혔다.

검끝에 푸르스름한 검기(劍氣)가 맺히더니 곧 눈이 부실 듯한 검강
(劍罡)이 형성되었다.

유검은 주먹을 들어 올려 그의 배꼽 아래 석문혈(石門穴)을 노렸다.
광풍을 이용한 신뢰일경(迅雷一驚)을 펼치려 하는 것이다. 그리고는 질
끈 두 눈을 감았다.

시선을 거두는 것이 두렵기는 했지만 어쩔 수 없는 일이었다. 이 초
식의 위력을 극대화시키기 위해서는, 또한 도저히 눈으로는 쫓을 수 없
는 상대의 검에 대응하기 위해서는 반드시 지금보다 훨씬 더 강하게
문양을 떠올리고 그리하여 바람과 더욱더 깊이 의식을 교감할 수 있어
야 하는 것이다.

말은 간단하지만 감히 천하제일검을 눈앞에 두고 방금 익힌 무공을
시험하는 것이니, 참으로 대담하기 이를 데 없는 일이었다.

그와 같은 일은 또 한 가지 유리한 점을 이끌어내었다. 바람이 더욱
강력해지면서 비무대 밖 연무장에 깔린 흙먼지를 끌어 올렸고, 미친 듯
이 유검 주위를 맴돌며 시야를 막아버린 것이다.

"흥!"

진삼원은 냉소를 터뜨리며 그도 역시 눈을 감아버렸다.

무공이 경지에 오르면 눈을 감아도 기척만으로 상대가 무엇을 하는지 훤하게 꿰뚫어 볼 수가 있다. 그러니 지금처럼 흙먼지가 시야를 가리는 경우라면 아예 눈을 감는 편이 효율적이었다.

이 순간 유검의 신형이 그를 향해 폭사되었다.

동시에 벌써부터 주먹을 내뻗기 시작했는데, 그 주먹엔 뿌리 깊은 거목(巨木)을 풀뿌리 뽑듯 하고 지붕과 마차를 날려 버릴 듯한 거대한 태풍의 힘이 잠재되어 있었다.

이에 진삼원도 일류연(一溜烟)의 경신술을 펼쳐 바람처럼 달려나가며 근 일 장(一丈:3미터) 길이의 검강이 형성되어 있는 철검을 힘차게 내려쳤다.

태산압정(泰山壓頂)!

강호 밥을 먹은 지 하루만 지나도 알 수 있는 가장 간단한 초식을 펼쳤지만, 지금의 모습을 보고 그것을 떠올리는 이는 아무도 없었다.

검강이 형성된 철검은 유검의 주위를 도는 광풍을 종잇장처럼 찢어 버렸다. 마치 한 마리의 호랑이가 양 떼들 사이로 파고드는 듯했다.

유검은 신경이 찢어지는 듯한 고통을 느끼며 그 힘을 피하려 했지만 이미 가속화된 속도 때문에 그 일은 불가능했다.

그의 검이 빠르고 강할 줄 예상은 했지만 참으로 상상 이상이었다.

유검은 그 찰나의 순간 철검이 노리는 것은 자신의 정수리가 아니라 오른쪽 어깨임을 깨달았다.

생명만은 보전케 해주려는 배려일까, 아니면 먼저 상대의 공격부터 봉쇄하려는 생각에서일까?

생각과 판단보다 먼저 몸이 움직였다. 검을 피해 최대한 몸을 비튼 것이다.

물론 이로써 오른쪽 주먹의 공세는 포기할 수밖에 없었다. 이대로 주먹을 내뻗으면 상대를 격중시킬 수는 있겠지만 동시에 자신도 잘려지고 말 것이다.

어찌 그런 손해를 보겠는가.

지켜보던 중인들은 미처 놀랄 새도 없었다.

워낙 빠르기도 했지만, 처음부터 상대의 전력을 탐색하는 일도 없이 바로 일도양단(一刀兩斷)할 듯 서로에게 덤벼들 줄은 전혀 예상 못했기 때문이었다. 아! 하는 신음 소리조차 내지 못했다.

이렇듯 제대로 지켜볼 여유조차 없이 바로 오늘 비무의 절정에 달해 버렸다.

유검은 철검이 가까스로 자신의 코끝을 스쳐 아래로 지나간 것을 느끼며 왼손을 뻗어냈다. 일종의 임기응변이라 충분한 힘을 실지는 못했지만, 공세를 연이어 나간다는 것은 아주 중요했다.

이 순간 바람으로부터 전해져 오는 모든 감각이 일시에 비상경계를 알려왔다.

어처구니없게도 위에서 아래로 내려치던 철검이 유검의 허리춤에 이르러 그 기세와 속도 그대로 갑자기 옆으로 방향 전환을 한 것이다.

아주 간단한 변화였지만 미처 예상치 못했던 것은, 그 빠르기에서 이런 식으로 변화시킬 만한 힘이 있다는 것은 인간의 한계를 벗어난 일이었기 때문이다.

미처 대응하기도 전에 둔중한 충격이 아랫배에 느껴졌다.

의식이 하얗게 변해 버리는 고통 속에서 유검은 마지막 힘을 끌어모아 왼손을 끝까지 내뻗었다.

주먹 끝에 무언가 와 닿는 감각이 느껴지는 순간, 둔중한 충격음과 함께 유검은 옆으로 퉁겨나 버렸다.

입에서 선혈이 뿜어 나와 허공을 수놓았다.

진삼원도 석문혈에 강한 충격을 받고 수십 발자국 뒤로 쿵쿵거리며 물러섰다.

비무대 바닥에 검을 박아 넣어 멈춰 서려 했지만 주먹에 담긴 여력을 이기지 못해 결국 몇 발자국 더 물러서야만 했다.

그는 비록 피를 내뿜지는 않았지만 굳게 한일(一) 자로 닫혀 어떤 일이 있어도 절대 열리지 않을 것만 같은 입술 사이로 신음 소리를 내뱉고 말았다.

비무대 위를 온통 뒤덮던 광풍과 흙먼지는 서서히 가라앉았다.

비무대 밖으로 퉁겨 나갔던 유검은 비틀거리며 일어섰다. 다시 한 번 선혈을 내뿜었지만 몸을 바로 세울 수 있었다. 그리고 조식(調息)으로 숨을 조절하며 비무대 위로 올라가 우뚝 서 있는 진삼원을 망연한 시선으로 바라보았다.

유검은 이미 알고 있었다.

자신의 허리가 두 조각나지 않은 것은 몸이 그 힘을 견뎌내었기 때문이 아니라 검날이 아닌 검의 넓은 면으로 맞았기 때문이라는 사실을. 게다가 맞는 순간 검력을 급격하게 거두어들였다는 사실도.

유검은 포권하며 침중한 어조로 패배를 인정했다.

"제가 졌습니다."

그 말은 생각 외로 아팠다. 온몸이 조각조각 나서 산산이 흩어지는 듯했다.

그런데 뜻밖에도 진삼원은 고개를 저었다.

“아니, 이번 승부는 비겼다.”

진삼원 역시 묘하게도 유검의 말에 상처를 받은 것 같은 얼굴을 하고 있었다.

“네 손에 검이 있었다면 우리는 둘 다 양패구상을 면치 못했을 것이다.”

유검은 피식 쓴웃음을 지었다.

“그것은 결과론일 뿐입니다. 그때는 진 대협께서 또 다른 초식을 펼쳤겠지요. 그 말씀은… 저를 더욱 초라하게 만들 뿐입니다. 진 대협께 생명을 동정받았는데 제가 무슨 할 말이 있겠습니까마는…….”

그 말에 진삼원은 더 깊은 상처를 받은 것 같았다.

“나는 알고 있다, 네 손에 검이 없다면 이건 정당한 승부라고 볼 수가 없다는 것을. 설마 하니 네가 맨주먹으로 나에게 덤벼들 줄은 미처 몰랐다. 네 등 뒤에 메고 있는 것이 검인 줄 알았고 급해지면 그 검을 뽑아 들 걸로만 생각했지.”

“아, 이것은……!”

진삼원은 입술을 질겅질겅 씹으며 말을 이었다.

“내가 끝에 검날을 돌린 것은 네가 정말로 검이 없다는 것을 그제야 알았기 때문이다. 설마 하니 정말로 맨주먹으로 내게 덤벼들 줄이야…….”

유검은 그제야 검도 없이 맨주먹으로 비무를 청했다는 사실 때문에 그가 자존심에 커다란 상처를 받았다는 것을 깨달았다.

“아……!”

뭐라 변명을 하려 했지만 아무 말도 할 수가 없었다.

사실 명주천으로 감싸서 항상 등 뒤에 메고 다니는 한천검은 사부님의 엄명 때문에 절대 쥐어서는 안 되니 없는 것이나 마찬가지였다. 근래에는 아예 검이 있다는 사실조차도 잊어버리는 때가 있을 정도였다.

하지만 이러한 사정을 단숨에 설명하기에는 힘들었다.

"언젠가는……."

유검도 입술을 질겅질겅 씹으며 결의에 찬 어조로 약속했다.

"언젠가는 반드시 검을 들고 비무를 청하겠습니다."

지금으로써는 이 말밖에 할 수가 없었다.

진삼원은 유검을 쏘아보더니 천천히 고개를 끄덕였다.

"좋다. 무슨 사정인지는 몰라도… 기대하겠다, 그날을."

누구로부터 먼저 시작된 것인지는 몰라도 지켜보던 중인들은 일제히 박수 치며 환호성을 질렀다. 그 소리는 진삼원은 물론 유검에게도 향한 것이었으며, 강호에 새로운 영웅이 탄생했음을 알리는 거대한 신호탄이기도 했다.

"도대체 승부는 어떻게 된 거지?"

구 노괴는 눈살을 찌푸리며 투덜거렸다.

"진 대협 말씀으로는 비겼다는군요."

승부가 비겼다는 다우의 말에 노 장노가 발끈해서 소리쳤다.

"말도 안 되는 소리! 당연히 진가 녀석이 이긴 거야! 보고도 모르겠나?"

다우는 어깨를 으쓱이며 대꾸했다.

"좋아요. 이번 내기는 제가 졌다고 해두죠. 대신 그 말씀은 제가 진 대협에게 반드시 전해드릴게요."

진삼원의 자존심이 얼마나 강한지 아는 노 장노로서는 그 말에 움찔

할 수밖에 없었다.

어쩔 수 없다는 듯 말했다.

"할 수 없지. 우리의 내기도… 비긴 것으로 해두자."

누군가 혼잣말처럼 중얼거렸다.

"그나저나 대단하군. 맨주먹으로 진가 녀석에게 덤벼들다니… 허허허, 저런 걸 패기라고 해야 하나, 아니면 만용이라고 해야 하나?"

그 말에는 진정 감탄했다는 어조가 어려 있었다.

다우는 더 이상 노인네들의 말에 신경 쓰지 않았다. 그녀의 의식은 모두 비무대 위의 유검에게로 향해 있었다.

그녀에게 있어 내기에 이기고 지는 것은 이제 전혀 중요하지 않았다.

눈시울이 뜨거웠다.

그녀는 한 가지 사실을 떠올리고 있었다.

유검은 절대 지지 않겠다는 약속을 지켰다.

자신의 믿음을 배신하지 않은 것이다.

하지만 눈시울이 뜨거워지는 이유가 꼭 그것 때문만은 아니었다.

그냥 유검을 보고 있으니 눈물이 나려 했다.

왜인지는 모른다.

'그냥' 그랬다.

이제 다우는 눈물을 억지로 참으려 하지 않았다. 흘러내리는 눈물을 숨기려 하지도 않았다.

그녀는 살아오는 동안 주위의 사물을 인식하기 시작한 이후로 딱 세 번을 울었다.

그중 두 번이 유검 때문이었다.

'오빠는 나빠. 난 울고 싶지 않은데… 두 번 다시는 울지 않겠다고 맹세했는데…….'

하지만 다우는 여전히 흘러내리는 눈물을 참으려 하지 않았다. 역시 숨기려 하지도 않았다.

연무장의 비무대가 한눈에 내려다보이는 높은 거목 위.

도포 자락을 펄럭이며 청수한 중년도인이 무게가 없는 듯 나뭇가지 위에 유령처럼 서 있었다.

현풍이었다.

모두의 들뜬 분위기와는 달리 비무대 위의 유검을 바라보는 그의 시선은 심연(深淵)의 바다처럼 가라앉아 있었다. 그는 유검이 일월쌍괴를 수하로 거두는 것을 보았으며 진삼원과의 비무 또한 모두 지켜보았다.

그 과정을 통해 이제 유검은 자신의 두 팔로 감싸 안기에는 너무 커져 버렸다는 사실을 깨달았다.

이제 더 늦기 전에 무언가 결정을 내려야만 한다.

여의주를 문 용이 구름을 뚫고 승천하고 나면 늦다.

그전에 목을 쳐야만 한다.

그처럼 비정한 결단을 내려야만 한다면 지금이 바로 그 순간인 것이다.

과연 어떠한가?

유검은 생명이 경각에 달한 그 순간에도 검을 쥐지 않았다. 자신의 부탁을 지킨 것이다. 그 정도라면 믿어도 되지 않을까?

그렇게 생각하면서도 쉽사리 고개를 끄덕일 수 없는 것은 한순간 지옥으로 변해 버린 낙양의 밤이 아직까지 그의 머리 속을 가득 채우고 있기 때문이었다.

모든 것을 압도할 만한 거대한 기운의 소용돌이가 갑자기 생겨났다.

어째서 그런 힘이 생겨났고 혈육을 지닌 한낱 인간의 몸을 통해 발출되고 말았는지 그 연유는 알 수 없었다. 다만 그 결과만이 자신의 두 눈으로 빨려 들어오듯 보였을 뿐이다.

시간과 공간을 일그러뜨리고 마는…….

들리지 않는 거대한 소리와 함께 일그러지는 시간과 공간, 찢겨진 대기의 상처를 볼 틈도 없이 물결치듯 크게 흔들리더니 둘로 갈라져 버린 낙양의 대지.

이어 허무하게 무너져 내리는 건물들과 용틀임처럼 피어져 오르는 거대한 흙먼지들.

잠시 후 여기저기서 피어오르는 불길들이 있었다.

비록 보지는 못하고 들리지는 않았지만 한 폭의 지옥도가 생생하게 떠올랐다. 모든 의식을 압도할 만큼 거대한 지옥도가.

그 광경이 떠오를 때마다 현풍은 안색이 굳어지지 않을 수 없었고 사랑해 마지않는 제자라 할지라도 비정해지지 않을 수 없는 것이다.

그럼에도 현풍은 차마 그 진실을 유검에게 알려주지 못했다. 철저히 비정해지지 못했다. 자신이 그런 참상을 일으켰다는 것을 알고 나면 혹여나 죄책감에 시달려 스스로 목숨을 끊을까 두려웠던 것이다.

"휴우우우우……."

길고 긴 탄식이 흘러나왔다.

스스로의 우유부단함과 망설임 때문이 아니라 이제는 확실히 무언가 결단을 내려야 한다는 운명의 흐름을 느껴서였다.

결단은 어떤 형태로 나타날 것인가?

드러나는 방법 여하에 따라 운명은 처절한 비극의 형태가 될 수도 있다.

현풍의 고민은 바로 거기에 있었다.

第六章
여인이 한을 품으면
오뉴월에도 서리가 내린다

여인이 한을 품으면 오뉴월에도 서리가 내린다

비무가 끝났음을 알고 구경꾼들은 하나둘씩 자리를 떴다.

비무대를 천천히 걸어 내려오던 유검은 갑자기 멈춰 섰다. 진삼원이 지나가는 말투로 꺼낸 한마디 때문이었다.

"자네의 사매가 여기 무림맹에 와 있다는 사실을 알고 있나?"

그걸 말이라고 하십니까? 라는 말이 튀어나오려는 것을 가까스로 참았다. 대신 처음 들었다는 듯 어깨를 으쓱여 보였다.

"아, 그렇습니까? 얼굴 본 지 오래되었군요."

당연히,

'그런가? 만나볼 텐가?'

라고 물어볼 줄 알았다.

애당초 여기 항주까지 와서 무림맹으로 들어오려 한 까닭이 바로 자신의 사랑스런 사매 여문을 만나보기 위해서가 아니었던가.

그녀를 떠올리자 가슴이 진탕되고 전신의 피가 모두 머리 위로 솟구
치는 느낌이었다. 마음이 초조해지고 손바닥이 후끈거려 자꾸 주먹을
쥐었다 폈다 했다.

하지만 다음 순간 진삼원이 꺼낸 말에 유검은 얼어붙고 말았다.

"약혼자라고 했던가? 자네 사매는 그 친구를 매일같이 간호하며 지
내고 있다네."

"그, 그렇습니까?"

웃어보려 했지만 얼굴 근육이 도저히 말을 듣지 않았다.

"아마도 자기 때문에 그 친구가 죽을 뻔한 모양인데… 그 때문인지
옆에서 지켜보기에도 힘들 정도로 지극정성이더군."

무저 지하갱으로 쑤욱 내려가는 듯한 느낌이었다.

"보, 본래 착한 녀석입니다. 겉으로는 무뚝뚝하게 대하고 가끔 가시
돋친 말을 내뱉기는 해도 사실은 마음이 약한 녀석이지요. 내가 토끼
를 잡으면 그 녀석이 솥에 삶기도 전에 치료한다고 금창약을 바르고…
아, 아니, 솥에 삶으려 한 건 나였지요. 그때 한참 무공 연마를 끝내고
무지하게 배가 고팠거든요. 근데 그 녀석이 금창약을 바르는 바람에…
그거 무지 비싼 약인데……."

머리 속이 멍해져서 자신이 무슨 말을 하고 있는지도 몰랐다. 말을
이어 나갈수록 횡설수설로 변했다. 그러면서 웃어 보이려고 노력했다.

여타의 사정을 모르는 진삼원은 공통의 화제를 발견한 사람이 으레
그러하듯 자신이 알고 있거나 생각하고 있는 것들을 여과없이 내뱉었
다.

"그랬던가? 하하, 꽤나 귀여워하던 사매인 모양이구먼. 그렇다면 시
집 보내기에 아깝겠는걸? 아, 얼마 전에 자네 사매가 그 약혼자라는 친

구와 서로 입을 맞추는 것을 보고 말았지 뭔가. 뭐, 혼례일이 얼마 남지 않았으니 그 정도 가지고 뭐라 할 수도 없는 노릇이고 해서 모른 척해 버렸다네. 아마 이 무더위가 가고 나면 이미 다정한 한 쌍의 부부가 되어 있을 테지. 자네도 어서 상대를 구해보게. 약속하건대 반드시 국수를 먹으러 가주지. 하하!"

상대의 공감을 얻기 위해 한 말이겠지만 그 말은 모두 얼음으로 만든 비수가 되어 유검의 가슴에 와 박혔다.

싸늘한 한기가 전신으로 퍼져 나갔다.

유검은 얼굴이 창백해지고 북해의 얼음처럼 딱딱하게 굳어버렸다. 웃어 보이는 것과 입을 여는 행위에 대한 의지가 모조리 사라져 버렸다.

곡부운과 여문이 서로 입을 맞추는 장면만이 머리 속을 계속 맴돌았다.

그때마다 전신의 기운이 모두 빠져나가 버렸다.

서 있을 힘이 없었다. 어디 아무 곳에라도 드러눕고 싶었다. 잠이라도 잤으면 했다.

때로는 그럴 수도 있다고 생각하고 예상하기도 했지만, 그렇게 생각해 보는 것과 실제 그랬다고 들었을 때와는 받아들이는 충격의 정도가 달랐다.

유검 스스로도 그 사실이 그렇게도 이해할 수 없을 정도의 큰 충격으로 다가올지 몰랐다.

혼례일이 정해졌다 해도 아직 일어나지 않은 일은 얼마든지 변할 수 있는 법이다. 하지만 이미 일어나 버린 일은 그게 사실이 되어버린다. 단지 입맞춤일 뿐이지만 사실이라는 단 한 가지 이유만으로 더 큰 충격이 되어버리는 것이다.

서늘하게 식어버린 가슴에서 흘러나온 무미건조한 목소리가 자신의
의지와 상관없이 흘러나왔다.

"지금 어디 있죠?"

목소리가 의미를 가지는 순간 유검은 그것을 자각했고 후회가 밀물
처럼 몰려들었다.

지금 이 상태로는 만날 수 없다. 조금 더 여유를 가져야 한다. 지금
만나서는 도저히 웃음을 보여줄 수 없을 것 같았다.

황급히 말을 꺼냈다.

"아, 아니, 나중에 만나죠. 지금은……."

사람에게는 중요하고도 편리한 기능이 있다.

그것은 망각이라는 것인데, 대개의 경우는 상대적으로 긴 시간을 필
요로 한다. 다만 때에 따라 한계를 넘게 되면 그보다 앞서 선행되는 것
이 있는데 그건 바로 무감각해지는 것이다.

그것은 대개 한순간에 찾아온다.

돌연 유검은 정신을 차렸다.

"자네 괜찮은가?"

진삼원의 물음에 유검은 습관적으로 고개를 끄덕였다.

주위를 돌아보니 자신은 어느새 한 커다란 대청 안으로 들어서고 있
었다.

'내가 언제 여기까지 왔을까?'

여기까지 오는 동안 유검은 내내 멍한 상태로 있었다.

그래서 눈으로 보고 귀로 들은 모든 정보를 전혀 인식하지 못하고

있었다. 머리 속에 수없이 많은 언어들이 날아다니며 실타래처럼 엉클어진 생각을 정리하려 필사적으로 노력하고 있었기 때문에 시야에 들어오는 정보를 처리할 여유가 없었던 것이다.

대청으로 들어가는 순간 지키고 있던 호위 무사들이 큰 소리로 경례를 올렸는데 그때 정신이 든 것이다.

이상했다.

진삼원에게 들은 여문의 이야기가 먼 과거의 일처럼 느껴졌다. 아무것도 아닌 것처럼, 정말로 별것 아닌 것처럼 여겨졌다.

진삼원은 대청 안을 둘러보며 가볍게 눈살을 찌푸렸다.

"시녀들은 모두 어디로 갔는가?"

아무리 둘러보아도 시녀들이 보이지 않자 할 수 없이 그는 직접 유검을 고급스런 자단목으로 만든 탁자로 안내하고서는 잠시 여기서 기다리라는 말만 남기고 맹주를 만나러 갔다.

잠시 후 백의를 입은 한 시녀가 조용히 들어왔다.

그녀는 유검에게 다가오더니 말했다.

"맹주님께서 부르십니다. 저를 따라오시지요."

진삼원은 여기서 기다리라고 했지만 달리 변경이 생겼을 수도 있다고 생각하고 아무 의심 없이 그녀의 뒤를 따라갔다.

그녀가 입고 있는 백의가 최상급의 비단으로 만들어진 것을 보고서도 그러려니 했고, 지나치게 고개를 숙이고 있는 모습이 이상하다고 여겼지만 그래도 별다른 의심은 하지 않았다.

여러 개의 복도를 지나 조그만 방으로 안내되었다.

방은 운치가 있었다. 첫눈에 들어오는 창문 밖으로 조그마하나 시원스런 폭포와 수풀이 우거진 정원수의 모습이 보였고, 한쪽 벽에는 수묵

화 등이 걸려 있었으며 그 곁의 문갑(文匣) 위에는 몇 개의 악기가 놓여
져 있었다.

전체적으로 은은하고 고아한 취향까지 느껴지는 방이었다.

다만 무인다운 품격이랄까 호방한 기세는 모자랐다. 무림맹의 맹주
와 만나는 장소라기보다는 마치 연인과 밀회하기 위한 장소처럼 보였
다.

이런 곳에서 맹주와 만나다니 조금 의아스러웠지만 그것 역시 크게
신경 쓰지 않았다. 어쩌면 비밀 이야기를 하기 위해서 일부러 이런 곳
을 택했을 수도 있으니까.

평상시의 유검이라면 분명 경각심을 가졌으리라.

하지만 현재 겉으로는 평정을 되찾은 것처럼 보인다 하더라도 내면
적인 정신의 활력은 극도로 저하되어 있었다.

자신의 마교 관련설 때문에 정체를 감추고 무림맹으로 들어오려 했
을 때와 비교하면 지금은 경계심이 완전히 허물어져 있었다. 거의 무
방비 상태라 보아도 좋았다.

백의를 입은 시녀는 곧 차를 내왔다.

"철관음인데 입맛에 맞으실지 모르겠습니다."

유검은 시녀의 물음에 건성으로 고개를 끄덕였다. 차 맛이 꽤나 쓰
다고 생각했지만 본래 그런 모양이라고 생각하며 아무 의심 없이 마셨
다.

시녀는 몇 걸음 뒤로 물러나 고개 숙인 채 옆에서 대기했다. 혹시 시
킬 일이 있으면 시중들기 위해 있는 것 같다고 생각했다.

유검은 달리 시선을 둘 곳이 없었으므로 벽에 걸린 초상화를 막연히
바라보았다.

초상화에는 한 여인의 전신상이 그려져 있었다.

그녀는 옥을 깎아 만든 듯 수려한 미모를 가지고 있었는데, 빙굴에서 흘러나오는 듯한 차가운 냉기(冷氣)가 그녀의 주위를 감싸고 있는 것 같았다. 그 누구의 근접도 불허할 듯한 오만한 분위기도 함께였다.

그리고 그녀는 오른손에는 조그만 종을, 왼손에는 긴 비단 천을 쥐고 있었다.

'어쩐지… 낯이 익은걸?'

어디서 보았을까 곰곰이 생각하며 찻잔을 마저 비웠다.

"누군지 기억이 나시나요?"

돌연 들려온 차가운 목소리에 시선을 돌려보니 백의를 입은 시녀가 천천히 고개를 들고 있었다.

유검은 두 눈이 동그랗게 커졌다. 시녀의 용모는 초상화와 똑같았던 것이다.

어째서 시녀의 초상화가 방에 걸려 있는 것일까?

여기는 시녀의 방인가?

그런 의문들을 떠올리는 순간 해답을 찾았다. 여인의 정체를 깨달은 것이다.

유검은 벌떡 일어서며 외쳤다.

"그대는……!"

다음 순간 유검은 몸에 기운이 하나도 없음을 깨닫고 다시 의자 위로 푹 가라앉고 말았다.

여인은 차갑게 말했다.

"소용없어요. 제가 쓴 산공독(散功毒)은 특별히 제조된 것이라 만독불침(萬毒不侵)이라 할지라도 모든 기운과 내공이 흩어져 버린답니다.

천하의 고수라 할지라도 젓가락 하나 들 힘도 없어져 버리고 말지요. 신농산장에서 제게 선물해 준 것이랍니다. 물론 저의 부탁으로요.”

그녀의 얼굴은 점점 오만하고도 차갑게 변해갔다. 눈빛에는 살기까지 어려 있었다.

“백마사에서 있었던 일을 저는 여태까지 한 번도 잊은 적이 없습니다. 그런데 그대는 까마득하게 잊고 있었던 모양이군요. 무림맹으로 들어오면서도 아무런 경계를 않다니. 이렇게 손쉽게 제 소원이 이루어질 줄은 몰랐어요.”

유검은 쓴웃음을 지었다.

그녀는 무림맹주의 딸이자 진삼원의 질녀이며, 여문을 죽인 것으로 오해하여 자신이 조금… 아니, 지나치게 혼을 내줬던 바로 그 여인이었다. 왜 미처 생각해 두지 못했을까?

생각해 보니 충분히 자신에게 원한을 가질 만했다.

위액을 토해낼 정도로 무지막지하게 두들겨 팼다. 어깨를 탈골시켰고 오른쪽 다리를 부러뜨려 버렸으며, 게다가 오줌까지 지리게 만들지 않았는가.

그뿐 아니라 머리카락을 쥔 채로 휘둘러 개구리처럼 땅에 패대기치기도 했다.

살려달라고 애원하는 그녀를 죽이려 했다.

지금 생각해 봐도 심할 정도니…….

“뭐, 어쩔 수 없군. 이런 꼴을 당할 만해. 하하하…….”

이상하게도 이럴 때 왜 웃음이 나오는 것일까?

획―

그녀의 오른쪽 다리가 허공을 날았다.

치마가 벗겨 올라가며 하얀 종아리가 드러났지만 그것을 미처 감상하기도 전에 유검은 의자에서 뛰어올라 땅으로 처박혀야 했다.

여인의 차가운 얼굴에 한줄기 미소가 그려졌다.

"어때요? 그때 부러졌던 다리는 이젠 괜찮아졌답니다. 이렇게 빨리 낫게 된 건 모두 신농산장의 조 의원 덕분이지요."

그녀는 냉정해 보이지만 상당히 흥분해 있었다.

오늘이 오기를 얼마나 간절히 원했던가!

단순히 죽이는 것만으로는 도저히 분이 풀리지 않았기에 인내하고 인내하며 그가 완전히 자기 손에 들어올 날을 손꼽아 기다리지 않았던가.

오늘이 바로 그날인 것이다!

그녀는 벌써부터 흥분해서는 안 된다고 스스로를 타일렀다. 그토록 원하던 요리 재료를 손에 넣었으니 어떻게 요리하든 마음대로인 것이다. 시간도 충분하니 초조할 필요도 없다.

그녀는 유검이 자신의 삼촌과 오늘 비무를 벌인다는 사실을 알았을 때부터 급히 계획을 세웠는데, 이처럼 손쉽게 일이 이루어질 줄은 몰랐기에 상당히 흥분해 있었다.

생포하는 것까지만 계획을 세웠지 그 이후로는 아직 생각조차 해보지 않았기에 어떻게 요리할까는 지금부터 궁리를 시작했다.

문득 그녀는 한 가지 생각이 들었다.

'잠시 후면 막내 삼촌이 이놈이 없어진 것을 발견할 것이다. 이놈이 달아났다고 여기면 제일 좋겠지만 어쩌면 나를 의심할지 모른다. 시녀

들에게는 입막음을 시켰지만 아마도 막내 삼촌이 추궁하면 입을 열지
도 모른다.'

몇 가지 생각을 마친 그녀는 일단 유검을 데리고 빨리 자기 방에서
나가야겠다고 판단했다. 막내 삼촌이 언제 들어와 유검을 내놓으라고
할지 모르니까.

그녀는 유검에게 다가갔다.

산공독과 함께 지독한 미혼약도 함께 사용했기에 유검은 그사이 정
신을 잃고 있었다.

그녀는 조금 망설이다 유검을 어깨에 들쳐 멨다.

그녀의 몸이 부르르 떨렸다. 옷 위를 통해 느껴지는 사내의 느낌은
벌레가 기어가듯 징그러웠던 것이다.

아미를 찌푸렸지만 속으로 어쩔 수 없다고 생각했다. 누군가 다른
사람을 부르기에는 비밀 노출의 위험이 너무 컸다.

입술을 깨물고 생각을 굴리다 복도가 아닌 창밖으로 신형을 날렸다.
제비가 물을 박차고 날아오르듯 깨끗한 신법이었다.

그녀 진여영(震麗霙)은 아버지가 무림맹주이고 막내 삼촌이 당금 천
하제일검이다. 타고난 미모 또한 꽃보다 아름다웠고 일신상의 절기 또
한 약할 리 없다.

강호의 젊은 영웅들이 앞 다투어 청혼을 하나 자기 발톱의 때보다
못하게 여길 정도로 오만하던 그녀였다. 그리고 그녀에게는 그만한 자
격이 있었다.

그런 그녀가 유검에게 엄청난 수모를 당했으니 치를 떨 만도 했다.
당장 보복을 하고 싶었지만 뜻대로 되지를 않았다. 막내 삼촌이 그를

감싸고 도는 바람에 맹주인 아버지조차도 자신의 애원을 들어주지 않았던 것이다.

물론 비밀리에 살수(殺手)를 고용해서 죽여 버릴 수는 있었겠지만, 그것만으로는 도저히 분이 풀리지가 않았다. 자신의 두 손으로 직접 실컷 괴롭히다가 죽여 버리고 싶었던 것이다.

그런데 오늘 뜻밖의 기회를 맞이하여 유검을 통째로 생포해 버렸다.

돌연히 찾아온 행운에 그녀는 기쁘기도 하고 흥분도 되었지만 한편으로는 두려움도 있었다. 소중한 보물을 손에 넣었는데 혹시나 어른들에게 빼앗길까 두려워하는 어린아이처럼.

그녀는 유검을 어깨 위에 얹은 채 폭포수 위로 올라가서 주위를 돌아보았다.

호위 무사들이 어디를 순찰 도는지 손바닥 보듯 환하게 알고 있는 그녀였지만 그래도 긴장을 늦추지 않았다.

'어디가 좋을까?'

마음 놓고 괴롭힐 수 있는 곳, 비명 소리가 터져 나와도 괜찮은 곳, 이런저런 조건을 생각해 보다 그녀는 눈빛을 반짝였다.

그야말로 가장 적절한 장소가 떠오른 것이다.

'그래, 그곳이라면……!'

그녀는 빨리 가지 않으면 그 장소가 사라져 버리기라도 할 듯 서둘렀다.

십만여 평의 대지 위에 세워져 천하의 영웅호걸들이 모인 무림맹은 흔한 말로 용담호혈이라 할 만했다. 그 가운데 맹주 직계들만이 출입 가능한 금역(禁域)이 하나 있었는데, 사방 십방진(十方陳)이 펼쳐져 있고 정체를 알 수 없는 비밀의 고수들이 그곳을 밤낮으로 지키고 있었다.

그 안은 의외로 한 채의 전각뿐 별다른 건물도 없고 한적하기만 할 뿐이었다. 조용하다 못해 음산할 정도로.

진여영은 어릴 적 아버지의 손을 잡고 두어 번 가보았으나 나이 든 이후로는 한 번도 출입한 적이 없었다. 별로 재미난 곳도 아니고 경치가 특별히 좋은 것도 아닌데 갈 이유가 없었던 것이다.

십방진을 뚫고 갈 수 있는 보법은 아버님의 엄명으로 기억해 두고 있었다. 하지만 진을 지키고 있는 비밀 고수들이 자신을 들여보내 줄는지는 별로 자신이 없었다.

그녀가 그곳에 도착했을 때에는 이미 땅거미가 지고 있었다.

촘촘히 박혀진 대나무 숲으로 한 걸음 내디뎠을 때, 음침한 목소리가 들려왔다.

"멈춰라."

진여영은 바짝 긴장하며 품속에서 하나의 금패(金牌)를 꺼내 사방으로 보여주었다.

"진삼형의 여식이로군. 아마 옛날에 몇 번 온 적이 있던 그 꼬마 계집아이인가?"

건방지게도 음침한 목소리는 맹주의 이름을 함부로 불러대었다.

또 다른 목소리가 들려왔다.

"냄새는 이상없음."

"현원전단신공(玄元栴檀神功) 오성 성취 가(可)!"

그 말에 진여영은 내심 깜짝 놀랐다. 현원전단신공은 진가 고유의 독문신공이었는데 일반 무림인들에게는 극비로 감추고 있었다. 그녀가 놀란 것은 자신의 무공 성취를 정확히 알아내었기 때문이다. 맹주인 아버지조차도 정확하게 알지 못하고 있는데 단번에 알아내다니.

그녀는 깨닫지 못했지만 본래 이 금역에 홀로 출입할 수 있으려면 맹주 직계라 할지라도 이 현원전단신공에 오성 이상의 성취가 있어야 했다.

예전 그녀가 이곳을 출입할 수 있었던 것은 아버지인 맹주와 함께 왔었기 때문이다.

진여영은 보이지 않는 그들을 향해 물었다.

"들어가도 되나요?"

음침한 목소리가 답했다.

"너는 들어가도 좋다. 하지만 네 어깨 위에 있는 그놈은 안 된다."

"이… 사람을 들여보낼 방법은 없나요?"

음침한 목소리는 잠시 답이 없었다.

그들은 여태까지 규칙에 따라 된다 안 된다만 결정했을 뿐 어떡하면 들여보낼 수 있냐는 물음을 당해본 적이 없었기에 당혹해했던 것이다.

음침한 목소리가 말했다.

"외인을 들여보내려면 가주(家主)와 다섯 명의 장로가 만장일치로 승낙하고 보증을 서면 된다."

그들은 맹주가 아니라 가주라고 부르고 있었다. 다시 말해 이 금역은 맹주 일가의 사유지라는 이야기였다.

"그것 말고는요?"

"…없다."

진여영은 초조해졌다.

모처럼 여기까지 데리고 왔는데 들어갈 수가 없다니. 자기 홀로 금역 안에 들어가 봤자 무슨 소용이 있겠는가.

발을 동동 구르며 안달하는 그녀가 안되어 보였는지 조금 딱딱한 목소리가 위로하듯 말했다.

"돌아가는 게 좋을 게다. 여긴 함부로 들어올 만한 곳이 아니야. 만약… 아니다."

딱딱한 목소리가 말끝을 흐리자 진여영은 한 가닥 희망을 발견한 듯 되물었다.

"만약? 만약에 뭐요?"

"…아무것도 아니다."

"이놈을 들여보낼 수 있는 방법이죠? 어떤 방법인지 말씀만이라도 해주세요. 제발요! 제발!"

그녀의 애원에 딱딱한 목소리가 머뭇거리는 음성으로 말했다.

"들어봤자 소용없다."

"그래도 말씀만이라도 해보세요."

"……."

"제발요!"

긴 한숨 소리가 흘러나왔다.

"소양력(少陽力)을 소지할 만한 자질을 가지고 있다면 가능하다. 하지만……."

"좋아요! 시험해 봐요!"

"흐흐, 함부로 말하지 말거라. 여태까지 성공한 자는 단 한 명뿐, 그가 바로 네 선조다. 그래서 너희 가문의 사람들만이 이곳을 출입할 수 있는 것이다. 그 외에는 모두 실패했다. 그들은 모두 재가 되어 죽어버렸지."

죽어버린다는 이야기에 진여영은 약간 망설였다.

너무 쉽게 죽어버리고 나면 피맺힌 원한은 어떡하는가?

진여영은 한 가지 물어보았다.

"혹시… 죽을 때 고통스러운가요?"

그 물음에 음침한 목소리가 답했다.

"흘… 고통스러우냐고? 그만두는 게 좋을 거야. 시험받는 것 자체만으로도 세상에 태어난 것을 후회할 정도로 고통스러우니까. 차라리 산 채로 불태워지는 게 낫다 싶을 게다."

그 말에 진여영은 희색이 만연했다.

'좋아. 그렇다면 여기서 일단 실컷 괴롭힌 다음 시험을 받게 하자!'

진여영은 유검을 내려놓았다. 그리고 발로 짓밟아보기도 하고 차기도 해봤지만 그의 의식이 돌아오지 않아 고통을 못 느끼니 괴롭히는 재미도 없었다.

"이봐! 정신 차려! 정신 차리란 말이야!"

아예 유검의 배를 깔고 앉아 손바닥으로 마구 그의 뺨을 쳤다. 그래도 유검은 정신을 차리지 않았다.

음침한 목소나 딱딱한 목소리들은 돌연한 진여영의 행동에 의아함을 느꼈지만 자신들과는 상관없는 일이라 간섭하지 않았다.

진여영은 아예 대나무를 하나 꺾어서 그것으로 유검을 향해 마구 내려쳤다. 한참을 그렇게 하니 겨우 정신을 차리는 듯 신음 소리가 흘러나왔다.

유검은 눈을 떴지만 기운이 없어 몸을 일으킬 수는 없었다.

주위를 돌아보니 날은 서서히 어두워져 가고 있었다. 그 속에 한 여인이 차가운 표정으로 대나무 가지를 들고 서 있었다.

물론 유검은 그 여인이 누구인지 알아보았다.

유검은 어리둥절해하는 표정을 지으며 말했다.

"하늘나라치고는 초라한걸? 듣던 것하고는 전혀 딴판이야."

진여영은 무슨 헛소리를 하느냐는 듯 코웃음을 쳤다.

"뭐가 하늘나라예요? 자신이 벌써 죽은 줄 알았어요?"

"어라? 하늘나라가 아니라고? 선녀가 이렇게 있는데 어찌 하늘나라가 아니라고 말하시오?"

"쳇, 선녀가 어디 있다고⋯⋯."

진여영은 말대꾸를 하다 유검이 말하는 선녀가 바로 자신이라는 것을 깨달았다.

"쳇! 쳇! 쳇! 기분 나쁜 소리 하지 말아요!"

자신의 미모를 칭찬하는데 기분 나빠할 여인은 없을 것이다. 하지만 철천지원한을 가진 상대가 자신을 칭찬하면 그것은 오히려 기분 나쁘고 징그러운 법이다. 혹여나 그 말로 자신의 원한이 누그러질까 두려워해서였다.

그것을 증거라도 하듯 유검의 머리를 세차게 발로 찼다.

이번에는 내공을 실어 넣었는지 발 힘을 이기지 못해 유검의 몸이 데굴데굴 굴렀다. 그녀는 재빨리 반대 편으로 가서 이번에는 배를 향해 발로 찼다.

퍽! 하는 소리와 함께 유검의 몸이 잠시 허공에 떠 있다가 땅으로 처박혔다.

몇 차례 더 발로 차고 때렸지만 유검은 신음 소리 하나 없었고 전혀 고통스러운 표정이 아니었다.

그녀는 약이 올라 소리쳤다.

"흥, 제법 남자다운 척하는군요! 얼마나 견디는지 보죠!"

"아, 미안하군. 아픈 척이라도 해줘야 하는 건데… 본래 내 몸뚱어리가 조금 단단해서 말이야. 그런 솜방망이로는 별로 느낌이 안 오는군."

유검의 말에 그녀는 화가 머리끝까지 치솟았다.

당장 주먹만한 돌멩이를 주워 들고 유검의 머리를 향해 세차게 내리찍었다. 내공까지 실려 있었기에 내려치는 기세는 무시무시했다.

꽝—!

세찬 타격음과 함께 돌멩이가 부서져 나갔다.

그녀는 순간 후회했다.

"너무 쉽게 죽여 버리다니!"

길게 탄식하기도 전에 유검이 능글맞게 입을 열었다.

"누굴 죽여 버렸소? 그렇다면 관가에서 포졸이 나오기 전에 자수하시오. 그래야 죄가 조금이라도 가벼워지지."

진여영은 유검의 머리를 살펴보고 깜짝 놀랐다. 박살이 나 있을 줄 알았는데 피 하나 흘리지 않고 멀쩡했던 것이다.

"어, 어떻게……!"

진여영은 입술을 질겅질겅 씹더니 품속에서 조그만 비수 한 자루를 꺼내 들었다. 서늘한 한기가 검날을 감도는 것을 보아 예사 보검이 아닌 듯싶었다.

유검은 그 검을 보고 감탄하듯 말했다.

"좋은 검이구려. 그 정도의 검이라면 내 몸도 성치 못할 거요."

"물론이죠!"

진여영은 예리한 눈빛으로 유검의 전신을 주르르 훑었다. 마치 성대한 요리상을 받아 들고 무엇부터 먼저 먹을지 고르는 것처럼, 비수로 어디를 찌르면 좋을지 살펴보는 것이다.

지금 죽일 생각은 없었기에 그녀의 선택은 몇몇 곳으로 축소되었다.

드디어 한곳을 정한 듯 비수를 들어 올리고는 유검의 왼쪽 허벅지를 향해 세차게 내리찍었다.

소리도 없이 비수는 옷을 뚫고 살갗을 파고들었다. 하지만 한 치도 채 찌르기 전에 기이한 반탄력을 받아 비수는 하늘로 퉁겨 올라가 버렸다.

"아악—!"

진여영의 오른쪽 손목은 부러져 있었다. 비수가 퉁겨 올라가는 반탄력을 이기지 못한 것이다.

그녀는 부르르 몸을 떨었다.

부러진 손목을 부여잡고 몇 발자국 뒤로 물러서서 유검을 바라보는 그녀의 두 눈은 어느새 두려움으로 가득 차 있었다.

"어, 어떻게……?"

그녀는 기이한 공포에 휩싸여 자기도 모르게 몇 발자국 더 뒤로 물러났다. 백마사에서 유검에게 당했을 때의 공포가 함께 의식으로 침습해 들어왔다.

하나 그런 공포를 떨쳐 버리려는 듯 세차게 고개를 저어버리고 유검을 향해 물었다.

"무, 무공을 회복했나요?"

그녀의 목소리는 두려움으로 떨리고 있었다.

유검은 고개를 저었다.

"그 약은 꽤 지독하구려. 아직 손가락 하나 까딱할 힘도 없소이다."

진여영은 조금 안도했지만 안심하지는 않았다.

그녀는 한 가지 사실을 깨달았다. 자기 힘으로는 그를 더 이상 괴롭히기 힘들다는 사실을.

"지금… 지금 가능한가요?"

연신 뒷걸음질치며 그녀는 대나무 숲을 향해 소리쳤다.

음침한 목소리가 답했다.

"물론 언제든지 가능하다."

"그럼 당장 시험해 줘요!"

"그렇다면 그의 의사를 물어…….."

"물어보지 않아도 돼요! 어서 시험해 줘요!"

"좋다. 규칙에 의하면 본인의 의사와 상관없이 너희 직계 가족의 일원이 시험을 요구하면 가능하다."

유검의 몸이 둥실 떠올랐다.

그것은 당연히 본인의 의지는 아니었으며 누군가 격공섭물(隔空攝物)의 공력을 발휘한 것 같았다. 그 공력을 발휘한 자는 아마도 대나무 숲에 있는 괴인들 같았다.

그것을 증명이라도 하듯 유검의 신형이 대나무 숲을 향해 허공에서 미끄러지듯 끌려 들어갔다.

그때 허공에서 붉은 공 같아 보이는 인영이 빠른 속도로 떨어져 내리며 소리쳤다.

"그건 우리가 허락할 수 없다!"

붉은 공 같아 보이는 인영은 일양괴였다. 그는 유검을 낚아채려 하는 순간 대나무 숲에서 흘러나오는 무형의 기운을 깨닫고 할 수 없이 맞받아쳤다.

펑—!

장력이 부딪치는 순간 일양괴는 하나로 보이는 그 힘이 사실은 세 가지 공력이 합쳐진 것이라는 것을 깨달았다.

쿵쿵거리며 마구 뒤로 물러나는데 검은 인영이 땅 위를 미끄러지듯이 달려오더니 일양괴의 등 뒤 명문혈에 쌍장을 들이대었다. 월음괴였다. 그제야 일양괴는 멈춰 설 수가 있었다.

둘의 모습은 악전고투를 겪은 듯 머리카락은 마구 헝클어져 있었고 옷자락은 여기저기 잘려져 있었으며 피가 배어 나오는 곳도 있었다.

격공섭물을 펼쳤던 공력이 거두어져 유검은 허공에서 땅으로 떨어져 있었다.

월음괴가 달려가 유검을 안아 올리려는데 홀연히 검은 그림자가 나타나 앞을 막아섰다. 그는 수염이 양쪽에 칼날처럼 나 있고 안색이 음산하기 이를 데 없는 백발노인이었다.

"비켜라, 뒈지기 전에!"

월음괴가 월음공력을 잔뜩 담아 쌍장을 뻗어내었다. 그의 키가 컸기에 위에서 아래로 찍어 누르는 듯하였고 그 기세가 대단했다.

음산한 백발노인 역시 같이 쌍장을 뻗었다.

펑! 하는 소리와 함께 두 노인의 쌍장은 서로 찰싹 달라붙었다. 월음괴의 공력이 강한 듯 음산한 백발노인의 얼굴이 일그러졌다.

그때 승복을 입은 외팔이노승이 나타나더니 음산한 백발노인의 등 뒤 명문혈에 자신의 손바닥을 붙였다.

그러자 이번에는 역전이 되어 월음괴의 얼굴이 일그러졌는데 오래 가지는 않았다. 일양괴가 고목에 매미가 달라붙듯 월음괴의 허리에 찰싹 달라붙어 내공을 불어넣어 준 것이다. 그의 다리가 짧아 명문혈에 쌍장을 대기 위해서는 그런 모습을 취할 수밖에 없었다.

어쨌든 다시 우세를 점하나 했는데 그것도 오래가지 못했다. 팔 척 거구에 관운장 같은 수염을 기른 노인이 대나무 숲에서 나와 외팔이노승의 등 뒤에 쌍장을 대고 공력을 불어넣기 시작한 것이다.

이렇게 이 대 삼의 내공 대결이 이루어져 버렸다.

권각술이나 검술과는 달리 내공은 속일 수가 없다. 다시 말해 한번 시작하면 그만둘 수 없으며, 약한 쪽이 치명적인 타격을 입게 되니 강호에서 함부로 내공 대결을 펼치지는 않는다.

하지만 오늘의 경우 서로가 워낙 다급하게 행동하다 보니 본인의 의사와는 상관없이 이렇게 내공 대결이 이루어져 버린 것이다.

게다가 이렇게 이 대 삼의 내공 대결이라니, 구경꾼이 본다면 희한하다고 소리칠 만했다.

내공 대결은 당장 어느 쪽도 우세하다고 말하기 어려울 정도로 팽팽했다.

이들의 머리 위로는 김이 모락모락 피어오르고 있었다.

각기 끌어올린 내공의 성질이 모두 다른 듯 외팔이노승의 경우는 승복이 터질 듯 팽팽하게 부풀어 올랐고, 월음괴의 경우는 옷이 모두 찰싹 몸에 달라붙어 그냥 보자면 길다란 막대기처럼 보였다.

서로가 뭔가 입을 열어 말하고 싶었지만 위험하기 짝이 없는 내공 대결 중인지라 그럴 수도 없었다. 입을 열면 진기가 새어 나갈 수 있으니까.

일월쌍괴는 그 사건 이후 멀리서 유검의 뒤를 쫓고 있었다.

유검이 대청 안으로 들어갔을 땐 설마 무림맹으로서 체면이 있지 별다른 암계를 펼치겠느냐 싶어 밖에서 기다리고만 있었다.

그런데 예전 유검의 뒤를 쫓기 위해 뿌려두었던 만리추종향(萬里追踪香)의 행적이 점점 이상해져 갔다. 무슨 일이 생겼다 싶어 무림맹을 뒤지다시피 뛰어다니다 겨우 유검을 발견한 것이다. 물론 그 와중에 벌집을 쑤셔놓은 듯 무림맹을 발칵 뒤집어놓았지만.

이곳만 특별한 금역으로 무림맹 내의 무사들도 함부로 접근하지 못해 조용했다.

유검은 움직일 힘이 없어 눈만 말똥말똥거리며 그대로 누워 있었다. 혹시 말이라도 하게 되면 일월쌍괴의 정신이 흐트러져 위험할까 봐 입을 꾹 다물고 있었다.

한편 진여영은 대나무 숲 안의 십방진 안으로 들어서서 두려움에 떨며 조심스레 밖을 살펴보고 있었다.

'나 때문일까? 내가 저놈을 시험해 달라고 해서……'

새로 나타난 두 괴인의 모습을 보고 진여영은 부르르 몸을 떨었다. 그들이 누구인지 모습만으로 충분히 짐작했다.

그녀는 비무 과정을 보지 못했기에 아직 그들이 유검의 하인이 된 것을 알지 못했다. 그래서 유검을 납치(?)해 가려는 의도에 대해서도 짐작하지 못했다.

사태의 추이를 지켜보다 한 가지 결단을 내렸다.

'일이 이렇게 된 것은 서로가 저놈을 차지하려고 한 때문이다. 저놈만 없다면 금역을 지키는 저 사람들도 굳이 내공 대결을 펼칠 이유도 없잖아.'

그렇게 생각하고 천천히 대나무 숲을 나왔다.

그리곤 살금살금 유검에게로 다가갔다.

유검에게 접근하여 그를 들어 올리는데 등 뒤가 스멀거리는 느낌에 돌아보았다. 일양괴와 월음괴가 죽일 듯한 눈빛으로 자신을 쏘아보고 있었다.

진여영은 겁이 났지만 유검을 잡아끌고 얼른 대나무 숲으로 들어갔다. 막상 데려오기는 했지만 한 가닥 유검에 대한 두려움이 남아 있어 어쩌지는 못했다.

유검이 일월쌍괴를 향해 소리쳤다.

"나는 상관 말고 이 자리를 떠나시오! 나중에 다시 명령을 내리리다!"

내공 대결을 펼치는 다섯 사람은 모두 이런 바보 짓은 그만두기를 바라고 있었다. 하지만 먼저 내공을 거두다가는 상대의 공력에 치명상을 입게 될 테니 함부로 시도하기 어려웠다.

다섯 사람은 모두 눈빛으로 내공 대결을 중단하는 것으로 합의를 보았지만 문제는 그 시기였다. 어떻게 상대를 믿고 손을 놓는단 말인가. 한순간이라도 먼저 손을 놓게 되면 손해를 보는데.

유검은 그런 그들의 심리를 읽고 소리쳤다.

"내가 앞으로 셋을 헤아릴 테니, 동시에 손을 놓는 게 어떻겠소?"

다섯 명은 모두 그러고 싶은 마음이 굴뚝같았지만 아직 상대를 믿지 못했다.

유검은 그 점을 꿰뚫어 보았다. 강호인치고 그런 심리야 뻔한 것이니까. 그래서 극단 처방을 썼다.

"일월쌍괴는 들으시오! 내가 셋을 헤아리면 무조건 공력을 거두고 손을 놓도록 하시오! 이는 명령이오!"

일월쌍괴는 아직 입을 열어 대답하지는 못했지만 천천히 고개를 끄덕여 명을 따르겠다는 의사를 표시했다.

유검은 이 대나무 숲을 지키는 세 명의 고수들에게도 소리쳤다.

"세 분 여러분께서는 저를 믿어주십시오! 저들 일월쌍괴는 저의 하인이니 감히 나의 명을 거역하지 못합니다! 그러니 제가 셋을 헤아릴 때 같이 손을 멈춰주기를 부탁드립니다!"

세 명의 고수들은 그제야 자신들과 마주한 이 두 괴인이 일월쌍괴라는 사실을 알게 되었다. 본래 이들의 특이한 용모는 유명해서 다른 사람 같으면 진작 알 수 있었지만 이들은 미처 짐작하지 못했다. 이들은 여기 십방진을 지키며 은둔하다시피 하고 있는 처지라 강호의 소문에 어두웠던 것이다.

그들은 똑같이 생각했다.

'일월쌍괴가 무림에서 어떤 신분인데 이런 애송이의 하인이 된다는 말인가?'

믿기 힘들다는 표정들.

미처 판단하기도 전에 유검이 숫자를 헤아리기 시작했다.

"셋! 둘……!"

하나를 부를 시간이 되자 극한의 긴장 속에서 세 명의 고수들은 망설였다.

반대로 일월쌍괴의 표정은 담담했다. 명을 받은 이상 설령 죽는 한이 있더라도 이행할 수밖에 없으니까.

서로 이렇게 대조적인 분위기 속에 유검이 마지막 숫자를 불렀다.

"하나!"

월음괴는 손바닥을 떼어내며 뒤로 몸을 날렸다. 동시에 마주한 음산한 백발노인 역시 이빨을 꽉 깨문 채 쌍장을 거두고 뒤로 물러섰다.

잠시의 시간이 흘렀다. 다섯 명의 고수들은 모두 조금 전의 아슬아

슬하고 위험했던 상황을 떠올리며 가슴을 쓸어 내렸다. 최악의 경우 서로의 원기가 모두 탈진될 때까지 대결이 이어질 뻔한 것이다. 설령 이긴다 할지라도 극도로 소모된 원기로 내공의 소실이 있었을 것이 분명했다.

일양괴와 월음괴는 동시에 대나무 숲에 있는 유검을 향해 포권을 취하며 소리쳤다.

"주인님의 명 덕분에 저희 노복들은 다행히 하찮은 목숨을 구할 수 있었습니다! 주인님의 무한한 은혜에 감사드립니다!"

그 말에 대나무 숲의 세 고수들은 모두 깜짝 놀랐다. 정말로 일월쌍괴가 스스로 하인을 자처하다니?

일양괴가 세 고수들을 향해 포권을 취해 보이며 정중히 요구했다.

"저희 주인님을 돌려주시면 어떻겠소? 우리 두 늙은이들은 절대 그 은혜를 잊지 않겠소이다."

세 고수들은 최소한 한 배분 위의 강호 선배가 저렇게 예의를 갖춰 이야기하자 거절하기 힘들었다. 사실 따지고 보면 유검을 꼭 데리고 있어야 하는 것은 아니지 않은가? 진여영의 요구에 의해 시험을 치르기 위해서라고는 하지만 일월쌍괴와 얼굴을 붉히며 싸워야 할 정도로 큰 의미를 가진 것은 아니었다.

음산한 백발노인이 음침한 목소리로, 하지만 정중함을 담고서 예의 바르게 이야기했다.

"저희들은 눈이 있어도 도통 쓸모가 없군요. 태산을 앞에 두고서 몰라뵈다니. 알겠습니다, 저분 소협을 안전히 돌려드리……."

그의 말이 끝나기도 전에 진여영이 다급하게 소리쳤다.

"안 돼요! 그건 절대 안 돼요!"

관운장 수염을 가진 거구의 노인이 눈살을 찌푸렸다.

"왜 안 된다는 말이냐? 그분 소협은 이미 외인으로서 십방진 안으로 들어와 버렸다. 물론 본인의 의지는 아니며 너에 의해서 그리된 것이다. 우리는 그 일을 문책 삼아 너의 목숨을 앗을 수도 있다."

딱딱한 목소리로 그렇게 말하자 진여영은 할 말이 없었다. 하지만,

"어쨌든 안 돼요! 안 된단 말이에요!"

그녀가 계속해서 어거지를 쓰자 월음괴가 화를 버럭 내었다.

"이 쥐방울만한 계집년이 어디서 악을 써! 빨랑 우리 주인님을 내놓지 못해!"

말이 끝남과 동시에 찍 하고 그녀를 향해 지풍을 쏘아 보냈다.

본래는 바윗덩어리도 뚫을 정도로 강한 지력이었지만 십방진을 이루는 대나무 숲에 이르자 호수에 빠진 돌멩이처럼 흔적도 없이 사라졌다.

월음괴는 눈살을 찌푸렸지만 놀라지는 않았다. 이미 기진(奇陣)이 형성되어 있다는 것 정도는 알고 있었으니까.

외팔이노승이 그녀에게 말했다.

"아미타불… 빨리 그분 소협을 돌려드리도록 하거라. 말을 듣지 않는다면 우리가 직접 손을 쓰리라."

목소리는 인자하기 이를 데 없었지만 한 가닥 위엄을 갖추고 있어 거역하기 힘들었다.

하지만 진여영은 단호하게 고개를 저었다.

그녀는 왼손으로 비수를 집어 들더니 자신의 가슴을 겨누었다.

"손을 쓴다구요? 먼저 제 시체를 보고 나서 그리하시죠!"

일양괴가 버럭 화를 내며 소리쳤다.

"네년은 도대체 왜 그리 우리 주인님에게 집착하느냐? 혹시……."

일양괴는 묻다가 말을 멈추고 묘한 표정을 지었다. 혹시 사랑하기 때문이냐고 물을 뻔한 것이다.

유검이 소리쳤다.

"두 분은 모두 물러가십시오! 저는 이분 낭자와 조금 더 즐긴 다음… 하하핫! 그런 다음 돌아가겠습니다. 제 걱정은 마십시오!"

뜻밖의 말에 일월쌍괴는 어안이 벙벙해졌다.

'즐긴다고? 그럼 위협을 받아 저리 있는 게 아니란 말인가?'

진여영은 버럭 소리를 질렀다.

"누, 누가 너와 즐긴다는 거냐? 허튼소리 지껄이지 마라!"

"나원… 진매, 너무 부끄러워하지 않아도 돼요. 그대가 나를 이토록 원하는데 가긴 어딜 가겠소? 하하하."

"이… 이… 거짓말쟁이! 파렴치범! 색마! 나쁜 놈!"

진여영은 자신이 알고 있는 욕은 모두 동원했지만, 욕이란 것도 공부가 필요한 법이다. 규중보옥(閨中寶玉)으로 자랐으니 언제 거친 욕을 들어볼 때가 있었겠는가? 그래서 그 정도의 욕밖에 할 수가 없었다.

서로 저렇게 말다툼하고 있는 모습을 보니 과연 유검이 말한 대로 다정한 한 쌍의 연인처럼 보였다.

일월쌍괴는 얼굴을 붉혔다.

'우리가 실수를 해서 주인님의 즐거운 한때를 방해했구나. 나이가 들다 보니 그런 풍류를 짐작할 수가 있나. 어쨌든 방해하지 말고 돌아가는 게 좋겠다.'

두 늙은 괴물은 내심 유검에게 탄복한 바가 있어 진정 하인 노릇에 충실하려 했다.

월음괴가 소리쳤다.

"알겠습니다! 저의 노복이 필요하실 때에는 언제든지 불러주십시오!"

대나무 숲의 세 고수에게도 두 주먹을 맞잡고 흔들어 보여준 다음 일월쌍괴는 절묘한 경신술로 그 자리를 빠져나갔다.

한편 세 고수들은 어정쩡한 표정을 짓고 있었다.

진여영이 처음 유검을 데리고 왔을 때에는 마치 커다란 원한을 가진 듯했는데 지금 돌아가는 상황을 보니 마치 애정 다툼에 불과한 것 같지 않은가? 어떤 것이 진실인지 분간하기 어려웠다.

거구의 노인이 그녀에게 말했다.

"너는 그분 소협이 안으로 들어가는 방법을 물었는데, 또 다른 한 가지 방법이 있다. 그분 소협과 혼약을 이루거라. 그리고 저분 소협이 현원전단신공을 오성 이상 이루게 되면 그때는 들어올 수가 있게 된다."

그녀는 어이가 없는 표정을 짓다가 비단 폭 찢어지는 듯한 목소리로 악을 쓰듯 소리 질렀다.

"누가 혼례를 해요! 말도 안 되는 소리 말아요! 누가… 누가 혼례를!"

세 고수들은 더 이상 상대하기 싫은 듯 스르르 대나무 숲의 자기 자리로 되돌아갔다.

진여영은 다급히 그들을 향해 소리쳤다.

"잠깐만! 시험을 치르게 해줘요, 시험을!"

음산한 백발노인의 음침한 목소리가 짜증스럽게 말했다.

"조금 전 말을 못 들었느냐? 혼례를 치르고 현원전단신공을 오성 이상 성취하면 된다고 했잖느냐? 왜 그리 조급하게 구는 게냐? 시험을 치르면 백발백중 죽게 되고 말 텐데."

자신이 바라는 바는 바로 그 시험을 통해 유검이 실컷 고통을 느끼다 죽는 것이라고 말하고 싶었지만, 이들 세 고수가 일월쌍괴에 대해 꺼리는 만큼 그 말을 했다가는 오히려 자신이 불리해질 것 같았다.

그를 고통스럽게 할 방법도 없고 하다못해 마음속의 원한을 속 시원히 밝힐 수조차 없다니!

항상 오만하고 어떤 일이든 마음 먹은 대로 해오던 그녀는 유검에 대한 원한을 뜻대로 갚지 못하자 그야말로 억울해서 목에 메이고 눈물이 쏟아졌다.

울다 보니 부러진 오른쪽 손목이 쑤시고 아파와 더 서러워 울었다. 종내 엉엉 소리 내어 울고 말았다.

유검은 길게 탄식했다.

"울지 마오. 모두 내 잘못이외다."

그 말을 듣자 진여영은 더욱 서럽게 울었다.

원한을 갚아야 할 대상에게서 위로를 받다니 어찌 서럽지 않겠는가.

본래 유검은 여문에 대한 이야기를 들었을 때부터 만사가 귀찮았다. 진여영에게 암수를 당했을 때에도 될 대로 되라는 심정이어서 그녀에게 나오는 대로 말해 버렸다. 한데 그게 그녀의 마음에 더욱 큰 상처를 준 것 같아 미안한 마음이 들었다.

유검은 정신을 차리고 문양을 떠올렸다.

두 눈을 감고 집중해서 문양을 떠올리자 그의 주위로 다시 바람이 일기 시작했다. 물론 유검이 조절을 했기에 미풍에 불과했지만, 그것을 처음 보게 된 진여영은 놀라 뒤로 물러섰다.

문양을 떠올리자 새로운 기운이 전신 모공을 통해 들어왔다. 그녀가 쓴 산공독은 유검의 몸속에 깃든 모든 기운을 소멸시켜 버렸지만 새롭고도 무한한 기운이 들어와 빈자리를 금세 채워 버렸다. 그 기운은 전신을 돌며 남아 있는 여독(餘毒)까지 모조리 모공을 통해 몰아내어 버렸다.

유검이 엉덩이를 툭툭 털며 일어나자 진여영의 안색이 창백해졌다.

"나, 나를 속였군요! 일부러 중독된 척해서……!"

유검은 고개를 저으며 사정을 설명하려 했지만 막상 말하려니 쉽지 않았다. 오히려 더 큰 오해만 받게 될 것 같았다.

유검은 정중히 말했다.

"지난날 제가 소저에게 했던 무례를 부디 용서해 주십시오. 소저가 요구하는 어떤 벌이라도 달게 받겠습니다."

"흥! 이번에는 무슨 속셈이죠? 저를 안심하게 해서 무슨 이득이 생기나요? 사실대로 말해 보시죠. 여기는… 흥! 마음대로 하지 못할걸요? 여긴 진이 설치되어 있어요. 그 자리에서 한 발자국만 다른 곳으로 벗어나도 영원히 진을 헤매 다니다가 굶어 죽고 말걸요."

엄포를 놓기 위해 한 소리였지만 그 말에 스스로 깨달은 것이 있었다. 십방진 안에 있는 한 자신은 안전함을 깨달은 것이다.

그녀는 좀 더 여유를 가지고,

"좋아요. 단 한 가지 조건만 들어주면 용서해 주지요."

유검은 기뻐하며 물었다.

"그게 무엇이오? 설사 끓는 물에 들어가고 절벽에서 뛰어내리리라고 해도 하겠소이다."

"흥! 그래 봤자 그대는 멀쩡할 텐데 내가 왜 그런 조건을 내거나
요?"

유검은 습관적으로 나오는 말을 꺼내었는데, 그녀의 말을 듣고 보니
과연 그러했다. 끓는 물에 들어가거나 혹은 절벽에서 떨어진다고 해도
자신은 멀쩡할 것 같았다.

'하지만 만장절벽에서 떨어지라고 하면 나도 장담 못하지. 그런 생
각은 안 하는 것 같으니 다행이다.'

그녀는 눈빛을 빛내며 물었다.

"정말로 제가 시키는 대로 할 건가요?"

"물론입니다."

진여영은 잠시 입술을 질겅질겅 씹다가 말했다.

"그럼 시험을 치러요! 그렇다면 그 결과 여부에 상관없이 그대를 용
서하겠어요. 어때요, 할 용기가 있나요?"

"무슨 시험을요?"

유검은 시험에 대한 이야기를 나눌 때 정신을 잃고 있었기에 알지
못했다.

"무슨 시험이든 알아서 뭐 해요? 승낙할 건지 말 건지 빨리 말해요!"

유검은 고개를 끄덕였다.

"좋습니다. 무슨 시험인지 알게 뭐요? 하여간 그 시험이란 걸 받겠
소."

그리고 슬쩍 미소 지으며 말을 이었다.

"하늘나라 선녀가 원하는데 한낱 중생이 어찌 감히 거역하겠습니
까?"

진여영은 쳇! 거리며 숲의 고수들에게 소리쳤다.

"들었죠? 이제 시험을 치게 해주세요!"

딱딱한 목소리가 들려왔다.

"소협, 그 시험이란 것은 차마 인간으로 감내하기 힘든 것이외다. 실패하면 바로 재가 되어 죽어버리고 만다오. 다시 한 번 생각해 보시오."

진여영은 불안한 눈빛으로 유검을 돌아보았다.

"이제 와서 두말할 셈인가요? 남아일언중천금(男兒一言重千金)이라는데 설마……."

"하하하하핫!"

유검은 앙천광소를 터뜨렸다.

"이 유 모를 너무 우습게 보시는군요. 제 말이 비록 중천금만큼 값나가지는 않겠지만 제 생명보다는 무겁습니다."

그리고 대나무 숲의 고수들을 향해 소리쳤다.

"사정이 이와 같으니 빨리 시험을 치게 해주십시오!"

"휴우……."

긴 한숨 소리가 들려왔다.

"시험은 모두 세 단계로 나눠진다오. 규칙상 그 내용에 대해 말해줄 수는 없지만 그 고통이 용암 속을 헤엄치는 것보다 못하지는 않을 것이외다. 그래도 시험을 치르겠소?"

유검은 힘차게 고개를 끄덕였다.

진여영은 그 고통이 용암 속을 헤엄치는 것보다 못하지 않을 것이라는 말에 희색이 만연해졌다.

이제야말로 자신의 피맺힌 원한을 갚게 되는 것이다.

"시험 내용이 궁금해지는군요. 참으로 기대됩니다."

유검은 진여영이 기뻐하는 모습을 보고 진심으로 그렇게 말했다.

그리고 내심 생각했다.

'여인이 한을 품으면 오뉴월에도 서리 내린다던데… 나는 뜻밖에도 용암 구경을 하게 되었군.'

第七章

첫 번째 시험

첫  시험

관운장 수염을 지닌 거구의 노인이 나타나더니 유검을 좀 더 십방진 안으로 데리고 갔다.

유검은 그의 뒤를 바짝 따랐다. 한 발자국만 벗어나도 환영에 휩싸일 뿐만 아니라 진 속에 장치되어 있는 여러 가지 기관 장치를 건드려 위험하다며 노인이 그렇게 시킨 것이다.

진여영은 이미 길을 외우고 있기에 그 뒤를 느긋하게 따라갈 수 있었다.

대나무 숲을 벗어나니 사방이 절벽으로 둘러싸인 널찍한 공터가 나타났다.

공터 한가운데는 한 채의 전각이 보였는데, 노인이 데리고 간 곳은 그곳이 아니라 한쪽 절벽가였다. 그곳에는 끝을 알 수 없는 동굴이 시커먼 입을 벌리고 있었다.

노인은 하늘을 올려다보고 고개를 저었다.

"아직은 들어갈 수가 없다."

그렇게 말하고는 가부좌를 틀고 앉아 두 눈을 감아버렸다.

유검 등도 어쩔 수 없이 아무 데나 걸터앉고 밤하늘에 떠 있는 별들을 감상하며 무료한 시간을 보냈다.

얼마나 시간이 흘렀을까?

대략 삼경(三更:밤 11시~1시) 무렵 정도 되었을 때 노인은 두 눈을 번쩍 떴다.

"자, 시간이 되었다."

그리고 진여영을 향해 말했다.

"여기서부터 너는 들어갈 수 없다. 시험을 치르겠다면 가능하다만, 들어가겠느냐?"

진여영은 황급히 고개를 저었다. 그녀는 유검이 용암을 헤엄치는 듯한 고통을 받길 원하는 것이지 본인이 그런 고통받기를 원치는 않았다.

물론 유검이 고통스러워하는 모습을 직접 보지 못해 아쉽기는 했지만, 기다리며 상상하는 것만으로 만족하기로 했다.

노인은 동굴가에 준비되어 있는 횃불을 켜더니 유검을 데리고 시커먼 입을 벌리고 있는 동굴 안으로 걸어 들어갔다.

마치 지옥의 입구로 들어가는 듯한 느낌이었다.

본래 천연 동굴인 듯한데 누군가 손을 본 듯 곳곳에 사람의 손길이 닿은 흔적이 보였다.

동굴은 꽤 길었다. 가는 도중에 몇 군데 갈랫길이 나 있었지만 노인은 길을 잘 아는지 발걸음에 망설임이 없었다.

얼마나 걸어갔을까.

어느 순간 횃불이 아니라 어디선가 은은한 불빛이 새어 들어오는 듯했다.

과연 조금 더 길을 가자 거대한 광장이 나타났는데 천장이 뻥 뚫려 있어 그곳에서 별빛이 새어 들어오고 있었다.

노인은 유검을 광장의 중심으로 데리고 갔다. 그곳에는 옥으로 만든 듯한 침상이 있었는데 노인은 그곳을 가리키며 말했다.

"저 위에 앉아서 내일 이 시간까지 무사히 있게 되면 일 단계 시험은 합격이다."

이게 무슨 큰 어려운 시험인가 싶어 유검은 고개를 갸웃거렸다.

"그게 끝인가요?"

유검의 물음에 거구의 노인은 난색을 표했다. 두 눈을 감고 팔짱을 낀 채로 흔들흔들거리더니 곧 길게 한숨을 내쉬었다.

"이건 말해 줘도 되겠지. 대개 이 정도는 알고 들어오니까."

잠시 생각을 가다듬는 듯 수염을 쓰다듬더니 말을 이었다.

"내일 아침이 되면 저 위로 거대한… 거대한 태양이 떠오를 것이다. 그 태양은 너를 빛과 화염의 지옥으로 안내하게 된다. 너는 그 빛을 다스려야만 한다. 그렇지 않으면 타 죽게 될 것이다."

그리고 옥으로 만든 침상을 가리키며 말했다.

"저 침상은 만년한옥(萬年寒玉)으로 만든 것이다. 앉아보거라."

노인의 말대로 앉아보니 과연 서늘한 기운이 아래에서 올라왔다.

"그게 내일 조그만 도움을 줄 것이다. 큰 도움은 안 되겠지만. 나는 저기 광장 입구에서 너를 관찰할 것이다. 네가 자리에서 일어서는지 어떤지만 확인하는 것이다. 그리고 만일 못 참겠다면 나와도 된다. 시험을 통과하지는 못하겠지만 그래도 목숨이 더 소중하니까."

마지막 말은 유검에 대한 특별 배려였다.

본래 침상에는 시커멓고 무광택의 만년한철(萬年寒鐵)로 이루어진 여섯 개의 쇠사슬이 달려 있었고, 시험을 치르는 자는 이 침상에서 벗어나지 못하도록 그 쇠사슬로 묶여야 했다.

하지만 진여영의 요구가 있고 유검이 스스로 시험을 치르겠다고 해서 규칙상 데리고 오긴 했지만, 일월쌍괴가 주인으로 부르는 신분이니 함부로 목숨을 잃거나 하면 골치 아파진다. 게다가 내공 대결을 멈추게 해서 도움을 준 적도 있지 않은가. 그래서 그와 같은 호의를 베푼 것이다.

유검은 대략 그와 같은 사정을 눈치 채고 감사의 표시로 두 주먹을 마주 잡고 흔들어 보였다.

노인은 말했다.

"아침에는 조금 견딜 만하겠지만 태양이 점점 위로 올라가 중천에 이르게 되면 그 화기가 대단하다네. 언젠가 실험을 해본 적이 있는데, 무쇠덩어리를 놓아두었더니 녹아서 흘러내리더구먼. 미리 알아두는 게 좋을 걸세."

햇빛에 무쇠덩어리가 녹는다고?

유검은 믿기 힘들었지만 고개를 끄덕였다.

거구의 노인은 유검이 믿지 않는 듯하자 눈살을 찌푸렸지만 내일이 되어 경험해 보면 알아서 도망쳐 오겠지라고 생각했다.

"그리고 혹시나 해서 묻는 거네만… 무슨 양강기공이나 화기를 다스리는 공력 같은 것을 익힌 적이 있는가?"

"없습니다만… 필요한가요?"

거구의 노인은 묵묵히 유검을 바라보았다. 할 말을 잃은 듯했다.

"아닐세. 익히든 말든 본인 마음이지. 그럼 건투를 비네."

그 말을 끝으로 광장 입구로 가서 가부좌를 틀고 앉았다.

유검은 천장을 올려다보았다.

뻥 뚫린 천장 사이로 두 눈 가득 별빛이 들어왔다. 가만히 지켜보노라니 한 가지 이상한 점을 발견했다. 보통 밖에서 볼 때보다 별들이 훨씬 크고 밝은 것 같았다.

그리고 잠시 후 원형의 천장 한구석에 뭔가 빛이 나는 둥근 물체가 나타나기 시작했다. 뭔가 싶어 지켜보니 그 둥근 물체는 점점 솟아올랐는데, 한순간 그것의 정체를 깨닫고 망연자실해졌다.

그 둥근 물체는 달이었다.

그것도 보통 때보다 수십 배는 더 커 보이는 달이었다.

'도대체 어떻게 된 일이지?'

신기해서 한참을 그렇게 들여다보았다.

그러다 그것도 식상해지자 유검은 이번 기회에 검은 책 표지의 문양이나 익혀야겠다고 생각했다.

유검은 우선 처음 익혔던 문양을 떠올렸다.

언제나 그러하듯 한줄기 바람이 일었고 말 잘 듣는 강아지처럼 유검의 주위를 맴돌았다. 좀 더 집중하자 바람은 점차 강해져 갔다.

거구의 노인은 바람을 느끼고 감고 있던 눈을 떴다.

동굴 밖이 아니라 광장 안에서 바람이 불어오다니?

'천장은 뚫려져 있는 것처럼 보이지만 사실은 투명하고 볼록한 얼음으로 막혀 있다. 절대 바람이 들어올 수 없는데?'

한참 후에야 그 바람이 유검에게서 비롯된 것임을 깨닫고 그는 놀라

위했다. 그는 여태까지 몸 주위에 바람을 일으키는 신공에 대해서 아직 한 번도 들어본 적이 없었다.

'과연 일월쌍괴의 주인답게 신비한 무공을 익히고 있군.'

그렇게 생각하며 감탄했다.

유검은 첫 번째 문양에 대해서는 그럭저럭 되었다 생각하고 품속에서 궐음경이라 지칭하는 검은 책 표지를 꺼내 들었다.

그중에 처음 익혔던 문양의 바로 옆으로 손가락 끝을 가져다 대고 두 눈을 감았다. 그리고 손가락 끝에 모든 감각을 집중시켰다.

이번에는 두 번째라 조금 더 수월할 줄 알았는데 오히려 쉽지 않았다. 자꾸만 마음이 흩어져 버리고 집중력도 떨어져서였다.

아무리 애를 써도 도저히 문양의 감각을 느낄 수가 없었다.

"왜 이러지?"

뭔가 풀리지 않는 듯한 답답함에 조급한 마음이 들었다.

유검은 숨을 조식(調息)으로 가다듬고 처음 문양을 익혔을 때와 무엇이 다른지 곰곰이 돌이켜 보았다.

가만히 생각해 보니 이런 답답함은 예전에도 자주 느꼈었다. 무당산에 있을 때 상승의 검법을 처음 배우고 나서 익힐 때 자주 그런 답답함을 느꼈던 것이다.

검초의 변화를 이해할 수 없을 때 가슴이 터질 듯 답답했고, 뜻대로 움직여지지 않는 신체로 인해 자꾸만 흩어져 가는 검로(劍路)를 볼 때면 애가 타기도 했다.

그때마다 사부에게 꾸중을 들었다. 그리고는 입버릇처럼 말씀하셨다.

"항상 초심(初心)을 잃지 말거라."

그 초심이란 무엇인가?

검을 처음 쥐었을 때의 경외감이다. 자신과 타인의 생명을 다스리는 도구에 대한 신비롭고도 강렬한 교감이기도 하다.

유검은 처음 사부를 만났을 때 당신께서 보여준 검무를 아직도 생생하게 기억하고 있었다. 검이 휘둘러질 때의 아름다운 궤적에 넋이 나갈 정도였으니까.

그때는 어떠했던가?

그야말로 순수하게 검술을 익히는 일을 즐겼다. 아무 욕심도 없이, 다만 검을 쥐고 검술을 익힌다는 그 자체가 한없이 즐거웠던 것이다.

그게 바로 초심이었다.

'그렇구나. 지금 나는 즐기지 못하고 욕심을 내고 있었다. 그러니 집중력이 떨어질 수밖에.'

처음 문양을 발견했을 때, 그리고 그 문양이 가진 힘을 깨달았을 때 얼마나 놀랍고도 신비로웠던가? 다음 단계로 가고자 하는 욕심 때문에 그때의 즐거움을 오히려 잃어버리다니.

유검은 눈을 감고 명상에 들어갔다.

항상 무공을 연마하며 뛰어놀던 무당산의 정경을 떠올렸다.

눈이 시릴 듯 푸른 정오의 하늘, 시시때때로 끼는 새벽 안개, 굉음을 울리며 은하수가 쏟아져 내리는 듯한 밤 폭포…….

바닥에서 서늘한 기운이 올라와 마음을 안정시켜 주었고 한여름밤의 무더위를 식혀주었다.

한참을 그렇게 있노라니 산을 내 집 앞마당처럼 뛰어놀던 개구쟁이
가 된 기분이었다.

유검은 조용히 미소 지으며 다시 손끝에 감각을 집중시켰다.

여전히 느낌은 오지 않았지만 이번에는 조급해하지 않았다. 그냥 오
면 좋고 안 와도 할 수 없다는 기분으로 그렇게 있었다.

시간이 얼마나 지났을까?

손끝의 점이 꿈틀거리더니 조금씩 커지기 시작했다.

즐거운 기분으로 그것을 지켜보고 있으려니 그 동그란 점은 점점 더
커져 자신을 삼키고 그때처럼 순식간에 우주까지 삼켜 버렸다.

광대무변한 우주에 또다시 홀로 있게 되었다.

보석 같은 별들이 가득 펼쳐진 암흑을 망연히 들여다보니 이 세계가
어떤 문양을 하고 있는지 느낄 수 있었다.

이(二) 자에서 왼쪽 끝이 닫혀진 그런 문양이었다.

그것을 자각하자 예의 친숙한 붉고 흰 뱀이 나타났다. 이번에는 임
독맥이 아니라 허리띠를 차는 것처럼 대맥(帶脈) 주위를 돌았다.

곧 의식이 하얗게 변했다가 다시 현실 세계로 돌아왔다.

유검은 조용히 눈을 떴다.

몸 구석구석을 살펴보니 약동하는 활력을 느낄 수 있었다. 이전과
비슷하지만 뭔가 조금 다른 느낌이었다.

'이번에는 어떤 힘일까?'

유검은 문양을 떠올린 채로 주먹에 권경을 담고 가볍게 내뻗어보았
다.

쉬—익!

한줄기 권풍이 쭉 뻗어 나갔다.

유검은 미간을 찌푸렸다.

처음 문양을 터득했을 때와 별다른 점을 발견하지 못한 것이다. 다시 몇 번 더 권경을 뻗어보며 자세히 관찰을 해보았다. 한 가지 다른 점이 있었다.

'소리가 다르다!'

주먹을 내뻗었을 때가 아니라 권경이 공기를 뚫고 나아갈 때의 소리가 달랐다. 보통 때보다 훨씬 날카로운 소리였다. 그리고 그 소리는 훨씬 오래, 길게 지속되었다. 마치 긴 휘파람 소리 같았다.

그것은 내뻗은 권경이 흩어지지 않는 것이 아니라 오히려 날카롭게 모여져 길게 뻗어 나간다는 사실을 의미했다.

유검은 이번에 검지만을 편 채로 찍 하고 지풍을 갈겨보았다.

핑!

마치 당겨진 활시위를 놓는 소리가 났다. 맑고 날카로운 소리였다. 동시에 퍽! 하고 지풍이 벽을 두들기는 소리가 연이어 들렸다.

유검은 감탄하며 놀라워했다.

광장 끝 부분까지의 거리가 최소한 이십 장(二十丈:60미터)은 넘어 보였다. 그런데 가볍게 내뻗은 지풍이 그곳까지 도달한 것이다. 그것도 검지를 내뻗음과 동시에 벽에 닿을 정도로 빠른 속도였다.

마치 시위를 벗어난 화살과 같다는 생각이 들었다. 아니, 날카로운 위력을 보자면 차라리 창이라고 하는 게 더 어울릴 듯싶었다.

유검은 몇 번 더 허공을 찔러보고 고개를 끄덕였다.

'그렇구나. 이 문양은 기운을 한 군데로 모아 날카롭게 만드는 힘을 가졌구나.'

날카로움은 똑같은 힘이라 할지라도 더 강한 파괴력과 절단력을 지난다. 힘이 집중될수록 더 강해지는 것이다. 주먹보다 검이나 창이 더 위력적인 것과 같은 이치였다.

처음의 문양이 마치 내공을 익히는 것과 유사했다면, 이번 문양은 그 힘을 날카로운 검으로 바꿔주는 것이라 할 만했다.

'검(劍)'이라는 느낌에 유검은 움찔했다. 검을 쥐어서는 안 된다는 사부의 엄명이 떠올라서였다.

'실제 검은 아니니까…….'

그렇게 애써 자위하며 이번 문양의 힘을 응용할 방법들을 계속 연구해 나갔다.

이번에는 수도(手刀)를 만들어 허공을 베어보았다. 마치 검이나 도를 휘두를 때처럼 날카로운 파공성과 함께 예리하게 공기 층을 갈라놓는 느낌이 났다.

유검은 더욱 곤혹스러워졌다.

점점 검이나 도의 느낌이 강해지는 것이다. 직접 검을 쥐지 않고도 이 문양의 힘이라면 단지 수도만으로도 검초를 발휘할 수도 있겠다 싶은 생각도 같이 들었다.

만약 이 수도를 통해 무형의 검이나 도를 만들고, 그것으로 초식을 펼친다면 제아무리 고수라 할지라도 막거나 피하는 게 쉽지 않을 것이다.

그뿐 아니라 검 자체가 지닌 유한성 때문에 어쩔 수 없는 한계를 지닌 검술의 변화가 그 끝을 알 수 없는 경지로 갈 수 있는 초입이 될 수도 있다.

가히 검술의 새로운 혁명이 일어나는 것.

그 외에도 실전을 통해 연구해 보면 이 문양의 효용성은 가히 무궁

무진할 것이다.

유검은 애써 떠오르는 생각들을 지워 버렸다.

역시 검이라는 느낌이 강해 사용하기는 힘들 것 같았다.

거구의 노인은 휙휙 하는 파공성이 들리자 의아하게 생각했다.

'검술을 연마하는 중인가? 그런데 검을 들고 있지는 않은 것 같은데?'

달빛이 환해서 유검이 있는 자리는 대낮처럼 환하게 볼 수가 있으니 분명 검이 없는 것을 두 눈으로 똑똑히 확인할 수 있었다.

'설마 하니 내 눈으로도 쫓을 수 없을 정도로 빠른 쾌검이란 말인가?'

노인으로서는 그렇게밖에 생각할 수 없었다.

유검은 일단 두 개의 문양을 구별하기 위해 각기 이름을 붙였다.

우선 첫 번째 문양은 미친 듯 바람이 일어나게 만드니 광풍(狂風)이라 하였다. 그리고 두 번째 문양은 기운을 날카롭게 만드니 예풍(銳風)이라 이름하였다.

두 번째 예풍을 응용할 방법을 궁리해 보다 문득 한 가지 생각이 떠올랐다.

'첫 번째 문양인 광풍과 연계해서 펼쳐 보면 어떨까?'

미룰 이유가 없으니 즉시 실행으로 옮겼다.

먼저 광풍의 문양을 떠올렸다.

즉시 한줄기 바람이 일어 유검의 주위를 맴돌았다. 어느 정도 힘이 형성되는 것을 기다려 바로 두 번째 예풍의 문양을 떠올렸다.

이렇게 두 개의 문양을 연결시키는 일은 의외로 쉬웠다. 먼저 임독맥을 따라 돌던 붉고 흰 뱀이 대맥으로 자리를 이동했다. 그리고 주위를 맴돌던 바람은 흩어지지 않고 압축되기 시작했다.

위이이잉―!

압축이 될수록 바람이 도는 속도는 빨라졌다. 괴이한 울음소리를 내며 자기 꼬리를 물려는 뱀처럼 계속해서 돌았다.

그렇게 달무리처럼 유검을 중심으로 날카로운 바람의 원륜이 형성되어 나갔다. 그 기세는 날카롭기 그지없었다.

여섯 개의 만년한철로 된 쇠사슬이 바람에 휩쓸려 끊어질 듯 출렁거렸다. 돌로 이루어진 지면에 단단히 박혀 있던 만년한옥의 침상도 바람의 기세에 덜컹거렸다.

유검은 그 바람과 의식을 교감하고 있었는데, 이놈을 어찌 다스려야 할지 난감했다.

'일단 모아보자.'

그렇게 생각하고 의념을 집중시켜 나갔다. 십 장, 오 장, 삼 장, 이 장… 차츰 원륜은 줄어들었다. 대신 그 기세와 날카로움은 몇 배로 강해졌다. 이윽고 크기는 일 장(一丈:3미터) 정도에서 더 이상 줄이지 못했다. 더 이상 압축시키기 힘들었던 것이다.

만년한철로 된 쇠사슬 중 두 가닥이 끊어져 나가고 만년한옥으로 만든 침상 모서리가 빠르게 깎여 나갔다.

"무슨 일이냐?"

거구의 노인은 규칙상 시험자에게 말을 걸 수가 없음에도 도저히 참을 수 없어 소리치고 말았다.

유검은 이대로는 안 되겠다 싶어 바람의 기운을 흩어버리려고 했다.

하지만 한순간 달리 마음을 먹었다.

전신의 모공을 모두 열고 그 기운을 체내로 받아들이기로 한 것이다.

터질 듯 압축되어 있던 바람의 기운이 물밀듯 유검의 내부로 들어왔다.

유검은 만근거석에 갇혀 버린 듯한 압력을 느껴야만 했다. 그의 신체가 거의 금강불괴에 이르지 않았다면 그 힘을 못 이겨 터져 버리고 말았을 것이다.

원륜은 곧 붉고 흰 뱀을 따라 대맥의 주위를 돌기 시작했다.

그 순환하는 힘을 이기지 못해 유검의 신형은 바람에 날리는 연처럼 미친 듯 흔들렸다.

'이대로 가다가는… 설마 주화입마되는 것 아닐까?

내심 그런 불안이 들었다.

애써 불안감을 떨쳐 버리고 두 번째 예풍의 문양을 더욱 강하게 떠올렸다. 문양의 힘은 대맥을 따라 돌고 있는 원륜을 더욱 압축시켜 나갔다. 그러자 점점 줄어들더니 배꼽 아래 단전(丹田) 부위에 모두 모아졌다.

'이제 어떻게 할까?

예풍의 문양을 지우는 순간 극도로 압축되어 모여진 이 힘은 그대로 터져 버리고 말 것이다. 어쩌면 자신의 신체도 무사하지 못할 것이다.

일단 서서히 풀어서 흩어버리려고 했으나 거의 불가능할 정도로 어렵다는 것을 깨달았다.

유검은 난감해졌다.

이대로 계속 문양을 떠올리고만 있을 수는 없는 노릇이다. 한순간 집중력이 떨어져 문양을 놓치고 만다면 그 결과는 상상하기 두려울 정도였다.

이왕 이렇게 된 것 예풍의 문양에 더욱 집중했다. 단전에 몰려든 원륜의 힘도 더욱더 압축되어 나갔다. 종내 깨알보다 더 작게 변해 버렸다. 하지만 크기에 반비례하여 위험성은 더욱 높아져 갔다.

진퇴양난(進退兩難)!

유검은 이러지도 못하고 저러지도 못한 채 예풍의 문양에 필사적으로 매달렸다. 집중력이 떨어져 그 문양을 놓치면 큰일 날 테니까.

지켜보고 있던 거구의 노인은 그제야 안심했다. 유검의 내부 사정이야 어찌 되었든 겉으로 보기에는 바람도 멈추고 평안을 되찾은 것처럼 보였으니까.

얼마나 시간이 지났을까?

저 멀리서 먼동이 터오며 광장 안이 서서히 밝아져 갔다. 그리고 천장으로 거대한 태양이 모습을 드러내는 순간부터 광장 안의 온도는 서서히 높아져 갔다.

거대한 태양으로부터 쏟아져 내리는 찬란한 빛의 홍수는 모두 유검이 앉아 있는 한곳으로 집중되어 있었다.

유검은 모든 의식을 예풍의 문양에 집중하느라 아침이 온 줄도 모르고 있었다. 다만 머리 부위가 불덩어리처럼 뜨거워지는 것을 느꼈다.

집중력이 흩어질까 봐 더욱 예풍의 문양에 집중했는데, 그 기운을 모으는 힘은 여전하여 머리 정수리로 쏟아지는 빛과 열기 역시 단전으로 모여들게 만들었다.

그 빛과 열은 얼떨결에 단전으로 들어와 어리둥절해하더니 곧 거대한 기운이 응축되어 회전하고 있는 한 점으로 빨려 들어가 버렸다.

시간이 흘러 태양은 점점 중천(中天)으로 떠올랐고, 이에 유검의 머리 부위로 쏟아지는 빛의 양과 질이 한층 더 강렬해져 갔다.

지켜보던 거구의 노인은 연신 수염을 쓰다듬고 있었다.

두 눈은 부릅뜨고 있었는데, 도저히 눈앞의 광경을 믿을 수가 없다는 표정이었다.

유검은 마치 하얀 빛으로 둘러싸인 듯했다. 눈이 부셔 지켜보기 힘들 정도였다.

저런 상태라면 머리카락은 이미 재가 되어 있어야 하고, 살이 타면서 연기가 모락모락 피어올라야 했다. 하다못해 입고 있는 옷이라도 타서 재가 되어야 마땅했다.

아니, 그 이전에 유검이 화기를 견디지 못하고 벌써 도망쳐 나와야 정상인 것이다.

그런데 아무 일 없다는 듯이 멀쩡히 앉아 있다니?

시간이 흐를수록 수염을 쓰다듬는 그의 손길은 자꾸만 빨라져 갔다.

한편 유검은 머리에 쏟아지는 빛과 열을 단전 안으로 농축시키면서 필사적으로 해결 방법을 찾고 있었다.

겉으로는 멀쩡해 보였지만 위험은 점점 더 가중되고 있었다.

애당초 있던 바람의 원류만 하더라도 위험하기 짝이 없었는데, 자꾸만 빛과 열을 흡수하며 그 기운은 증대되어 가는 중인 것이다. 예풍의 문양이 지닌 힘으로 언제까지 이 힘을 통제할 수 있을지는 미지수였다.

당장이라도 터져 버릴 것만 같았다.

그때 예전 기이한 노인에게서 들었던 말이 떠올랐다.

"그것은 궐음경(厥陰經)이란 것으로 아득한 옛날부터 전해져 오는 것이다. 말하자면 궐음루라는 바람의 술집을 제대로 찾아갈 수 있는 지도와 같은 것이네. 그리고 덤으로 그 주루를 이용하는 방법도 적혀 있지. 주루는 모두 여덟 층으로 이루어져 있는데, 위로 올라갈수록 나오는 그 술맛이 더욱 기가 막히다고 들었다네. 나중에 맛보거든 나에게도 귀띔해 주게나. 껄껄."

유검은 곰곰이 생각을 정리해 보았다.
'지도와 같은 것이라고? 궐음루라는 바람의 술집을 찾아갈 수 있는?'
곰곰이 따져 보면 일단 첫 번째 광풍의 문양을 깨우친 때부터 자신은 그 궐음루라는 바람의 술집을 찾은 것이나 마찬가지 아니겠는가.
그렇다면 그 다음부터는 그 술집을 이용할 수 있는 방법만이 남았다. 아마 그 궐음경의 문양이 바로 그것일 것이다.
'혹시 나는 너무 문양에만 집착하고 있던 것은 아닐까?'
사실 중요한 것은 바로 술집 그 자체가 아닌가? 술집에 들어간 이상 아무리 이상하다 해도 이것저것 하다 보면 이용할 수 있는 방법을 스스로 깨우칠 수도 있는 법이다.
한 가닥 희망이 생겨났다.
유검은 단전 안에 기생(?)하고 있는 원륜 그 자체의 존재에 대해 관조하기 시작했다.
빛이라는 이물질이 끼어들기는 했지만, 간단히 말해 바람 아닌가. 바람은 기운을 말함이다. 그 역동적인 힘을 일컬어 바람이라고 한다.

말장난 같지만 다시 말해 항상 움직이기 때문에 바람인 것이다. 멈추
는 순간 바람이라는 존재 그 자체는 소멸되고 만다. 애당초 어디에도
있지 않던 존재인 것이다.

이 바람의 기운이 이렇게나 응축되어 위험하게 변한 것은 간단히 말
해 두 번째 예풍의 문양 때문이다. 기운을 예리하게 응축시키는. 그리
고 달리 이 상태에서 움직이게 만드는 힘은 없다. 아마도 궐음경을 연
구하다 보면 그런 힘을 가진 다른 문양이 있을지도 모른다. 다만 이 상
태에서는 그것을 찾기가 불가능하다. 어쨌든 이 두 번째 예풍의 문양
을 지울 수가 없으니까.

한 가지 생각이 떠올랐다.

'두 개의 문양을 한꺼번에 떠올리면 어떻게 될까?'

아마 그것이야말로 '문장' 이 될 것이다.

다만 광풍의 문양은 지금 사태를 해결하는 데 별다른 도움이 되지
않는다고 판단했다.

그렇다면…

'새로운 문양을 개발하는 수밖에.'

다시 말해 원륜을 자유자재로 움직이게 할 수 있는!

유검은 떠올려진 예풍의 문양을 자신의 의지로 변화를 줘봤다.

조심스레 다물어진 부분은 그대로 두고 입을 벌리고 있는 부분을 바
깥으로 열어보았다.

순간 머리를 통해 단전으로 모여드는 빛의 양이 적어지는 것을 느꼈
다. 대신 머리에 빛의 잔류가 남아 뜨거워져 왔다.

다시 문양을 원상태로 만든 다음 이번에는 벌리고 있는 부분을 안으
로 조금씩 닫아보았다. 머리를 통해 들어오는 빛의 양이 증가하면서

단전 내의 원륜이 더욱 압축되려 했다.

위험할까 봐 황급히 문양을 원상태로 되돌려 놓았다.

유검은 자신의 짐작이 옳았음을 깨닫고 내심 기쁨이 치솟았다.

'그렇다면……!'

한 가지 아주 위험한 시도를 해보기로 했다.

자칫 목숨이 날아가 버릴지도 모르지만 이 상태로 있을 수는 없으니 도전해 보는 수밖에 없는 것이다.

밑이 터진 삼각형 꼴의 문양에서 조심스레 양쪽 끝을 안으로 오므리기 시작했다.

새로운 변화에 원륜이 지극히 불안정해졌다.

유검은 황급히 문양을 원상태로 되돌렸다.

'이렇게는 안 된다. 만약 한다면 한순간에 해치워 버려야 한다!'

유검이 의도하는 바는 벌어진 양쪽 끝을 하나로 모아서 전체적으로 원형의 문양을 만들려는 것이었다.

유검은 숨을 고르면서 집중력을 극도로 끌어올렸다.

'하나… 둘… 셋!'

단숨에 양쪽 끝을 안으로 오므렸다.

그렇게 문양이 원이 되는 순간 유검은 자신의 의도가 성공했음을 깨달았다.

원륜은 마치 하나의 보호막으로 둘러싸인 듯 안정감을 찾은 것이다.

그리고 또 한 가지 즉각적으로 느끼지 않을 수 없는 것은 머리로 쏟아지는 빛이 더 이상 단전으로 흡수되지 않는다는 사실이었다.

마치 용암 속에 머리를 집어넣은 듯 급격하게 뜨거워져 왔다. 스스로 알지 못하고 있지만 머리카락과 수염은 이미 다 타버렸을 정도였다.

다시 말해서 유검은 자신도 모르는 사이에 화상처럼 민대머리가 되어 있었던 것이다.

해결 방법은 하나뿐이라 생각했고 망설일 여유도 없이 즉각 실행에 옮겼다. 원륜을 밖으로 발출한 다음 예풍의 문양으로 빛을 다시 모으면 되는 것이다.

일단 단전에 있는 원륜을 천천히 위로 끌어올려 보았다. 보호막으로 둘러싸인 듯했기에 움직이는데도 불구하고 별다른 위험은 느끼지 못했다. 안전하다는 것을 깨닫는 순간 재빨리 수양명대장경(手陽明大腸經)으로 보냈고, 동시에 검지를 쭉 하늘로 치켜 올렸다.

뭐라고 표현해야 할까?

바람과 빛이 고도로 농축된 원륜은 유검의 검지를 통해 발출된 순간부터 원형의 문양이 가지는 구속력으로는 더 이상 제어되지 못했다.

그것은 사나운 빛과 바람의 용이 되어 검지가 가리키는 천장을 향해 공기를 찢어발기며 위로 솟구쳤다. 그 광경은 마치 거대한 빛의 기둥이 세워진 듯한 착각이 들었다.

한순간 광장 안은 괴이하게도 하얀 수증기로 가득 찼다. 맹렬하게 몸부림치는 바람과 함께 미친 듯이 춤을 추었다.

본래 천장에는 거대한 얼음덩어리가 놓여져 있었다.

만년한옥으로 뼈대를 만들고 그 위에 통째로 거대하고 볼록한 얼음덩어리를 올려놓았던 것인데, 유검의 검지에서 발출된 빛과 바람의 용에 의해 순식간에 증발되어 수증기로 변해 버린 것이었다.

이러한 사실을 알지 못하는 유검은 멍청한 표정으로 위를 바라보았다. 수증기 사이로 보이는 해는 더 이상 거대하지 않았다.

유검은 어찌 된 영문인지 모르고 멍하니 넋이 나가 있었지만, 그래도 관운장 수염을 한 거구의 노인에 비한다면 지극히 정상이라고 해야할 것이다.

거구의 노인은 입을 쩍 벌린 채 두 눈은 더 이상 벌어질 수 없을 만큼 부릅떠져 있다.

그 다음 순간 그는 돌연히 자신의 이마를 탁 쳤다.

"이런, 이런! 내가 깜빡 졸다니! 하지만 꿈도 요상하군. 그래도 조금은 현실감이 있어야 할 것 아닌가 말이야."

그는 뚜벅뚜벅 유검에게로 걸어가더니 어깨를 툭툭 쳤다.

"이봐, 미안허이. 자네가 위험하지 않도록 조금 더 관심을 기울였어야 하는 건데 졸아버리다니 말일세. 하지만 걱정 말게나. 곧 잠에서 깨어나서 지켜봐 줄 테니까."

그러면서 민대머리로 변한 유검의 머리를 말똥말똥한 눈으로 바라보았다.

유검 역시 두 눈만 말똥거렸다. 뭔가 자신이 잘못을 저지른 게 아닐까 생각하는데 이런 엉뚱한 이야기를 듣게 되었으니 이해할 수 있을리가 없었다.

그때 급박한 타종 소리가 들려왔다.

땡! 땡! 땡! 땡!

"저게 무슨 소리죠?"

유검의 물음에 거구의 노인은 허허 웃으며 말했다.

"이번 꿈은 정말 재미있군. 저 종소리는 이 금역 안으로 강적이 침입했다는 신호일세."

"예? 그렇다면 나가봐야 하지 않습니까?"

“흠… 괜찮네, 괜찮아. 꿈인데 무슨 일이 벌어진들 상관있겠나? 근래 있었던 큰일이라고는 자네와 그리고… 아, 가주가 한 소녀를 데리고 온 것밖에 없다네. 갑자기 강적이 쳐들어올 일은 없는 게지.”

“소녀요?”

“흠… 소년 같은 느낌이 드는 소녀였는데 이름이 화라고 했던가? 하여간 특별히 보호가 필요하다고 해서 가주가 데리고 들어왔지.”

화라는 말을 듣는 순간 유검은 깜짝 놀랐다. 설마 하니 이곳에 있었을 줄이야.

“그 소녀는 어디에 있습니까?”

“들어오면서 세워져 있는 전각을 봤지? 그 안에 있다네.”

극비 사실일 텐데도 여전히 꿈이라고 생각하는 건지 술술 말했다.

유검은 망설였다. 진여영이라는 여인과의 약속을 지키기 위해서는 계속 시험을 치러야 하지만 화의 소식을 듣고 가만히 있기도 힘들었다.

화에게 도와주겠다는 약속을 한 적이 있었다. 하지만 자신은 그 약속을 제대로 지키지 못했다.

땡! 땡! 땡! 땡……!

강적의 침입을 알리는 타종 소리는 계속해서 들려왔다.

화에게 무슨 일이 있을 것 같은 불안감이 들었다.

유검은 더 이상 참지 못하고 벌떡 일어났다.

거구의 노인에게 두 주먹을 감싸 쥐며 말했다.

“죄송합니다. 더 이상 시험을 치르지 못하겠습니다. 저에게 할 일이 있어 빨리 나가봐야 할 것 같군요. 아, 그리고 지금 왜 꿈이라고 생각하는지는 몰라도 제게는 분명한 현실입니다.”

노인의 답변을 기다리지도 않고 광장을 벗어나 동굴로 달려갔다.

거구의 노인은 고개를 갸웃거렸다.

"꿈이 아니라 현실이라고? 거참, 희한한 소릴 다 하는군."

바닥에는 수증기가 다시 물이 되어 개울 지어 흐르고 있었다. 철벅철벅거리며 노인은 다시 동굴 쪽으로 걸어가다가 미간을 찌푸렸다.

발바닥에 와 닿는 물의 느낌이나 소리 등이 너무 생생하다고 여겨졌던 것이다.

"정말로… 꿈이 아니란 말인가?"

그 말을 꺼내는 순간 노인의 안색은 딱딱하게 굳어졌다. 타종 소리는 여전히 급박하게 울리고 있었다.

*　　　*　　　*

동굴 밖으로 나오는 순간 유검은 암습을 받았다.

흑두건으로 얼굴을 가린 흑의복면인 중의 하나가 어딘가를 향해 달려가는 중이었는데, 동굴에서 유검이 나오는 것을 보고 즉시 검을 날린 것이다. 검날을 비스듬히 아래에서 위로 쳐올리는 검초로 스스로의 방어를 전혀 무시하고 공세만을 취한 지독한 초식이었다.

유검은 문양을 익혀 바람과 의식이 교감되고서부터 주위의 기척에 대해 상당히 민감해져 있었다. 그래서 시야 밖에서 이루어진 갑작스런 암격임에도 불구하고 미리 감지를 하여 여유있게 대처할 수 있었다.

"누구냐! 정체를 밝혀라!"

호통을 치며 손등으로 검날을 쳐버렸다. 땅! 하며 검이 두 동강이 났다.

흑의복면인은 깜짝 놀라 그 자리에 멈춰 섰다. 유검은 몸을 퉁겨 앞으로 나아가 그의 어깨를 잡으려 했다. 순간 손아귀가 그의 어깨에 미처 닿기도 전에 갑자기 두 줄기의 검풍이 좌우에서 기습해 왔다.

유검은 서둘지 않았다. 먼저 오른발을 들어 흑의복면인의 가슴을 차 버리고, 다음 빙글 몸을 돌리면서 권경을 담은 두 주먹을 좌우로 뻗었다. 이 순간 예풍의 문양을 떠올렸기에 권풍의 기세는 날카롭기 그지없었다.

발에 가슴을 얻어맞은 흑의복면인은 피를 토해내며 뒤로 날아가 버렸다. 특수한 훈련을 받았는지 고통이 대단할 텐데도 신음 소리 하나 흘리지 않았다.

우측에서 기습한 검에는 처음 흑의복면인과 같은 악랄한 냄새가 풍겨왔다. 유검이 힐끔 바라보니 역시 흑두건으로 얼굴을 가린 흑의복면인이었다. 사정을 봐줄 생각은 없었기에 내뻗은 권경으로 그의 검을 산산조각 내어버렸다. 파괴된 검의 파편이 미처 피할 새도 없이 그의 전신을 덮쳤다. 그중의 하나는 그의 가슴과 심장을 뚫고 순식간에 등 뒤로 빠져나가 버렸다. 흑의복면인은 고통을 느낄 새도 없이 즉사했다.

그리고 좌측에서 기습한 검과 유검의 주먹이 맞부딪쳤다. 그 순간 유검은 그 검이 서늘한 한기를 내뿜는 보검이라는 것을 깨달았다. 이상한 느낌이 들어 주먹의 등으로 보검을 옆으로 쳐버리고 손바닥을 펴서 상대의 가슴을 향해 뻗었다.

물컹하는 감촉을 느끼게 되자 뭔가 아니다 싶어 급격히 힘을 빼버렸다.

"아아아악—!"

날카로운 비명 소리가 울려 퍼졌다. 그제야 유검은 기습해 온 상대가 진여영임을 깨달았다.

보검은 날아가고 진여영은 피를 울컥 토해내면서 비틀비틀 뒤로 물러서고 있었다.

"소저!"

유검은 재빨리 그녀에게 다가가 쓰러지는 것을 부축했다.

본래 그녀는 한 명의 흑의복면인과 싸우고 있었다.

또 다른 흑의복면인 하나가 동료를 돕기 위해 달려오다 유검과 맞부딪쳤던 것인데, 처음 흑의복면인 역시 먼저 강적부터 물리치기 위해 그녀를 피해서 합격을 펼쳤었다. 그리고 진여영은 동굴에서 유검이 나오는 것을 보고 갑자기 원한이 솟구쳐 그를 향해 검을 날리게 된 것이다.

상황이 이렇게 묘하게 비틀려진 것을 유검이 어찌 짐작이나 했겠는가.

유검의 품에 안긴 그녀는 또 한 모금의 선혈을 울컥 토해내고는 힘겹게 입을 열었다.

"거, 거짓말쟁이……."

그 한마디에 그녀가 왜 암습을 해왔는지 유검은 알 수 있었다. 자신이 시험을 다 치르지도 않고 나왔기 때문이란 것을.

유검은 미안했다. 사정이야 어찌 됐든 약속도 어기고, 게다가 그녀에게 상처까지 입히지 않았는가.

손가락을 그녀의 코끝에 대어보니 숨결이 미약했다. 빨리 치료하지 않는다면 목숨이 위험할지도 모른다.

유검은 재빨리 좌우를 돌아보았다.

공터에 세워진 전각 주위로 흑의복면인들 십여 명이 쭉 둘러싼 채 있었는데, 그중의 몇 명이 이쪽을 향해 빠르게 달려오고 있었다.

'저들은 누구지? 여긴 무림맹 안 아닌가? 도대체 다른 사람들은 모두 어디로 갔단 말이지?

아무래도 흑의복면인들은 마교의 인물들로 보였다. 그렇지 않다면 무림맹을 습격할 만한 무리가 또 어디 있겠는가. 그렇다면 군이 그들에게 인정을 베풀 필요는 없을 것이다.

어쨌든 심상치 않는 일이 벌어진 것 같았다.

유검은 이미 정신을 잃은 그녀를 안아 들고 전각 쪽을 향해 달려갔다.

흑의복면인들이 길을 가로막으며 다짜고짜 검을 휘둘러 왔다. 유검은 진여영을 안고 있었기에 혹시 그녀에게 충격을 줄까 봐 광풍의 문양은 떠올리지 못했다. 대신 예풍의 문양을 떠올려 날카로운 지풍을 그들에게 선사했다.

찍찍! 하는 소리와 함께 날카로운 지풍은 화살이 되어 그들에게 쏘아졌다.

흑의복면인들의 오른쪽 어깨에서 일제히 피가 뿜어졌다. 그들은 비틀거렸지만 재빨리 검을 왼손으로 움켜쥐고 여전히 살기등등하여 다가왔다. 역시 신음 소리 하나 내지 않았다.

유검은 또다시 손가락으로 그들을 향해 찍어 눌렀다. 찍찍 하는 소리와 함께 그들의 왼쪽 어깨에서도 일제히 피가 뿜어졌다.

피하기에는 지풍이 너무 빨랐다. 그리고 거칠 것이 없었다. 검이 가로막으면 검이 박살나고, 손으로 막으면 손바닥에 구멍이 뚫렸다.

흑의복면인들은 양손을 모두 쓸 수가 없게 되었는데도 불구하고 무조건 돌진해 왔다.

유검은 기가 질리는 느낌이었다.

할 수 없이 주먹을 들어 그들에게 가볍게 내뻗었다. 몇 덩이의 권경이 날아가 그들의 가슴을 쳤고, 그제야 흑의복면인들은 선혈을 내뿜으며 뒤로 쓰러지더니 더 이상 움직이지 않았다.

유검은 쓸데없는 살생을 원치 않았기에 그들의 마혈을 제압하고 싶었지만, 그보다는 일단 적의 공격력을 깎아내려야 한다는 판단에서 검을 쥔 오른쪽 어깨만 상처를 낸 것이었다. 하지만 이들이 이토록 지독한 독종들일 줄이야 미처 예상치 못했다.

피비린내에 속이 메슥거렸다.

그 광경을 목격한 흑의복면인들 중 하나가 품속에서 호각을 꺼내어 있는 힘껏 불었다.

삐이익―!

날카로운 호각 소리가 허공을 갈랐다.

유검은 당당한 걸음걸이로 전각을 향해 다가갔다. 감히 그의 앞을 가로막는 이는 없었다. 흑의복면인들도 불감당을 깨달았는지 좌우로 퍼져 포위할 뿐 유검에게 달려들지는 않았다.

전각 앞으로 다가가자 한 명의 거한이 그곳에서 천천히 걸어나왔다.

"흥, 쥐새끼치고는 대담하군!"

그의 목소리는 거종을 울리는 듯했다.

거한은 상체를 벗어젖힌 모습이었는데 울퉁불퉁한 근육들이 마치 우람한 산맥처럼 보였다.

유검은 그를 알고 있었다.

거령철탑 호패천!

이 자리에서 그를 만나게 될 줄은 몰랐지만 별로 놀라운 일은 아니라고 생각했다. 이미 이들의 정체가 마교임은 짐작했던 일이니까.

오히려 놀란 것은 호패천이었다.

'저놈이 어떻게 여기에… 이거 참 곤란하게 되었군.'

난감한 듯 눈살을 찌푸리다 점점 그의 표정이 묘하게 찡그려졌다. 마치 웃음을 억지로 참는 듯한.

그는 큭큭거리며 물었다.

"언제 염불을 외는 중이 되었느냐?"

유검은 그의 말에 의아해했다. 동굴의 광장 안에서 자신의 머리카락이 모두 타버린 사실을 아직 몰랐던 것이다. 그의 머리는 민대머리가 되어 햇빛에 반짝거리고 있었다.

호패천은 억지로 웃음을 참고 천둥 같은 목소리로 외쳤다.

"목숨만은 살려줄 테니 어서 꺼지거라!"

그때 누군가 또 한 명이 전각 안에서 걸어나오고 있었다. 치렁치렁한 불그스름한 머리카락을 어깨까지 늘어뜨린 두타(頭陀)였는데, 몸집이 우람하고 얼굴은 온통 칼자국으로 얼룩져 추악하기 이를 데 없었다.

유검은 그를 보는 순간 안색이 딱딱해졌다. 아니, 정확히 이야기해서 그가 두 팔로 안고 있는 한 소녀의 얼굴을 확인하면서였다.

화였다.

의식을 잃고 있는 듯 두 눈을 감고 있었다.

유검은 딱딱한 목소리로 두타에게 말했다.

"그 소녀를 내려놓고 물러나라. 그러면 생명만은 살려주마."

별로 설득력이 없어 보이는 협박이었다.

두타는 난데없이 유검이 그와 같은 소리를 하자 눈살을 찌푸렸다. 그는 호패천을 향해 돌아보았다. 왜 이런 쥐새끼를 여태껏 살려두었나는 의문이 담겨 있었다.

호패천은 아무 대답도 못하고 입술만 일그러뜨렸다.

유검의 시선은 화에게 고정되어 있었다.

낙양으로 향하던 관도에서 그녀를 처음 만났을 때가 떠올랐다. 소녀인지 소년인지 헷갈리던 모습, 보석을 꺼내어 자신을 사려고 하던 모습, 거절하자 꾸벅 절을 하고는 힘없이 돌아서던 모습…….

그녀는 자신에게 도와달라고 부탁을 했다.

그래서 보석 두 개, 아니, 그녀가 값을 후려쳐서 깎아버렸기에 보석 하나에 자신을 팔았다.

'가만… 그냥 도와주기로 한 게 아니라 보수를 받기로 했던 거였군. 그랬던 거였어. 깜빡하고 있었네.'

유검은 다시 두타에게 말했다.

"그 소녀를 내려줘."

백지장처럼 하얀 그녀의 얼굴을 안쓰러운 듯 바라보며 말을 이었다.

"…아직 보수를 못 받았어."

두타는 어이없는 듯 흥 하는 콧소리를 내더니 되물었다.

"못하겠다면?"

유검의 이마에 주름이 잡혔다.

그건 미처 생각해 보지 못했다는 표정이었다.

고개를 들어 하늘을 보니 뜨거운 햇살을 내뿌리고 있는 태양이 씨익 비웃는다. 바보라고 말하는 것 같았다.

유검은 문득 궁금해서 물었다.

'하나를 구하기 위해 수십 명을 죽여도 상관없는 것일까?

태양은 그렇다고 대답했다.

자기는 한 알의 씨앗을 싹틔우기 위해 수백만 개의 생명을 죽인 적
도 있다고 말했다.

유검은 고개를 끄덕이며 두타에게 말했다.

"역시… 뭔 소린지는 모르겠지만 보수는 받아야겠어."

『무상검』 제4권으로…

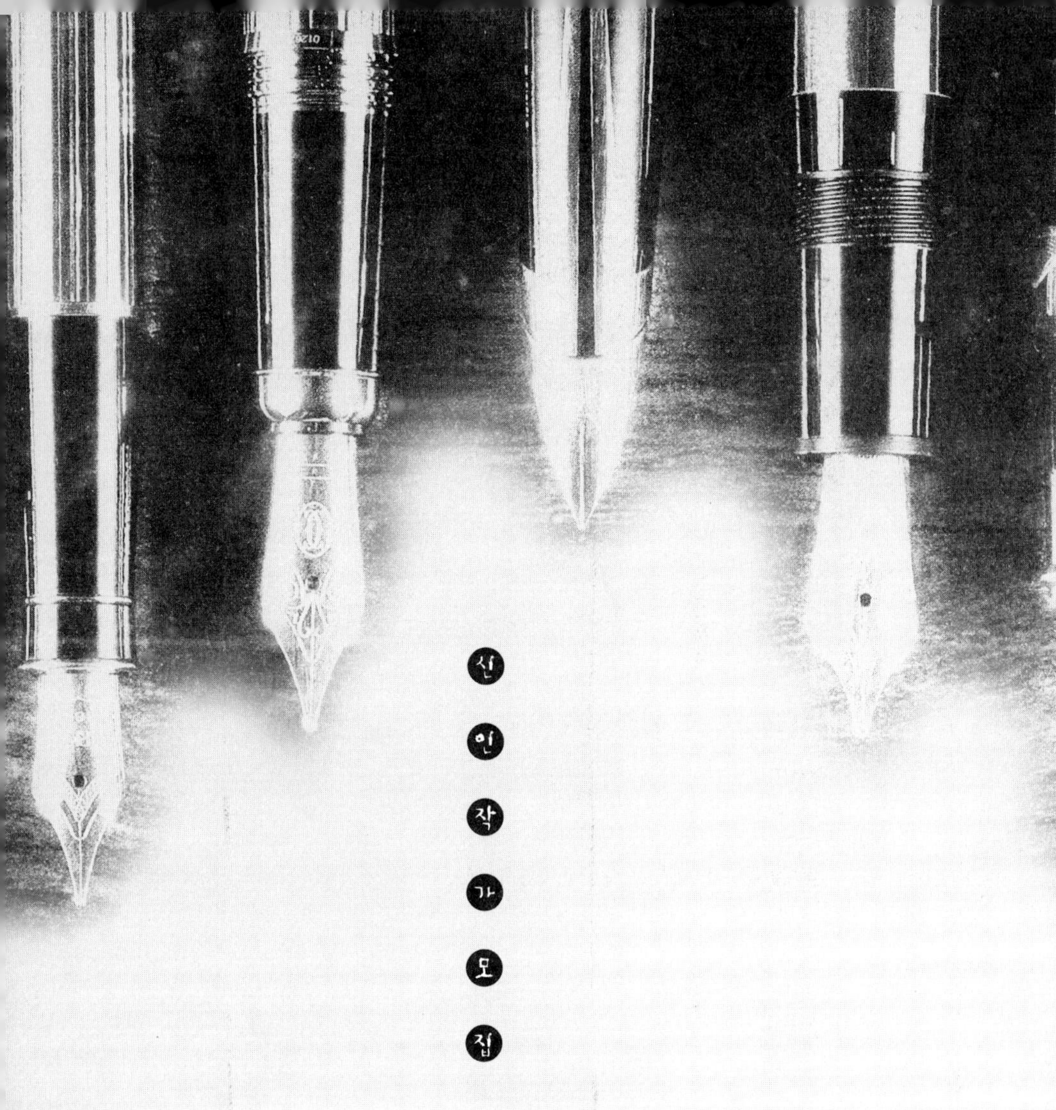
신 인 작 가 모 집

시작이 반이라고 했습니다.
작가의 길에 대한 보이지 않는 벽을 과감히 깨뜨리십시오!
청어람은 작가 지망생 여러분들의
멋진 방향타가 되어드리겠습니다.

저희 도서출판 청어람에서는
소설 신인 작가분들을 모집합니다.
판타지와 무협을 사랑하시는 분들의 많은 참여를 바랍니다.
소정의 원고(A4용지 150매)를 메일이나 우편으로 보내주시면
검토 후 출판 여부를 알려드리겠습니다.

주소:경기도 부천시 원미구 심곡1동 350-1 남성B/D 3F 우편번호420-011
TEL:032-656-4452 · FAX:032-656-4453
http://www.chungeoram.com
e-mail:chungeoram@chungeoram.com